왜 나는 너를 사랑하는가

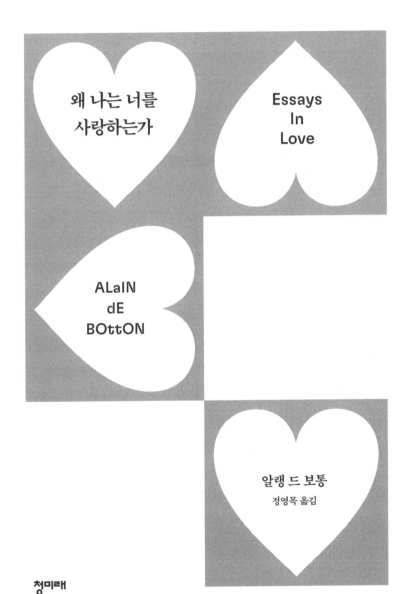

왜 나는 너를
사랑하는가

Essays
In
Love

ALaIN
dE
BOttON

알랭 드 보통

정영목 옮김

청미래

Essays in Love

by Alain de Botton

역자 정영목
서울대학교 영문학과를 졸업하고 동대학원을 졸업했다. 현재 이화여자
대학교 통번역대학원 교수로 재직하며 전문 번역가로 활동하고 있다.
지은 책으로 『완전한 번역에서 완전한 언어로』, 『소설이 국경을 건너는
방법』이 있고, 도서출판 청미래에서 번역, 출간한 책으로는 『딸 그리고
함께 오르는 산』, 『여행의 기술』, 『행복의 건축』, 『슬픔이 주는 기쁨』, 『공
항에서 일주일을』 등이 있다.

왜 나는 너를 사랑하는가

저자/알랭 드 보통
역자/정영목
발행처/도서출판 청미래
발행인/김실
주소/서울시 용산구 서빙고로 67, 파크타워 103동 1003호
전화/02 · 739 · 1661
팩시밀리/02 · 723 · 4591
홈페이지/www.cheongmirae.co.kr
전자우편/cheongmirae@hotmail.com
등록번호/1-2623
등록일/2000. 1. 18
초판 1쇄 발행일/2002. 7. 15
개정판 1쇄 발행일/2007. 7. 30
개정2판 1쇄 발행일/2022. 11. 10
       17쇄 발행일/2025. 1. 10
값/뒤표지에 쓰여 있음

ISBN 978-89-86836-83-7 03840

차례

낭만적 운명론

1. 삶에서 낭만적인 영역만큼 운명적 만남을 강하게 갈망하는 영역도 없을 것이다. 우리의 영혼을 헤아리지 못하는 사람과 어쩔 수 없이 잠자리를 함께하는 일을 되풀이하는 상황에서, 언젠가는 꿈에 그리던 남자나 여자와 만나게 될 운명이라고 믿는다면 용서받지 못할까? 끊임없이 솟아오르는 고통스러운 갈망을 해소해줄 존재에 대한 미신적인 믿음은 용납될 수 없는 것일까? 우리의 기도는 절대로 응답받을 수 없고, 서로를 이해하지 못하는 비참한 순환에는 끝이 없을지도 모른다. 그러나 만에 하나 하늘이 우리를 가엾게 여겨 우리가 그리던 왕자나 공주를 만나게 해준다면, 그 만남을 단순한 우연의 일치로 치부해버릴 수 있을까? 한 번만이라도 논리에서 벗어나서 그 만남이 우리의 낭만적 운명의 징표라고 해석할 수는 없을까?

2. 12월 초의 늦은 아침, 나는 사랑이나 이야기에 대한 생각은 전혀 없이, 파리에서 런던으로 가는 브리티시 항공의 이코노미 클래스에 앉아 있었다. 비행기는 막 노르망디 해안을 건넜다. 겨울 구름의 장막이 잠시 걷히면서 반짝거리는 푸른 바다가 한눈에 들어왔다. 지루하고 정신도 집중되지 않아서 항공사 잡지를 뽑아들고 리조트 호텔과 항공 편의시설에 대한 정보를 수동적으로 빨아들이고 있었다. 그러나 어쩐지 편안한 느낌을 주는 비행기 여행이었다. 뒤쪽 어딘가에서 엔진이 떨리는 느낌, 차분한 잿빛 실내, 항공사 직원들의 사탕 같은 미소. 음료와 과자를 실은 수레가 통로를 따라 내려오고 있었다. 배가 고프지도 목이 마르지도 않았지만, 기내 식사에 품기 마련인 막연한 기대감에 가슴이 부풀었다.

3. 내 왼쪽의 승객은 헤드폰을 벗고 앞쪽 주머니에 든 안전 지침 카드를 꼼꼼히 살피고 있었다. 어쩌면 그 모습이 약간 병적으로 보였는지도 모르겠다. 카드에는 비행기 사고가 이상적으로 묘사되어 있었다. 육지나 바다에 편안하고 차분하게 내리는 승객들, 하이힐을 벗어든 여자들, 능숙하게 구명조끼에 바람을 넣는 아이들, 멀쩡한 동체, 기적적으로 불이 붙지 않은 연료.

4. "이놈의 것이 망가지면 우리 모두 죽을 텐데, 도대체 이게 다 무슨 웃기는 소린지." 옆자리 승객이 혼잣말로 중얼거

렸다.

"사람들을 안심시키려고 써놓은 거겠죠." 내가 대꾸했다. 그녀의 말을 들은 사람은 나밖에 없었으니까.

"하긴, 죽는 방법치고는 나쁘다고 할 수 없죠. 아주 빠르게 갈 테니까. 특히 앞쪽에 앉아 있다가 땅에 부딪히면 말이에요. 친척 아저씨 한 분이 비행기 사고로 돌아가셨죠. 아는 사람 가운데 혹시 비행기 사고로 돌아가신 분이 있나요?"

그런 사람은 없었지만 대답할 틈이 없었다. 스튜어디스가 다가와서 점심을 주겠다고 했기 때문이다. 물론 우리가 방금 그녀의 고용주들에게 제기한 윤리적 의혹에 대해서는 까맣게 모르고 있었다. 내가 오렌지 주스만 받고 맛없어 보이는 샌드위치는 거절하려고 하는데, 옆자리 승객이 나에게 소곤거렸다.

"그냥 받아두세요. 내가 먹을게요. 배고파죽겠거든요."

5.   여자는 밤색 머리카락을 단발로 쳐서 목덜미가 드러나 있었다. 물기가 촉촉한 커다란 녹색 눈은 내 눈을 보려고 하지 않았다. 파란 블라우스 차림에, 회색 카디건을 무릎 위에 올려놓고 있었다. 어깨는 약해 보일 정도로 살이 없었다. 손톱의 껍질이 벗겨진 것을 보니 자주 물어뜯는 버릇이 있는 것 같았다.

"내가 억지로 뺏어먹는 건 아니죠?"

"물론 아닙니다."

"미안해요, 인사도 못 했네요. 나는 클로이예요." 그녀는 약간 형식적으로 팔걸이 위로 손을 내밀었다.

이어서 서로의 신상명세를 주고받았다. 클로이는 전시회에 참석하느라 파리에 다녀오는 길이라고 했다. 그녀는 소호에서 패션 잡지의 그래픽 디자이너로 일한 지 1년이 되었다. 왕립 예술대학에서 공부를 했고, 요크에서 태어났지만 어릴 때 윌트셔로 이사했으며, 현재[나이는 스물셋]는 이슬링턴의 아파트에서 혼자 살고 있었다.

6. "내 짐이 사라지지 않았으면 좋겠는데." 비행기가 히드로 공항을 향해서 고도를 낮추자 클로이가 말을 꺼내더니 덧붙였다. "그런 걱정 해본 적 없어요? 짐이 사라져버릴 거라는 걱정?"

"그런 생각은 안 하지만, 실제로 일어난 적은 있습니다. 두 번. 한 번은 뉴욕에서, 또 한 번은 프랑크푸르트에서."

"맙소사, 난 여행이 싫어."

클로이는 한숨을 쉬더니 집게손가락 끝을 잘근잘근 씹었다. 그녀가 말을 이었다.

"도착하는 건 더 싫고요. 정말이지 나한테는 도착 불안 증세가 있나봐요. 한참 밖에 나갔다 오면 내가 없는 동안 틀림없이 무슨 일이 일어났을 거라는 생각이 들거든요. 내 친구들이 모두 모여 내가 밉살맞은 계집애라고 만장일치로 합의를 봤다거나, 선인장이 죽었다거나."

"선인장을 키우세요?"

"대여섯 개. 얼마 전에 선인장 단계를 거쳤어요. 그래요, 음
경과 관련이 있죠. 어쨌든 전에 애리조나에서 겨울을 보냈는
데, 그때 선인장에 반해버린 거예요. 그쪽은 뭐 흥미를 느끼
는 식물이 있나요?"

"엽란(葉蘭)뿐입니다. 하지만 내 친구들이 모두 나를 밉살
맞은 놈으로 여길 거라는 생각은 자주 하는 편입니다."

7. 대화는 두서없이 이어져나가면서 서로의 성격을 흘끔거
릴 수 있는 기회를 주었다. 구불구불한 산악 도로에서 잠깐
씩 경치를 구경하는 것과 비슷했다. 얼마 지나지 않아서 비
행기 바퀴가 활주로에 닿았다. 엔진에는 역추진력이 걸려 있
었다. 비행기는 지상 이동으로 터미널로 향하더니, 혼잡한 입
국관리실에 짐을 토해냈다. 짐을 챙겨서 세관을 통과했을 때
나는 이미 클로이를 사랑하고 있었다.

8. 어떤 사람을 두고 자신의 필생의 사랑이라고 말하는 것
은 다 살아보고 나서야 가능한 일이다[따라서 불가능하다고
보아야 한다]. 그러나 클로이를 만난 직후, 그녀를 필생의 사
랑이라고 부르는 것이 그렇게 무리한 일은 아니라는 생각이
들었다. 런던에 도착하여 클로이와 나는 오후를 함께 보냈
다. 그리고 크리스마스 몇 주 전에 런던 서부의 한 레스토랑
에서 저녁 식사를 함께 했으며, 가장 이상한 일이자 가장 자

연스러운 일을 수행하듯 침대에서 저녁을 마무리했다. 그 뒤 그녀는 가족과 함께 크리스마스를 보냈고, 나는 친구들과 함께 스코틀랜드로 갔다. 그러나 우리는 매일 서로에게 전화를 했다. 때로는 하루에 다섯 번씩. 특별히 할 말이 있어서가 아니라, 단지 우리 둘 다 전에는 누구에게도 이런 식으로 이야기를 해본 적이 없다고 느꼈기 때문이다. 나머지 모든 것은 타협이고 자기 기만이라고 느꼈기 때문이다. 이제야 비로소 우리 자신을 이해할 수 있고 상대에게도 이해시킬 수 있다고 느꼈기 때문이다. 진정으로 기다림[유사 메시아적인 성격을 지녔다]은 끝이 났다고 느꼈기 때문이다. 나는 그녀에게서 내가 평생 서툴게 찾아다녔던 바로 그 여자를 발견했다. 그녀의 웃음과 눈매, 유머 감각과 책을 고르는 취향, 불안과 지성이 내 이상에 기적적으로 들어맞았다.

9. 클로이를 만난 것을 단순한 우연이라고 생각할 수 없었던 것은 우리가 서로에게 딱 맞는다고 느꼈기 때문이다. 나는 회의적 태도로 운명의 문제를 생각할 능력을 잃어버렸다. 우리 둘 다 그때까지 미신적인 사람들은 아니었지만, 클로이와 나는 우리가 직관적으로 느끼던 것, 즉 우리가 서로에게로 운명지어졌다는 것을 확인해주는 무수한 사실들—비록 사소한 것일지라도—을 손에 쥐게 되었다. 우리는 둘 다 짝수 해의 같은 달 자정 무렵[그녀는 오후 11시 45분, 나는 오전 1시 15분]에 태어났다. 우리 둘 다 클라리넷을 분 적이 있으며, 둘

다 학교 다닐 때 「한여름 밤의 꿈」 공연에 참가한 적이 있었다[그녀는 헬레나 역이었고, 나는 테세우스의 시종 역이었다]. 우리 둘 다 왼쪽 발가락에 커다란 점이 둘 있었고, 똑같은 뒤쪽 어금니에 충치가 있었다. 우리 둘 다 햇빛이 밝은 곳으로 나가면 재채기를 했으며, 케첩 병에서 칼로 케첩을 긁어냈다. 심지어 우리의 책꽂이에는 똑같은 『안나 카레니나』[옛 옥스퍼드 판]가 있었다. 사소한 일들일지 모르지만, 이 정도면 신자들이 새로운 종교를 세우기에 충분한 근거가 아닐까?

10. 우리는 사건들에 원래 존재하지 않았던 서사적 논리를 부여했다. 클로이와 나는 우리가 비행기에서 만난 것을 아프로디테의 계획으로 신화화했다. 사랑 이야기라는 원형적 서사의 제1막 제1장으로 바꾸어버린 것이다. 우리 두 사람이 태어날 때부터 하늘의 거대한 정신이 우리 궤도를 미묘하게 조정하여 우리를 어느 날 파리발 런던행 비행기에서 만나게 해준 것 같았다. 우리의 사랑이 우리에게 현실이 되었기 때문에 우리는 현실이 되지 못한 헤아릴 수 없이 많은 이야기들, 누군가 비행기를 놓치거나 전화번호를 잃어버리는 바람에 쓰이지 못했던 로맨스들을 무시해버릴 수 있었다. 우리는 역사가들처럼 확고하게 실제로 일어난 일의 편을 들었다.

11. 물론 우리는 좀더 분별력 있게 굴었어야 했다. 클로이와 나는 정기적으로 두 나라 수도를 오가는 사람이 아니었으며,

각자의 여행을 오래 전부터 계획했던 것도 아니었다. 클로이는 편집차장이 갑자기 병이 나는 바람에 막판에 파리 파견이 결정되었던 것이고, 나는 보르도의 건축 관련 회의가 생각보다 일찍 끝나는 바람에 친구와 며칠 놀자는 생각으로 파리에 갔던 것이다. 우리가 돌아오려던 날 아침 9시부터 점심 시간 사이에 샤를 드 골과 히드로 사이를 운행하는 양국 항공사 가운데 우리가 선택할 수 있는 비행기는 여섯 편이었다. 물론 우리 둘 다 12월 6일 이른 오후에 런던에 떨어지고 싶어 했다. 그러나 마지막 순간까지 어느 비행기를 탈지 결정하지 못했다는 점을 감안할 때, 이날 새벽을 기준으로 우리 둘 다 같은 비행기[꼭 옆자리는 아니라고 하더라도]를 탈 확률은 6분의 1이었다.

12. 나중에 클로이가 한 말에 의하면, 그녀는 원래 10시 30분 에어프랑스 비행기를 탈 계획이었다. 그러나 막 호텔 방을 나오려는데 가방에 들었던 샴푸 병이 새는 바람에 가방을 다시 싸느라고 귀중한 10분을 낭비했다는 것이다. 호텔 측에서 그녀에게 청구서를 건네주고, 그녀의 신용 카드를 조회하고, 택시를 잡아주었을 때는 이미 9시 15분이었다. 그녀가 10시 30분발 에어프랑스 비행기를 탈 수 있을 가능성은 줄어들고 있었다. 그녀가 포르트 드 라 빌레트의 수많은 차량을 헤치고 공항에 도착했을 때 그녀가 타려던 비행기는 이미 탑승 수속을 마친 상태였다. 그녀는 다음 에어프랑스를 기다릴 기

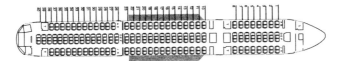

브리티시 항공 보잉 767기

분이 아니어서 브리티시 항공 터미널로 갔고, 그곳에서 10시 45분발 런던행 비행기를 예약했다. 공교롭게도 나도 [내 나름의 여러 가지 이유 때문에] 그 비행기에 타게 되었다.

13. 그 다음에는 컴퓨터가 요술을 부려서 클로이를 비행기의 날개 위인 15A에 앉혔고, 나는 그녀 옆인 15B에 앉게 되었다. 안전지침이 적힌 카드를 놓고 이야기를 시작했을 때 우리는 우리 사이에 대화가 일어날 확률이 극히 미미했다는 사실을 모르고 있었다. 우리 둘 다 클럽 클래스(비즈니스 클래스에 해당/역주)로 여행할 가능성은 없었지만, 이코노미 클래스에도 191개의 좌석이 있었다. 클로이는 15A 좌석을 배정받았고, 나는 순전히 우연으로 15B 좌석을 배정받았다. 클로이와 내가 옆자리에 앉을 이론적 확률은 [우리가 서로 이야기를 나누게 될 확률은 계산할 수 없다고 해도] 36,290분의 220, 다시 계산을 해보면 164.955분의 1이라고 할 수 있다.

14. 그러나 물론 이것은 파리와 런던 사이에 비행기가 한 대뿐이었을 경우에 우리가 옆자리에 앉을 확률이다. 실제로는

여섯 편이 있었고, 우리 둘 다 이 여섯 편 사이에서 망설이다
가 결국 하나를 골랐다. 따라서 방금 말한 확률에 앞서 말했
던 6분의 1을 다시 곱해야 한다. 그렇게 하면 클로이와 내가
12월의 어느 아침 영국 해협을 날아가는 브리티시 항공 보잉
767기에서 만날 최종 확률이 나오는데, 그 수치는 989.727분
의 1이다.

$$P_{비행기} = \frac{1}{6}$$

$$P_{좌석} = \left(\frac{162}{191} \times \frac{1}{190}\right) + \left(\frac{29}{191} \times \frac{2}{190}\right) = \frac{220}{(191 \times 190)} = \frac{220}{36290} = \frac{1}{164.955}$$

$$P_{비행기} \times P_{좌석} = \frac{1}{6} \times \frac{220}{36290} = \frac{1}{989.727}$$

15. 그래도 우리는 만났다. 이 계산은 우리에게 이성적 주장
들을 납득시키기는커녕, 우리가 서로 사랑하게 된 것에 대한
신비적 해석을 뒷받침해주었을 뿐이다. 어떤 사건이 일어날
가능성이 엄청나게 작은데도 결국 일어났다면, 운명론적 설
명에 호소를 한다고 해도 용서받을 수 있지 않을까? 나는 동
전을 던졌을 때 왜 앞 또는 뒤가 나왔는지 설명해달라고 신
에게 매달리지는 않는다. 그 확률이 2분의 1이기 때문이다.
그러나 그것이 클로이와 내가 옆자리에 앉을 확률처럼 작은
경우일 때, 989.727분의 1의 확률일 때, 적어도 사랑 내부의
관점에서 보자면 그것을 운명 이외의 다른 것으로 설명하는
것이 불가능할 것 같았다. 우리의 삶을 바꾸어버린 만남의

확률이 그렇게 작았던 것을 아무런 미신 없이 받아들이려면 대단히 냉철한 지성이 필요할 것이다. 따라서 누군가 하늘에서 [3만 피트 상공에서] 운명의 줄들을 잡아당기고 있었다고 생각할 수밖에.

16. 사랑 내부의 관점에서는 삶의 우연적 성격을 목적성이라는 베일 뒤로 감춘다. 구원의 연인을 만나는 일이 객관적으로는 우연이고 따라서 가능성이 없는 일이기는 하지만, 그래도 하늘에서 천천히 펼쳐지는 두루마리에는 이미 기록되어 있었다고 주장한다. 우리는 불안에서 벗어나려고 운명이라는 것을 만들어낸다. 인생에 있는 그나마 얼마 안 되는 의미도 우리가 만들어낸 것일 뿐이며, 두루마리 같은 것은 없으며[따라서 우리를 기다리는 미리 정해진 숙명은 없다], 우리가 비행기에서 누구를 만나고 만나지 못하는 것에는 우리가 부여하는 의미 외에 아무런 의미도 없다는 사실을 인정할 때 생기는 불안—간단히 말해서 아무도 우리의 이야기를 기록해두지 않았고, 우리의 사랑을 보장해주지도 않았다는 불안에서 벗어나려고.

17. 일이 다르게 풀려나갔다면 클로이와 나는 서로 다른 사람을 사랑하게 되었을지도 모른다고 생각할 수 있다. 그러나 사랑이 필연성의 느낌이나 사랑하는 사람의 독특한 면모와 밀접하게 결부되어 있다고 생각할 때 그것은 충격적인 가

정이다. 낭만적 운명론은 클로이와 내가 그런 생각에 빠지는 것을 막아주었다. 클로이가 내 삶에서 하게 된 역할을 다른 사람도 똑같이 해낼 수 있다고 어떻게 상상할 수 있단 말인가. 내가 사랑하는 것은 그녀의 눈이고, 그녀가 파스타에서 물기를 빼고, 머리를 빗고, 전화 대화를 끝내는 모습인데.

18. 나의 실수는 사랑하게 될 운명을 어떤 주어진 사람을 사랑할 운명과 혼동한 것이다. 사랑이 아니라 클로이가 필연이라고 생각하는 오류였다. 그러나 내가 이렇게 우리의 사랑 이야기의 발단을 운명론적으로 해석했다는 것은 적어도 한 가지 사실은 증명해준다—내가 클로이를 사랑했다는 것. 우리가 만나고 못 만나는 것은 결국 우연일 뿐이라고, 989.727분의 1의 확률일 뿐이라고 느끼게 되는 순간은 동시에 그녀와 함께하는 삶의 절대적 필연성을 느끼지 않게 되는 순간, 즉 그녀에 대한 사랑이 끝나는 순간이기도 할 것이다.

— 02 —

이상화

1. "사람들을 꿰뚫어보는 것은 아주 쉽다. 하지만 그래 봐야 무슨 소용이 있겠는가." 엘리아스 카네티(Elias Canetti, 1905-1994, 불가리아 태생의 유대계 영국 작가/역주)의 말이다. 타인의 흠을 찾아내는 것이 얼마나 쉬운지, 그러나 그것이 또 얼마나 무익한지를 암시하는 말이다. 따라서 우리는 어떤 면에서는 사람을 꿰뚫어보는 일을 중단하고자 하는 순간적인 의지 때문에 사랑에 빠지는 것이 아닐까—설혹 그 과정에서 눈이 약간 먼다고 하더라도? 냉소주의와 사랑이 스펙트럼의 양극단에 있는 것이라면, 우리가 가끔 사랑에 빠지는 것은 습관화되다시피 한 맥빠지는 냉소주의에서 벗어나고 싶기 때문이 아닐까? 모든 갑작스러운 사랑에는 사랑하는 사람의 장점을 의도적으로 과장하는 면이 있는 것이 아닐까? 그런 과장 덕분에 우리는 습관이 된 비관주의에서 벗어나, 우리 자

신에게라면 결코 가능하지 않았을 믿음을 가지게 된 어떤 사람에게 우리 에너지를 집중할 수 있는 것이 아닐까?

2. 나는 입국 수속을 하다가 사람들 사이에서 클로이를 놓쳤다. 그러나 짐 찾는 곳에서 그녀를 다시 발견했다. 그녀는 짐수레와 씨름하고 있었다. 파리발 비행기의 컨베이어는 왼쪽 끝에 있는데, 그녀의 짐수레는 오른쪽으로만 방향을 틀려고 했다. 내 짐수레에는 독자적인 의지가 없었기 때문에, 나는 그녀에게 다가가 내 짐수레를 권했다. 그러나 그녀는 거절했다. 짐수레가 아무리 고집스러워도 의리는 지켜야 한다면서, 비행기를 탄 후에는 힘을 좀 쓰는 것도 나쁘지 않다면서. 우리는 빙 돌아서 [카라치발 비행기의 짐 찾는 곳을 거쳐서] 파리발 비행기의 컨베이어가 있는 곳까지 갔다. 샤를 드 골에서 비행기를 탄 이후 의지와 관계없이 눈에 익게 된 얼굴들이 이미 그곳을 가득 메우고 있었다. 고무판을 붙인 컨베이어로 짐이 쏟아지기 시작했다. 자기 소유물을 찾으려고, 움직이는 전시물을 불안하게 살피는 얼굴들.

3. "세관에서 체포당한 적이 있나요?" 클로이가 물었다.
"아직은요. 그런 적이 있습니까?"
"아뇨. 한 번 자백을 하기는 했어요. 웬 나치 녀석이 나한테 신고할 것이 있느냐고 묻기에 있다고 대답했죠. 사실 불법적인 물건은 없었는데."

"그런데 왜 있다고 그랬어요?"

"모르겠어요. 죄책감 때문이었나봐요. 있잖아요, 나는 하지도 않은 짓을 했다고 고백하는 버릇이 있거든요. 그렇게 하고 나면 어떻게 된 일인지 기분이 좀 나아져요."

4. "그런데 말이에요, 내 가방을 보고 나를 판단하지는 마세요." 다른 사람들이 행운을 차지하는 동안 우리는 계속 지켜보며 기다렸다. 클로이가 말을 이었다. "오기 직전 뤼 드 르네의 할인점에서 산 것이거든요. 좀 별나죠."

"내 가방을 보고 나서 말씀하시죠. 난 뭐 변명할 것도 없지만. 나는 그 가방을 5년 동안 끌고 다녔습니다."

"부탁 좀 해도 될까요? 화장실에 갔다 올 테니까 내 짐수레 좀 맡아주세요. 금방 올게요. 아, 광택이 나는 녹색 손잡이가 달린 분홍색 가방이 보이면 내 것인 줄 아세요."

5. 잠시 후 나는 클로이가 나를 향해서 걸어오는 것을 바라보았다. 고통스럽고 약간 불안해 보이는 표정이었는데, 나중에 나는 그것이 그녀의 평상시 표정이라는 것을 알게 되었다. 그녀는 언제나 곧 울 것 같은 얼굴이었다. 눈에는 곧 끔찍한 소식을 듣게 될 사람처럼 두려움이 담겨 있었다. 왠지 그녀를 위로해주고 싶은 마음, 안심시켜주고 싶은—아니면 내 손이라도 잡으라고 내밀고 싶은—마음이 들었다.

6. 사랑은 내가 아주 갑자기 느끼게 된 것이다. 그녀가 어느 여름에 남동생과 로도스 섬(에게 해의 그리스 섬/역주)에서 보낸 휴가에 대하여 아주 길고 지루할 것이 틀림없는 이야기[우리 옆의 컨베이어에 아테네에서 온 비행기의 짐이 도착했기 때문에 촉발되었을 것이다]를 시작한 직후였다. 클로이가 이야기를 하는 동안 나는 그녀의 두 손이 베이지색 양모 외투의 허리띠를 만지작거리는 것[집게손가락 아래쪽에 점이 두 개 있었다]을 지켜보았으며, 내가 그녀를 사랑한다는 것을 [마치 너무나 자명한 진리라도 되는 것처럼] 깨달았다. 그녀가 문장을 끝맺는 법이 없다는 것이, 약간 불안해하는 것이, 귀걸이의 취향이 아주 세련되지는 않았다는 것이 너무나 어색해 보였지만, 그래도 그녀는 사랑스러웠다. 나는 순간적으로 걷잡을 수 없이 이상화(理想化)에 빠져들고 말았다. 그녀의 우아한 외투, 비행기 여행의 후유증, 4번 터미널 수하물 취급소의 음침한 인테리어—그 덕분에 그녀의 아름다움이 선연하게 빛났다—때문이기도 했겠지만, 나 자신의 용서할 수 없는 감정적 미성숙 때문이기도 했다.

7. 섬은 관광객으로 만원이었어요. 그래도 우리는 오토바이를 빌려가지고……클로이의 휴가 이야기는 지루했다. 그러나 지루함은 이제 흠이 되지 않았다. 나는 그 이야기를 일상 대화의 세속적 논리에 따라서 생각하지 않았다. 나는 이제 그녀의 말에서 통찰이나 유머를 찾는 데에는 관심이 없었다. 중

요한 것은 그녀가 무슨 말을 하느냐가 아니라 그녀가 그 말을 하고 있다는 사실, 그리고 내가 그녀가 하는 모든 말에서 완벽함을 찾아내기로 결심했다는 사실이었다. 나는 그녀가 말하는 모든 일화를 쫓아들어갈 준비가 되어 있었고[있잖아요, 싱싱한 올리브를 주는 가게가 있었어요……], 정곡을 찌르지 못하는 그녀의 모든 농담을, 실마리를 놓치곤 하는 모든 사유를 사랑할 준비가 되어 있었다. 그녀에게 완전히 감정을 이입하기 위하여 나 자신에게 몰두하는 것은 포기할 준비, 그녀의 모든 기억을 차곡차곡 분류 정리할 준비, 그녀의 유년의 역사가가 될 준비, 그녀의 모든 사랑과 공포를 배울 준비가 되어 있었다. 그녀의 마음과 몸 안에 흘러다녔을 모든 것이 곧 매혹으로 다가왔다.

8. 그때 짐이 나왔다. 내 짐 몇 개 뒤에 그녀의 짐이 따라나왔다. 우리는 짐을 수레에 싣고 녹색 통로를 걸어나왔다.

9. 정말 무서운 것은 나 자신을 용납하는 것은 그렇게 어려워하면서—어쩌면 그런 어려움이 있기 때문에—다른 사람은 끝도 없이 이상화할 수 있다는 것이다……. 나도 클로이가 인간[이 말이 내포하는 모든 의미에서]일 뿐이라는 것을 알고는 있었을 것이다. 그러나 그런 생각을 중단하고 싶었던 내 욕망도 용서받을 수 있지 않을까? 사랑에 빠진다는 것은 희망이 자기 인식에 승리를 거두는 것이다. 우리는 자신에게 있는

것—비겁함, 심약함, 게으름, 부정직, 타협성, 끔찍한 어리석음 같은 것—을 상대에게서 발견하지 않기를 바라면서 사랑에 빠진다. 우리는 선택한 사람 주위에 사랑의 방역선을 쳐놓고, 그 안에 있는 모든 것은 어떻게 된 일인지 우리가 가진 결함으로부터 자유롭고, 따라서 사랑스럽다고 결정해버린다. 우리는 다른 사람에게서 우리 내부에서는 찾아볼 수 없는 완벽함을 찾으며, 사랑하는 사람과의 결합을 통하여 인간종에 대한 불확실한 믿음[자기 인식에서 나온 모든 증거에 위배됨에도 불구하고]을 유지하고 싶어한다.

10. 왜 이러한 것을 다 알고 있었음에도 나는 사랑에 빠졌던 것일까? 내 욕망의 비논리성과 유치함이 믿음에 대한 요구를 능가하지 못했기 때문이다. 나는 낭만적인 도취가 채울 수 있는 공허를 알고 있었다. 어떤 사람—그것이 누구라도—을 좋아할 수 있는 사람으로 확인하는 과정에서 오는 환희를 알고 있었다. 나는 클로이를 만나기 오래 전에, 다른 사람의 얼굴에서 내 자신에게서는 결코 찾아볼 수 없는 완벽함을 찾을 필요를 느꼈던 것이 틀림없다.

11. "가방 좀 검사해도 되겠습니까?" 세관 직원이 묻고는 덧붙인다. "신고할 것이 있습니까? 술이나 담배나 무기나……."
    나는 오스카 와일드처럼 천재성을 발휘하여 "내 **사랑밖에 없다**"고 말하고 싶었다. 그러나 내 사랑은 죄가 아니었다. 적어도 아직은.

"기다릴까요?" 클로이가 물었다.

"일행이십니까?" 세관 직원이 물었다.

뻔뻔스럽다고 생각할까봐 아니라고 대답했다. 그러나 클로이에게는 먼저 가지 말고 기다려달라고 했다.

12. 사랑은 독특한 속도로 우리의 요구를 다시 만들어낸다. 내가 세관 통과의식에 짜증을 낸다는 것은, 몇 시간 전만 해도 존재하는지도 몰랐던 클로이가 이미 나의 갈망의 대상이라는 지위에 올랐다는 의미였다. 나는 밖에서 그녀가 보이지 않으면 죽을 것 같은 느낌이었다. 아침 11시 30분에 내 인생에 들어왔을 뿐인 누군가 때문에 죽을 것 같은 느낌.

13. 클로이는 밖에서 기다렸으나, 우리는 1분도 안 되어 다시 헤어졌다. 그녀는 근처에 차를 세워두었다. 나는 택시를 타고 사무실로 가야 했다. 둘 다 이 이야기를 계속 이어갈지 말지 망설이고 있었다.

"언제 전화 한번 드리겠습니다." 내가 별일 아닌 듯이 말하고는 덧붙였다. "가방이라도 같이 사러 가죠 뭐."

"그거 좋은 생각이에요. 내 번호는 알고 계세요?"

"이미 외우고 있습니다. 가방 이름표에 적혀 있더군요."

"탐정으로 나서실 걸 그랬네요. 기억력도 탐정 수준이었으면 해요. 자, 만나서 반가웠어요." 클로이가 손을 내밀었다.

"선인장이 괜찮기를 빕니다." 나는 그녀가 엘리베이터로 걸어가는 것을 지켜보다가 등에 대고 소리쳤다. 그녀의 짐수레는 여전히 미친 듯이 오른쪽으로만 방향을 틀려고 했다.

14. 시내로 들어가는 택시 안에서 나는 묘한 상실감, 슬픔을 느꼈다. 이것이 정말 사랑일까? 겨우 아침을 함께 보낸 주제에 사랑 이야기를 한다는 것은 낭만적 미망과 의미론적 우둔이라는 비난을 받을 만한 일이었다. 그러나 우리는 우리가 사랑하게 된 사람이 누구인지 잘 모르는 상태에서 사랑에 빠질 수밖에 없는 것 같다. **최초의 꿈틀거림은 필연적으로 무지에 근거할 수밖에 없다.** 사랑이냐 단순한 망상이냐? 시간[이 또한 그 나름으로 거짓말을 하지만]이 아니라면 누가 그 답을 말해 줄 수 있을까?

— 03 —

이면의 의미

1.   확실성을 사랑하는 사람들은 구애라는 땅에 들어가 얼쩡거리지 말아야 한다. 그 땅에서는 모든 웃음과 모든 언어가 만이천 가지는 아니라고 하더라도 열두 가지 가능성을 열어젖힌다. 정상적인 생활에서는 [그러니까 **사랑 없는** 생활에서는] 액면 가치로 받아들여질 수 있는 말들이 이제 어떤 사전으로도 다 풀어낼 수 없는 의미를 지니게 된다. 그러나 구애를 하는 사람에게는 모든 의심들이 한 가지 중심적인 질문으로 환원되고, 구애자는 판결을 기다리는 범죄자처럼 떨면서 그 질문을 마주하게 된다. 그(녀)가 **나를** 바라는 것일까, 바라지 않는 것일까?

2.   클로이를 소유할 수 없었기 때문에 만나고 나서 며칠 동안 그녀의 생각이 끊임없이 나를 따라다녔다. 킹스 크로스

근처에 있는 사무실의 설계도를 완성하는 일 때문에 정신없이 바빴지만, 내 마음은 무책임하게, 그러나 저항할 수 없이 그녀에게로 되돌아가곤 했다. 사모의 대상 주위를 맴돌고자 하는 욕구는 완강했다. 그녀는 당장 처리해야 하는 긴급한 일처럼 계속 내 의식을 뚫고 들어왔다. 물론 아무런 의미가 없는 생각들이었다. 그 생각들은 [객관적으로 말해서] 시시하기 짝이 없었다. 이러한 클로이-꿈 가운데 몇 가지는 이런 식이었다. "아, 클로이는 정말 감미로워, ……라면 얼마나 좋을까." 이보다 시각적인 것도 있었다.

(1) 비행기 창틀을 배경으로 한 그녀의 얼굴
(2) 물기가 촉촉한 그녀의 녹색 눈
(3) 순간적으로 아랫입술을 깨물던 그녀의 치아
(4) 하품을 할 때 그녀의 목의 기울기
(5) 그녀의 두 앞니 사이의 간격

3. 내가 이만큼 부지런히 그녀의 전화번호도 불러냈더라면 좋았을 것을. 그 숫자들은 내 기억[클로이의 아랫입술의 이미지 를 되풀이해 떠올리는 것이 더 보람 있게 시간을 보내는 방법이라 고 생각했는지도 모르겠다]에서 완전히 증발해버렸던 것이다. 그 번호가 뭐였더라[071].

607 9187

609 7187

$$601\ 7987$$

$$690\ 7187$$

$$610\ 7987$$

$$670\ 9817$$

$$687\ 7187\ ?$$

4. 탐색의 출발은 좋지 않았다. 607-9187은 내가 사랑하는 사람의 거처가 아니라 어퍼 스트리트의 장의사 전화번호였다. 그러나 그곳은 한참 동안 고달픈 대화를 나눈 뒤에야 자신이 장의사라고 밝혔다. 대화를 나누는 도중에 나는 '애프터 라이프(내세라는 뜻/역주) 장의사'에도 클로이라는 이름의 직원이 있다는 것을 알게 되었다. 그녀는 전화를 받더니 한참 동안 고민고민하면서 내 이름을 기억해내려고 했다[결국 내가 납골 단지에 대해서 문의를 했던 고객이라고 결론을 내렸다]. 그러다 마침내 이름을 둘러싼 혼란이 사라지고, 나는 땀에 흠뻑 젖은 채 얼굴이 시뻘개져서 전화를 끊었다. 삶이 아니라 죽음에 다가갔으니.

5. 마침내 다음 날 나는 클로이의 직장으로 전화가 연결되었지만, 그녀 역시 나를 이미 내세로 쫓아보낸 사람 같았다. "지금 몹시 바쁘거든요. 잠깐만 기다려주시겠어요?" 그녀는 비서처럼 대꾸했다.

　나는 기다렸고, 속이 상했다. 내가 우리 사이를 아무리 친밀하게 상상했다고 해도, 사무실이라는 공간에서 우리는 낯선 사람들이었다.

이윽고 클로이가 전화로 돌아왔다.

"여보세요, 미안해요. 지금은 이야기를 할 수가 없어요. 내일 인쇄할 부록을 준비하느라 정신없거든요. 제가 전화를 드리면 안 될까요? 한고비 넘어가면 집이나 사무실로 전화를 드리도록 할게요."

6. 전화기는 전화를 하지 않는 연인의 악마 같은 손에 들어가면 고문 도구가 된다. 클로이가 며칠 뒤에 전화를 걸어왔을 때 나는 연습을 너무 많이 하는 바람에 오히려 준비했던 말을 제대로 하지 못했다. 나는 양말을 널다가 기습을 당했다. 나는 침실에 있는 전화로 달려갔다. 내 목소리에는 긴장과 분노가 담겨 있었는데, 만일 종이에 쓰는 글이었다면 나는 그것을 능숙하게 지워버릴 수 있었을 것이다. 말을 할 줄 모르는 사람들에게는 글쓰기가 유혹이 된다.

"어이쿠, 놀랐습니다. 전화를 다 주시고." 나는 설득력 없는 목소리로 말을 이어갔다. "언제 점심 한번 같이 해야 하는데."

"점심이요……. 이런. 정말이지 이번 주에는 할 수가 없어요."

"그럼 저녁은 어떨까요?"

"지금 다이어리를 보고 있거든요. 그런데 믿어지지 않으시겠지만, 그것도 어려울 것 같네요."

"아, 괜찮습니다." 말은 그렇게 했지만, 말투는 그 반대의 의미를 강하게 드러내고 있었다.

"하지만 이러면 어떨까요? 혹시 오늘 오후에 시간을 낼 수 있으세요? 오늘 오후에 내 사무실에서 만나 국립미술관을 한 바퀴 돌거나 뭐 다른 걸 해보는 거예요."

7.   의문은 줄어들지 않았다. 베드퍼드 스트리트에 있는 그녀의 사무실에서 트라팔가 광장까지 함께 걸으면서 클로이는 무슨 생각을 했을까? 한편으로는 한 주 전에 비행기에서 잠깐 만났을 뿐인 남자와 오후 근무를 빼먹고 미술관을 돌아다녀서 행복해 보였다. 그러나 다른 한편으로 그녀의 행동에는 우리의 동행을 예술과 건축에 대해서 지적인 토론을 할 기회 이상의 것으로 여긴다는 암시가 전혀 없었다. 순수와 공모(共謀)의 중간에 걸려 있는 클로이의 모든 행동에는 나를 미치게 만드는 의미들이 담겨 있었다. 그녀의 문장의 끄트머리에서, 그녀의 웃음의 입꼬리에서 유혹의 흔적을 찾아낸 것 같은데, 맞나? 아니면 나의 욕망이 순수의 얼굴에 투사된 것뿐일까?

8.   우리는 이탈리아 초기 화가들부터 보기 시작했지만 내 생각[나는 내 나름의 모든 원근법을 잃어버렸고, 그 화가들도 아직 원근법을 발견하지 못했다]은 그들에게 가 있지 않았다. 클로이는 "성인들과 함께 있는 성모와 성자" 앞에 이르자 나를 바라보며 자기는 늘 시뇨렐리(Luca Signorelli, 1441?-1523, 이

탈리아 르네상스 시대의 프레스코 화가/역주)에게서 뭔가 특별한 것을 느낀다고 말했다. 나는 그래야 할 것 같았기 때문에, 안토넬로(Antonello da Messina, 1430?-1479, 이탈리아의 화가/역주)의 「십자가에 매달린 그리스도」에 대해서 있지도 않은 뜨거운 애정을 꾸며냈다. 그녀는 생각에 잠긴 표정으로 캔버스에 몰두해 있었다. 미술관의 소음과 북적거림은 까맣게 잊고 있었다. 나는 몇 걸음 뒤에서 클로이를 따라가며 그림에 집중하려고 했지만, 그림을 보는 그녀만 볼 수 있을 뿐이었다.

더 혼잡한 두 번째 이탈리아 전시실[1500-1600]에서 어느 때인가 너무 가까이 붙어 있는 바람에 내 손이 그녀의 손에 닿았다. 그녀는 손을 빼지 않았고, 나는 잠시 클로이의 살갗의 감촉이 내 몸을 간질이며 퍼져나가는 것을 느꼈다. 우리는 맞은편에 걸린 브론치노(Il Bronzino, 1503-1572, 이탈리아의 피렌체파 화가/역주)의 「비너스와 큐피드의 우화」를 보았다. 큐피드가 어머니 비너스에게 입을 맞추는 동안 비너스는 몰래 큐피드의 화살 하나를 뽑고 있었다. 아름다움에 눈이 먼 사랑.

9. 이윽고 마치 어떤 잘못이 밝혀지기라도 했다는 듯이 부리나케 손이 빠져나갔다.

"저 배경의 작은 형체들이 마음에 들어요. 작은 님프와 화난 신들 그런 거요. 저 상징들을 다 아시나요?" 클로이가 물었다.

"아뇨. 비너스와 큐피드 외에는 모릅니다."

"나는 그것도 몰랐어요. 그러니 나보다는 한 수 위시네요. 고대 신화를 좀더 읽었으면 좋았을 것을. 사실 저런 것들을 보는 걸 좋아하지만, 그 의미는 잘 모르죠."

그녀는 다시 그림으로 눈을 돌렸다. 그녀의 손이 다시 내 손을 스쳤다.

10. 그 손은 욕망의 상징[브론치노의 상징보다 더 미묘하고 증거도 더 부족한 상징]일까? 아니면 피로한 팔 근육이 아무 뜻 없이 무의식적으로 경련을 일으킨 것일까? 북유럽 초기 회화 전시실로 들어가면서 치마를 매만진다든가, 에이크(Jan van Eyck, 1395?–1441, 플랑드르의 화가/역주)의 「조반니 아르놀피니의 결혼」 옆에서 기침을 한다든가, 턱을 손으로 받치기 위해서 카탈로그를 나에게 건넨다든가 하는 클로이의 행동을 나는 어떻게 이해해야 할까?

욕망 때문에 나는 실마리들을 악착같이 쫓는 사냥꾼이 되었다. 모든 것에서 의미를 읽어내는 낭만적 편집증 환자가 되었다. 그러나 비록 구애의 의식(儀式)들 때문에 안달을 하고 있기는 했지만, 나는 그런 수수께끼 때문에 클로이가 독특한 매력을 지니게 된다는 사실을 알고 있었다. 가장 매력적인 사람은 곧바로 우리에게 입맞춤을 허락하는 사람[우리는 곧 배은망덕해진다]이나 절대 우리에게 입맞춤을 허용하지 않는 사람[우리는 곧 그 사람을 잊어버린다]이 아니라, 희망과 절망의 양을 적절하게 안배하여 상대의 마음에 안겨줄 줄 아는 사람이다.

11. 비너스가 뭘 좀 마시고 싶어하여, 그녀와 큐피드는 엘리베이터로 향했다. 카페테리아에서 클로이는 쟁반 하나를 들더니 강철 배식대 위로 밀고 나갔다.

"차 마시겠어요?" 그녀가 물었다.

"네. 하지만 내가 사겠습니다."

"무슨 말씀, 내가 살게요."

"내가 사겠습니다."

"아녜요, 아니에요, 내가 살게요."

입씨름은 잠시 더 되풀이되었다. 우리가 그렇게 열심히 입씨름을 한 이유는 아마 다른 사람에게 음료수 값을 내게 하는 것의 의미를 두고 우리 둘 다 비합리적일 정도로 불안해했기 때문일 것이다. 우리는 트라팔가 광장을 굽어보는 탁자에 앉았다. 크리스마스 트리의 불빛들이 도시 풍경을 기괴한 축제 분위기로 감싸고 있었다. 우리는 미술에 대해서 이야기하기 시작했다. 거기에서 화가로 옮겨갔고, 화가에서 두 번째 차[그녀가 이겼다]와 케이크[승부는 2대 1이 되었다]로, 거기에서 다시 아름다움으로 일탈했고, 아름다움에서 사랑으로 넘어갔다.

"이해 못 하겠군요. 진정한, 지속적인 사랑이라는 게 있다는 거예요, 없다는 거예요?" 클로이가 물었다.

"내가 말하는 것은 그것이 매우 주관적이라는 것입니다. '사랑'이라고 부르는 한 가지 특질이 있다고 생각할 수는 없다는 거죠. 사람들이 사랑이라고 말할 때 그 의미는 다들 달라요. 열정과 사랑을 구별하는 것, 순간적으로 홀리는 것과 사랑을 구별하는 것은 까다로운 일입니다—."

"맞아요. 그런데 이 케이크 역겹지 않아요?" 클로이가 말을 끊었다.

"사지 말걸 그랬네요. 그러니까 나한테 이걸 사줄 필요가 없었다는 거죠. 이런, 내가 너무 무례했네요."

"사과는 서면으로 제출하시기 바랍니다."

"어쨌든 진지하게 말해서, 대부분의 사람들에게 사랑을 믿느냐고 묻는다면, 아마 안 믿는다고 대답할 거예요. 하지만 그게 반드시 사람들의 진실한 생각이라고 할 수는 없어요. 그것은 자기들이 원하는 것을 얻지 못할 경우에 대비하여 자신을 방어하는 방식일 뿐이거든요. 사람들도 사랑을 믿지만, 그렇게 믿어도 되는 상황이 오기 전에는 아닌 척하죠. 가능하기만 하다면 대부분의 사람들이 냉소주의를 던져버릴 거예요. 하지만 다수는 그럴 기회를 결코 얻지 못하죠."

12. 그녀가 말하는 "대부분의 사람들"이란 누구일까? 내가 그녀의 냉소주의를 쫓아낼 남자일까? 우리는 지금 우리 탁자 위에 놓인 문제가 사랑 그 자체의 본질이 무엇이냐가 아니라, 우리가 서로에게 무엇이냐[그리고 무엇이 될 것이냐]라

는 것을 무시한 채 사랑에 관하여 추상적으로 이야기했다.

아니면 사실 탁자 위에는 먹다 만 당근 케이크와 차 두 잔 외에 아무것도 없었던 것일까? 혹시 추상적인 것이 클로이가 원했던 전부는 아닐까? 그냥 자신이 진정으로 하고 싶은 이 야기를 하고 있었던 것은 아닐까? 그러나 이것은 입으로 하는 말은 절대 진정으로 하고 싶은 말이 아니라는 구애의 제1 규칙을 정면으로 위배하는 일이었다.

13. 우리의 머뭇거림은 하나의 게임이었다. 그러나 진지하고 유용한 게임이었다. 이런 게임을 통해 내키지 않아 하는 파트너를 불쾌하게 만드는 일을 최소화할 수 있고, 원하는 파트너를 서로에 대한 욕망이라는 전망 속으로 서서히 끌어들일 수 있었다. "나는 당신을 좋아한다"라는 큰 말이 주는 위압감은 "하지만 당신이 그것을 직접적으로 알게 할 만큼 좋아하지는 않는다⋯⋯"고 덧붙임으로써 누그러뜨릴 수 있었다. 클로이와 나는 예의바르게도 솔직한 사랑 고백에 따르는 대가를 전액 지불해야 하는 부담을 서로에게서 덜어주고 있었다.

14. 우리는 다른 사람들을 참조하여 우리가 원하는 것을 규정하는 데 도움을 얻었다. 클로이의 직장에는 늘 어울리지 않는 유형의 남자와 사랑에 빠지는 친구가 있었다. 현재 그녀를 질퍽대게 만드는 자는 여행 가이드였다.

"그러니까 내 말은, 왜 배기 가스 냄새를 풍기고 다니고 섹스 때문에 그 애를 이용하는 그런 놈팡이하고 어울리느냐는 거예요. 만일 그 애도 섹스 때문에 그 작자를 이용하고 싶어한다면 그건 좋다 이거예요. 하지만 그 작자는 그렇다고 말할 수 있을 만큼 발기 지속 시간이 길지도 못해요."

"끔찍한 얘기로군요." 나는 그렇게 대구하면서도 속으로는 "길다"는 것이 얼마나 긴 시간을 의미할까 생각하며 마음을 졸였다.

"어쩌면 그냥 슬픈 얘기일지도 모르죠. 두 사람은 똑같은 기대를 안고 사귀어야 해요. 서로 똑같이 줄 준비가 된 상태에서 말이에요. 한쪽은 그저 한번 즐기고 싶어하고 다른 쪽은 진정한 사랑을 원하면 안 된다는 거죠. 거기서 모든 괴로움이 생기는 것 같아요."

15. 6시가 지나 그녀의 직장도 마칠 시간이었기 때문에 나는 클로이에게 이왕 이렇게 된 것 오늘 밤에 나와 함께 저녁을 먹어도 되지 않겠느냐고 물었다. 그녀는 그 제안에 웃음을 짓더니, 잠깐 창 밖으로 세인트 마틴-인-더-필즈를 지나는 버스를 물끄러미 바라보았다. 이윽고 그녀는 눈길을 거두며 말했다. "고맙지만 사양하겠어요. 그건 정말 안 되겠어요."

내가 막 절망하려는 순간, 그녀는 얼굴을 붉혔다.

16. 사랑하는 사람이 보내는 모호한 신호들과 마주쳤을 때,

이런 분명한 태도의 결여를 수줍음 탓으로 돌리는 것보다 더 좋은 설명이 어디 있겠는가—사랑하는 사람도 바라기는 하지만, 너무 수줍어서 그렇다고 말을 못 한다. 이렇게 자신의 유혹의 대상이 수줍어한다고 말하고 싶은 사람은 절대 실망하지 않는다.

"어머, 정말 중요한 걸 잊었네." 클로이는 얼굴을 붉힌 것에 대해서 다른 설명을 내놓는다. "오늘 오후 인쇄소에 전화하기로 했는데. 그걸 깜빡하다니. 내가 제정신이 아닌가봐."

구애하는 사람은 동정심을 보여준다.

"그런데, 저녁 얘긴데요, 나중에 꼭 같이 하기로 해요. 나도 같이 저녁을 먹고 싶어요. 정말로 그러고 싶어요. 하지만 지금은 어려워요. 다시 다이어리를 확인해보고 내일 전화를 드릴게요, 약속해요, 잘하면 주말 전에 시간을 낼 수도 있을 거예요."

진정성

1. 가장 매력을 느끼지 못하는 사람을 가장 쉽게 유혹할 수 있다는 것은 사랑의 아이러니 가운데 하나이다. 내가 클로이를 사랑한다는 것은 나 자신의 가치에 대한 모든 믿음을 잃었다는 뜻이다. 그녀와 비교하면 나는 도대체 무엇일까? 그녀가 내 초라한 입에서 떨어지는 말 [그것도 내 혀가 풀려야 가능하겠지만] 가운데 몇 마디에 기꺼이 대꾸를 해주는 것도 영광인데, 하물며 나와 저녁 식사를 하기로 약속하고 또 아주 우아하게 차려입고 나왔다는 것["이 옷 괜찮아요?" 그녀는 차 안에서 묻더니 덧붙였다. "괜찮아야 돼요. 여섯 번씩이나 옷을 바꿔 입어볼 수는 없는 것 아니에요?"]은 최고의 영광이 아닌가.

2. 금요일 밤이었다. 클로이와 나는 최근에 풀럼 로드 끝에 문을 연 프랑스 레스토랑 레 리에종 당제뢰즈('위험한 관계'라

는 의미/역주)의 구석 자리에 앉았다. 클로이의 아름다움을 돋보이게 하는 데에 그보다 나은 배경은 없었을 것이다. 샹들리에는 그녀의 얼굴에 부드러운 그림자를 드리워주었고, 옅은 녹색의 벽은 그녀의 옅은 녹색 눈과 조화를 이루었다. 나는 마치 탁자 건너에 천사를 마주 대하고 앉아 있기라도 한 것처럼 정신이 멍해져서 생각을 하거나 말을 할 능력을 완전히 잃어버렸다. 아무 말 없이 풀을 먹인 하얀 탁자보에 손가락으로 무늬를 그리거나, 목이 마르지도 않은데 커다란 유리잔에 든 탄산수를 홀짝일 뿐.

3. 나는 열등감 때문에 나 자신이 아닌 인격, 나의 고귀한 동행자의 모든 요구와 암시에 반응하는 구애의 자아를 내세워야 했다. 사랑 때문에 나는 클로이의 눈을 상상하고 그 눈을 통하여 나 자신을 보게 되었다. "클로이를 기쁘게 하려면 나는 누가 되어야 하나?" 나는 그렇게 자문했다. 그렇다고 극악한 거짓말을 했다는 것은 아니다. 그저 클로이가 무슨 말을 듣고 싶어할지 계속 미리 예상을 하려 했을 뿐이다.

"포도주 좀 드실래요?" 나는 그녀에게 물었다.

"글쎄요. 포도주 좋아하세요?" 그녀가 되물었다.

"드시겠다면 난 상관없어요."

"좋으실 대로 하세요. 원하시는 대로."

"나는 아무 쪽이나 좋은데요."

"나도 찬성이에요."

"그럼 마셔야 하나, 말아야 하나?"

"어, 나는 안 마시는 것이 좋겠어요."

"그래요, 나도 별로 마시고 싶지 않군요."

"그럼 포도주는 마시지 말기로 하죠."

"좋습니다. 그럼 물만 마시죠."

4. 첫 번째 코스가 나왔다. 요리를 담은 접시들의 배치는 잘 꾸민 프랑스 정원 특유의 대칭성을 보여주었다.

"너무 아름다워서 손대기가 그러네요." 클로이가 말하고는 [내가 그 느낌을 어떻게 알겠는가] 덧붙였다. "이런 구운 참치는 먹어본 적이 없어요."

우리는 먹기 시작했다. 그러나 도자기에 나이프와 포크가 부딪히는 소리뿐이었다. 할 말이 없는 것 같았다. 클로이는 너무나 오랫동안 나의 유일한 생각이었지만, 지금 이 순간에는 내가 그녀와 공유할 수 없는 하나의 생각이었다.

침묵은 저주스러웠다. 매력적이지 않은 사람과 함께 있을 때 둘 다 입을 다물고 있으면 그것은 상대가 따분한 사람이라는 뜻이다. 그러나 매력적인 사람과 함께 있을 때 둘 다 입을 다물고 있으면 따분한 사람은 나 자신이 되고 만다.

5. 물론 침묵과 서툰 태도는 욕망의 애처로운 증거로 여길 수 있다. 별로 마음이 끌리지 않는 사람은 유혹하기가 쉽기 때문에, 유혹에 서툰 사람이 오히려 진정한 마음을 가진 사

람이라고 관대하게 봐줄 수도 있다. 정확한 말을 찾지 못한다는 것은 역설적으로 정확한 말을 의도하고 있다는 증거가 되는 경우가 많다. 우리가 들어간 식당과 이름이 같은 『위험한 관계(Les Liasions Dangereuses)』라는 책에서 드 메르퇴유 후작부인은 드 발몽 자작에게 편지를 쓰는데, 후작부인은 자작의 연애편지가 너무 완벽하고 논리적이기 때문에 진정한 연인의 말일 수 없다고 까탈을 부린다. 진정한 연인의 생각은 두서가 없고 말은 조리가 안 선다는 것이다. 진정한 욕망은 명료한 표현이 불가능하다. 그러나 나는 그 순간에는 나의 말의 변비를 자작의 다변과 바꾸고 싶은 마음이 간절했다.

6. 나는 클로이에 대해서 좀더 알아내야 했다. 어떤 거짓 자아를 채택할지 알아야 진짜 자아를 버리든지 말든지 할 것 아닌가. 그러나 다른 사람을 헤아리는 데 필요한 인내와 지성은 불안하게 흘려 있는 나의 정신으로는 도저히 감당할 수 없는 것이었다. 그래서 나는 환원적인 사회심리학자처럼 행동했다. 한 인간을 단순한 몇 개의 정의 안에 구겨넣으려고 한 것이다. 인간 본성의 미묘한 면들을 포착하는 소설가처럼 주의 깊게 행동하고 싶지가 않았다. 첫 코스 식사를 하면서 나는 멍청하게도 인터뷰를 하듯이 무거운 질문들을 던졌다. 어떤 작가를 좋아합니까? ["시간이 있으면 조이스, 헨리 제임스, 『코스모폴리탄』을 읽어요."] 일은 마음에 듭니까? ["일이란 게 다 지겨운 거 아니에요?"] 아무 데서나 살 수 있다면 어느

나라에서 살고 싶습니까? ["여기도 괜찮아요. 헤어드라이어 플러그를 바꿀 필요가 없는 데라면 아무 데라도 좋아요."] 주말에는 주로 뭘 합니까? ["토요일에는 영화를 보고, 일요일에는 저녁에 우울해지면 먹을 초콜릿을 쟁여둬요."]

7. 그런 서툰 질문들 [그래도 내가 물어보는 질문들 하나하나를 통하여 나는 그녀를 좀더 많이 알게 되는 것 같았다] 배후에는 가장 직접적인 질문으로 다가가려는 초조한 시도가 있었다. "당신은 누구입니까?"—그리고 그것과 연결되는 "나는 누구여야 합니까?" 그러나 그런 직접적인 태도는 실패할 수밖에 없는 운명이었다. 내가 그렇게 하면 할수록, 내 연구 대상은 그물 사이로 빠져나가면서 자신이 무슨 신문을 읽는지, 무슨 음악을 좋아하는지만 알려주었다. 그런 것들을 안다고 해서 그녀가 "누구"인지 깨달을 수 있는 것은 아니었다.

8. 클로이는 자기 이야기를 하는 것을 싫어했다. 겸손과 자기 비하가 그녀의 가장 분명한 특징이었는지도 모르겠다. 대화를 하다가 자신을 가리키게 되면, 그냥 "나"라든가 "클로이"라고 하는 것이 아니라, "나 같은 무능력자"라고 말하곤 했다. 그녀의 자기 비하가 더욱 매력적이었던 것은 그것이 자기 연민에 빠진 사람들의 위장된 호소에서 벗어난 것처럼 보였기 때문이다. "나는 너무 멍청해요 / 아니, 당신은 그렇지 않아요" 하는 식의 대화를 의도하는 거짓된 자기 비하가 아니었

다는 것이다.

그녀의 유년은 편치 않았지만 그녀는 초연하게 이야기를 했다["욥(성서의 등장인물로 고생을 많이 한 사람/역주) 정도는 우습다는 듯이 어린 시절을 극적으로 만드는 것이 싫어요"]. 그녀는 경제적 여유가 있는 집안에서 성장했다. 그녀의 아버지["아버지의 모든 문제는 아버지의 부모님이 아버지를 배리라고 부를 때부터 시작되었어요"]는 학자이고, 법대 교수였으며, 어머니["클레어"]는 한동안 꽃가게를 했다. 클로이는 가운데 아이로, 귀염받는 훌륭한 두 아들 사이에 낀 딸이었다. 그러나 그녀가 여덟 살 생일을 넘긴 직후 오빠가 백혈병으로 죽자 부모의 슬픔은 딸에 대한 분노로 표현되었다. 딸은 학교에서는 멍청하고 집에서는 잘 토라지는 아이였으며, 그러면서도 그들이 귀여워하던 아들과는 달리 생명줄을 놓지 않았다. 딸은 벌어진 일이 자기 탓이라고 생각하여 죄책감을 느끼며 자라났다. 그러나 그녀의 부모는 그런 감정을 덜어주려고 하지 않았다. 그녀의 어머니는 사람의 가장 약한 점을 붙들고 놓아주지 않는 사람이었다. 그래서 클로이는 자기가 죽은 오빠보다 공부를 못한다는 것, 자신이 요령 없는 아이라는 것, 그녀의 친구들이 창피한 아이들이라는 것[이런 비난들은 사실이라고 할 수 없었지만, 계속 반복되자 사실이 되어갔다]을 끊임없이 마음에 새겨야 했다. 클로이는 아버지에게 애정을 구했다. 그러나 아버지는 법적 지식에는 개방적이었지만 감정에는 폐쇄적인 사람이었다. 아버지는 따뜻한 태도를 보여주는 것이 아니라 현학적인 태도로 법적 지식을 이야기해주었다. 사춘기가 되면서 아버지에 대한 클로이의 좌절감은 분노로 바뀌었고, 클로이는 아버지와 아버지가 대표하는 모든 것에 공개적으로 대항했다[내가 법을 직업으로 택하지 않은 것이 다행이었다].

9.   그녀는 식사 도중 과거의 남자 친구들에 대해서는 암시만 주었다. 한 사람은 이탈리아에서 오토바이 수리공으로 일했는데, 그녀를 몹시 거칠게 다루었다. 그녀가 어머니 노릇을 했던 다른 남자 친구는 마약 때문에 감옥에 가고 말았다. 세 번째는 런던 대학교의 분석철학가였다["그 사람이 내가 한번도 잠자리를 같이하지 않았던 아버지 역할을 했다는 것은 프로이트가 아니라도 알 수 있죠"]. 네 번째는 로버의 테스트카 드라이버였다["지금까지도 나는 그 사람과 사귀었던 이유를 알 수가 없어요. 아마 그의 거친 버밍엄 악센트가 마음에 들었었나봐요"]. 그러나 분명한 그림이 떠오르지 않았기 때문에, 내 머릿속에서 떠오르고 있던 그녀의 이상적인 남자에 대한 그림을 계속 재조정해야 했다. 게다가 그녀는 똑같은 점을 두고 한번은 칭찬을 했다가 조금 후에는 비난을 했기 때문에, 나는 미친 듯이 계속 고쳐대야 했다. 그녀는 감정적 취약성을 칭찬하는 듯하다가, 곧이어 그것을 비판하고 독립성을 찬양했다. 정직을 최고의 가치로 찬양하다가, 결혼이 위선이라는 근거로 간통을 정당화하기도 했다.

10. 그녀의 관점이 복잡했기 때문에 나는 분열증을 일으킬 지경이었다. 메인 코스[나는 오리 고기였고 그녀는 연어였다] 때는 지뢰가 박힌 습지를 걷는 기분이었다. 두 사람이 오직 서로만을 위해서 살 수 있다고 생각하나요? 어렸을 때 힘들었나요? 진정한 사랑을 해본 적이 있나요? 감정적인 사람이세요, 아니면 지적인 사람이세요? 지난 선거에서 어디에 투표를 했어요? 좋아하는 색이 뭐예요? 여자가 남자보다 불안정하다고 생각하세요? 독창성이라는 것은 자신이 하는 말에 동의하지 않는 사람들을 소외시킬 위험이 있었기 때문에 나는 그쪽으로는 전혀 다가갈 수가 없었다.

11. 클로이는 다른 고민에 빠져 있었다. 디저트를 먹을 시간이었기 때문이다. 그녀에게는 한 가지 선택밖에 없었지만 욕망은 한 가지가 넘었다.

"어떻게 생각하세요? 초콜릿이 나을까요, 캐러멜이 나을까요?" 그녀가 물었다. 이마에 죄책감의 흔적이 드러났다. 그녀가 덧붙였다. "하나씩 시킨 다음에 나누어 먹을 수도 있겠네요."

나는 둘 다 먹고 싶지 않았다. 그때까지 먹은 것도 소화가 제대로 안 되었기 때문이다. 그러나 그것은 중요한 문제가 아니었다.

"나는 초콜릿을 정말 좋아해요. 어떠세요?" 클로이는 이렇게 묻더니 덧붙였다. "나는 초콜릿을 좋아하지 않는 사람을 이해할 수가 없어요. 전에 어떤 남자를 사귄 적이 있는데, 아까 말하던 로버트라는 사람 말이에요. 나는 그 사람하고는 한번도 편안했던 적이 없어요. 이유를 알 수가 없었죠. 그러다 어느 날 모든 것이 분명해졌어요. 그 사람이 초콜릿을 좋아하지 않았던 거예요. 아니, 그냥 좋아하지 않는 정도가 아니라, 정말로 싫어했어요. 초콜릿 바를 앞에 갖다놓아도 손도 내밀지 않을 사람이었죠. 나로서는 상상도 할 수 없는 일이에요. 그 점이 분명해지자, 짐작하시겠지만, 우리가 헤어져야 한다는 것도 분명해졌죠."

"그렇다면 우리 둘 다 시켜서 서로의 것을 맛보는 게 좋겠군요. 그런데 어느 쪽이 더 마음에 드세요?"

"나는 상관없어요." 클로이가 거짓말을 했다.

"그래요? 상관이 없으시다면, 내가 초콜릿을 먹죠. 나는 초콜릿이라면 도무지 참지를 못하거든요. 저 아래 있는 더블 초콜릿 케이크 있죠? 저걸 주문해야겠어요. 다른 것보다 초콜릿이 훨씬 더 많이 들어 있는 것 같으니까."

"정말 벌받을 짓을 하시네요." 클로이는 기대감과 수치가 뒤섞인 감정 때문에 아랫입술을 깨물며 덧붙였다. "하지만 뭐 어때요? 그쪽 말이 절대적으로 옳아요. 인생은 짧고 뭐 그런 것 아니겠어요."

12. 그러나 나는 거짓말을 했다[주방에서 닭 우는 소리가 들리는 것 같았다(성서에서 베드로는 닭이 울기 전에 세 번 거짓말을 했

다/역주)]. 사실 나는 초콜릿에 알레르기가 있는 편이었다. 하지만 그런 상황에서, 초콜릿에 대한 사랑이 클로이와 맺어지는 데 결정적 기준이 되는 상황에서, 어떻게 정직할 수 있을까?

나는 다른 사람에게 끌리는 것은 곧 나의 모든 개인적 특징들을 버리는 것이라고 결론을 내렸다. 나의 진짜 자아는 사랑하는 사람에게서 발견되는 완벽성과 화해 불가능한 갈등관계에 있으며, 따라서 무가치할 수밖에 없기 때문이다.

13. 나는 거짓말을 했다. 그러나 그랬다고 해서 클로이가 그것 때문에 나를 더 좋아하게 되었을까? 그러나 묘하게도 그녀는 내가 초콜릿을 먹겠다고 강하게 주장하자 실망감을 드러낼 뿐이었다. 아마 캐러멜의 열등한 맛을 생각해서 그랬던 것인지도 모른다. 어쨌든 그녀는 곧바로 초콜릿을 너무 좋아하는 사람도 결국에는 초콜릿을 너무 싫어하는 사람과 마찬가지로 문제가 생길 수 있다고 덧붙였다.

14. 우리가 매력을 느끼는 것은 계획이 아니라 우연이다. 클로이가 어떤 행동을 했기에 내가 그녀를 사랑하게 된 것일까? 그녀에 대한 나의 사랑은 그녀의 정치적 입장이나 신중하게 고른 옷만큼이나 그녀가 웨이터에게 버터를 주문하는 모습이 귀엽다는 사실과도 관련을 맺고 있었다.

가끔 여자들이 나를 유혹하려고 어떤 행동을 하는 경우가 있었지만, 내가 그런 행동에 반응을 보인 적은 거의 없었다.

나는 아주 주변적인 작은 것들에 끌리는 경향이 있었다. 유혹하는 여자 자신도 의식하지 못하기 때문에 전면에 내세우지 못하는 것들. 나는 코 밑에 약간 솜털이 있는 여자를 사랑한 적이 있다. 보통 나는 여자의 콧수염에는 까다로운 편인데, 이상하게도 이 여자의 경우에는 거기에 매력을 느꼈다. 내 욕망은 그녀의 따뜻한 웃음, 긴 금발, 지적인 대화보다도 그 솜털이 있는 곳에 집중하겠다고 고집을 부렸다. 나는 친구들과 그녀의 매력을 이야기하면서, 애써 그것이 그녀가 지니고 있는 뭐라고 규정할 수 없는 "분위기"와 관계가 있다고 주장했다. 그러나 내가 다름 아닌 코 밑의 솜털과 사랑에 빠졌다는 것은 엄연한 사실이었다. 다시 그 여자를 만났을 때, 누가 전기분해 요법을 권했는지 솜털은 사라지고 없었다. 내 욕망도 [그녀의 다른 많은 장점에도 불구하고] 그녀의 솜털을 따라서 사라져버렸다.

15. 이슬링턴으로 돌아가려고 길을 나섰을 때 유스턴 로드는 여전히 차로 꽉 막혀 있었다. 클로이를 집에 데려다주기로 이미 이야기가 되어 있었다. 그런 문제가 의미를 가지기 오래 전에 결정된 일이었다. 그럼에도 구애자의 고민이 차 안을 짓누르고 있었다. 구애의 어느 시점에서 배우는 관객을 잃을 위험을 무릅써야 한다. 그러나 리버풀 로드 23a번지의 문 앞으로 다가가면서 나는 기호들을 오독했을 위험에 겁을 집어먹고, 비유적인 의미의 커피 한 잔을 제안할 때가 아직

도래하지 않았다고 결론을 내렸다.

그러나 그렇게 긴장된 자리에서 식사를 하고 초콜릿까지 잔뜩 먹은 터라 내 위는 갑자기 완전히 다른 종류의 요구를 하기 시작했다. 나는 어쩔 수 없이 아파트에 올라가게 해달라고 요청했다. 나는 클로이를 따라서 계단을 올라가 거실로 들어갔고, 그곳에서 욕실로 안내받았다. 몇 분 뒤에 욕실에서 나왔을 때도 내 의도에는 변함이 없었다. 나는 외투로 손을 뻗으며 내 사랑에게, 절제가 최선이며 지난 몇 주 동안 품었던 공상은 공상으로 끝나야 한다고 결심한 남자의 사려 깊은 권위로 즐거운 저녁을 보냈으며 곧 다시 만나고 싶다고, 크리스마스 휴가가 끝나면 전화하겠다고 말했다. 나는 그런 성숙한 태도를 보여준 나 자신을 대견해하며, 그녀의 양 볼에 입을 맞추고 잘 자라는 인사를 건네면서 아파트를 떠나려고 몸을 돌렸다.

16. 따라서 클로이가 내 말에 쉽게 설득당하지 않고 내 목도리 끝을 잡아 나의 도주를 저지한 것은 다행스러운 일이었다. 그녀는 나를 아파트 안으로 다시 끌어당겨 두 팔로 끌어안았다. 그녀는 내 눈을 똑바로 바라보며 싱긋 웃었다. 아까 초콜릿을 기다릴 때 딱 한 번 보여주었던 웃음이었다. 그녀는 속삭였다. "우리는 애들이 아니잖아요." 그녀는 그 말이 끝나기가 무섭게 내 입을 자신의 입으로 덮었으며, 그때부터 인류 역사상 가장 길고 가장 아름다운 키스가 시작되었다.

— 05 —

정신과 육체

1. 생각만큼 섹스와 대립하는 것은 없다. 섹스는 본능적이고, 반성하지 않으며, 자연발생적이다. 이에 반해 생각은 신중하고, 말려들지 않으려 하고, 판단하려고 한다. 내가 섹스를 하는 동안에 생각을 했다는 것은 성적 교류의 근본 법칙을 어긴 것이다. 그러나 선택의 여지가 있었을까?

2. 가장 달콤한 키스, 키스라면 이래야 한다고 꿈꾸어오던 키스였다. 가볍게 스치다가 머뭇머뭇 살며시 밀고 나가자, 우리 살갗에서 독특한 맛이 풍겨나왔다. 이어서 압력이 강해지고, 우리 입술은 떨어졌다가 다시 붙었다. 두 입은 헐떡거리며 욕망을 표현했다. 내 입술은 잠시 클로이의 입술을 떠나 그녀의 뺨, 관자놀이, 귀를 찾았다. 그녀는 자신의 몸을 내 몸에 밀착시켰고, 우리의 다리가 얽혔다. 어찔하는 느낌과

함께 둘 다 소파로 쓰러졌다. 우리는 웃음을 터뜨리며 서로에게 매달렸다.

3. 그러나 이런 에덴을 방해한 것이 있었다. 클로이의 거실에서 뒹굴며 그녀와 입을 맞추고, 옆에서 그녀의 뜨거움을 느끼는 것이 무척이나 이상한 일이라는 생각이었다. 이제까지의 그 모든 모호함 뒤에 아주 갑자기 키스가 찾아왔기 때문에, 내 정신은 사태의 주도권을 육체에 이양하는 것을 거부하고 있었다. 내 관심을 집요하게 물고 늘어지는 것은 키스 자체가 아니라 키스에 대한 생각이었다.

4. 몇 시간 전까지만 해도 몸을 철저한 프라이버시의 영역 [블라우스와 치마의 윤곽에 의해서만 암시되었을 뿐]으로 간직하던 여자가 이제 내 앞에서 옷을 벗을 준비를 하고 있었다. 오래 대화를 나누기는 했지만, 그래도 나는 클로이에 대한 나의 낮 시간의 지식과 밤 시간의 지식 사이, 그녀의 성기와의 접촉이 뜻하는 친밀함과 그녀의 삶의 나머지 미지의 영역 사이의 불균형을 느끼지 않을 수 없었다. 우리의 육체적 헐떡거림과 더불어 피어나는 그런 생각들은 무례하게도 욕망의 법칙들에 맞서서 불쾌할 정도의 객관성을 끌고 들어오고, 그럼으로써 우리와 함께 방 안에 있는 제3자, 지켜보고, 관찰하고, 또 심지어 판단까지 하는 자의 위치에 올라서려고 하는 것 같았다.

5. "잠깐만요." 내가 블라우스 단추를 푸는데 클로이가 말했다. "커튼을 쳐야겠어요. 밖에 있는 사람들이 죄다 우리를 보게 하고 싶지는 않아요. 아니면 침대로 갈까요? 그곳이 더 넓은데."

우리는 비좁은 소파에서 몸을 일으켜, 어두운 실내를 통과하여 클로이의 침실로 들어갔다. 중앙에 크고 흰 침대가 놓여 있고, 그 위에 쿠션과 신문, 책과 전화기가 쌓여 있었다.

"지저분해서 미안해요. 아파트의 나머지 공간은 남들에게 보여주는 곳이고, 이곳이 내가 진짜 사는 곳이에요."

그 지저분한 곳에 동물이 한 마리 있었다.

"구피예요. 내 첫사랑이죠." 클로이는 나에게 털이 복슬복슬한 잿빛 장난감 코끼리를 건네주었다. 코끼리의 얼굴에서는 질투하는 기색을 전혀 찾아볼 수 없었다.

6. 클로이가 침대를 정리하는 것을 기다리자니 어색했다. 조금 전까지 타오르던 우리 육체의 열망은 무거운 침묵으로 바뀌었다. 우리가 불편할 정도로 우리의 벌거벗음에 가까이 가 있음을 알려주는 침묵이었다.

7. 클로이와 내가 크고 하얀 침대 위에서 서로의 옷을 벗기고, 침대맡의 작은 램프 불빛에 의지해 서로의 나신을 처음 보았을 때, 우리는 타락 전의 아담과 이브처럼 자의식을 가지지 않으려고 했다. 나는 클로이의 치마 밑으로 두 손을 미

끄러뜨렸고 그녀는 늘 하던 일을 하듯 무심하게 내 바지 단추를 풀었다. 마치 우편함을 열거나 이불 홑청을 가는 사람처럼.

8.   그러나 우리의 열정을 방해할 수 있는 것이 한 가지 있다면, 그것은 서투름이었다. 그 서투름 때문에 클로이와 나는 결국 함께 침대에 들어오게 된 것이 얼마나 우습고 괴상망측한 일인지를 의식하게 되었다. 나는 아주 서툴게 클로이의 속옷[그녀의 무릎 근처에 걸려 잘 벗겨지지 않았다]을 벗기려고 낑낑댔고, 그녀는 내 셔츠 단추를 푸느라고 고생했다. 그러나 우리 둘 다 아무 말도 하지 않으려 했고, 심지어 웃음을 지으려고 하지도 않았다. 현재 진행되고 있는 일의 희극적일 수도 있는 측면은 눈에 들어오지 않는 것처럼, 욕망에 사로잡힌 진지한 분위기로 서로를 바라볼 뿐이었다. 그렇게 우리는 반쯤 벌거벗은 채 침대 가장자리에 앉아 있었고, 얼굴은 죄를 짓는 초등학생들처럼 벌겋게 달아올라 있었다.

9.   침실의 철학자는 나이트클럽의 철학자만큼이나 우스꽝스러운 존재이다. 그 두 영역에서는 육체가 두드러지고 또 그만큼 상처받기도 쉽기 때문에, 정신은 말없이, 개입 없이 판단을 내리는 도구가 된다. 생각이 배신행위가 되는 것은 그것이 프라이버시 안에 갇혀 있기 때문이다. 연인은 말한다. "나한테 하지 못할 말이 있다면, 당신 혼자만 생각해야 하는 것이

있다면, 당신을 진정으로 신뢰할 수 있을까?"

나는 손과 입술로 클로이의 몸을 쓰다듬는 동안 어떤 잔인한 생각도 하지 않았다. 그러나 내가 생각을 하고 있다는 사실 자체에 클로이는 마음이 편치 않았을 수도 있다. 생각이란 판단을 포함하기 때문이다. 그리고 우리 모두 판단이라고 하면 무조건 부정적인 내용일 것이라고 생각할 만큼 편집증적이기 때문이다. 따라서 벌거벗은 상태 때문에 모든 상처받을 만한 일에 민감하게 반응하게 되는 침실에서 생각은 늘 수상쩍은 것이 된다. 성기의 크기, 색깔, 냄새, 작용을 중심으로 다양한 콤플렉스들이 생겨난다는 것은 뒤집어 말하면 침실에서는 모든 평가적 판단을 흔적도 없이 없애버려야 한다는 뜻이다. 따라서 침실에서는 연인들의 생각의 소리를 삼켜버리는 숨소리, "나는 정열에 사로잡혀서 아무 생각도 할 수 없어"라는 메시지를 확인해주는 숨소리만 들린다. 나는 키스한다, 고로 나는 생각하지 않는다. 이것이 사랑을 나누는 행위를 둘러싼 공식적 신화이다. 침실은 두 사람이 서로에게 그들의 벌거벗은 상태를, 그 경외감을 불러일으키는 불가사의를 일깨우지 않겠다고 암묵적으로 동의한 특별한 공간이다.

10. 19세기에 신심이 깊은 젊은 처녀가 결혼을 하게 되자 어머니가 주의를 주었다. "오늘 밤 네 남편이 미친 것처럼 보일 게다. 하지만 아침이면 다시 제정신을 차릴 거야." 정신은 이런 미친 상태의 거부를 상징하기 때문에, 다른 사람들은 숨

을 헐떡거리는데 불공평하게 혼자 말짱한 상태를 유지하는 것처럼 보이기 때문에 불쾌하게 여겨지는 것이 아닐까?

11. 마스터스와 존슨(미국의 성의학자들/역주)이 성관계에서 고원기라고 부른 시점에 이르자 클로이는 나를 올려다보며 물었다.

"무슨 생각해, 소크라테스?"

"아무 생각도." 내가 대답했다.

"거짓말. 눈에 다 쓰여 있는데. 왜 웃음을 짓는 거야?"

"아무것도 아니라고 했잖아. 아니면 모든 것 다일지도 모르지. 천 가지 일들. 클로이, 오늘 저녁, 우리가 여기까지 오게 된 것, 이상하면서도 편안하다는 느낌."

"이상해?"

"모르겠어. 그래, 이상해. 나는 어린아이처럼 자의식을 느끼고 있는 것 같아."

클로이는 웃음을 지었다.

"뭐가 그렇게 웃겨?"

"잠깐 둘러봐."

"왜?"

"그냥 둘러봐."

방 한쪽 편, 서랍장 위쪽에 커다란 거울이 하나 걸려 있었다. 클로이의 시야에 잘 들어오도록 각도가 잡혀 있었다. 거울에는 시트를 휘감은 채 함께 누워 있는 우리 두 사람의 몸이 비치고 있었다.

클로이가 쭉 우리를 지켜보고 있었던 것일까?

"미안해, 미리 말했어야 하는 건데." 클로이는 웃음을 지으며 말을 이었다. "그냥 물어보고 싶지가 않았어, 첫날밤이니까. 괜히 자의식을 느낄까봐."

— 06 —

마르크스주의

1. 보답받지 못하는 사랑에 빠져 어떤 사람[천사]을 보면서 그 사람과 함께 천국에서 누리는 기쁨을 상상할 때, 우리는 한 가지 중요한 위험을 잊기 쉽다. 정작 상대가 나를 사랑해 줄 경우에 그 사람의 매력이 순식간에 빛이 바랠 수가 있다는 것이다. 우리는 타락한 우리 자신으로부터 벗어나 이상적인 사람과 함께 있고 싶어서 사랑을 한다. 그런데 그런 존재가 어느 날 마음을 바꾸어 나를 사랑한다면 어떻게 될까? 나는 충격을 받을 수밖에 없다. 그 사람이 나 같은 사람을 사랑할 만하다고 인정한다는 것은 그 사람의 취향에 뭔가 문제가 있다는 것인데, 그런 문제가 있는 사람이 어떻게 내가 바라던 대로 멋진 사람일 수 있을까? 사랑을 하기 위해서는 상대가 어떤 면에서 나보다 낫다고 믿어야만 한다면, 상대가 나의 사랑에 보답을 할 때 잔인한 역설이 나타나게 되는 것이

아닐까? 우리는 묻게 된다. "그/그녀가 정말로 그렇게 멋진 사람이라면, 어떻게 나 같은 사람을 사랑할 수 있을까?"

2. 인간 심리를 연구하는 사람들에게 사건 다음 날 아침만큼 비옥한 영토는 없다. 그러나 클로이에게는 잠에서 빠져나오자마자 해야 할 급한 볼일들이 있었다. 그녀는 우선 옆의 욕실로 머리를 감으러 갔다. 나는 잠을 깨면서 타일에 물이 부딪히는 소리를 들었다. 나는 침대에 그대로 누워, 시트 속에 남아 있는 그녀의 몸의 형태와 냄새에 싸여 있었다. 토요일 아침이었다. 12월 태양의 소심한 빛줄기들이 커튼 사이로 스며들었다. 그녀의 내부 성소에 몸을 웅크리고 누워서 그녀의 일상을 이루는 물체들, 매일 아침 그녀가 깨어나서 바라보는 벽, 그녀의 자명종, 아스피린 묶음, 침대 옆 탁자의 손목시계와 귀걸이를 본다는 것은 특권이었다. 나의 사랑은 클로이가 소유한 모든 것, 아직 완전히 발견하지는 못했지만 무한히 풍부해 보이는 삶의 물질적 기호들에 대한 매혹으로 나타났다. 일상적인 것이라도 특별한 사람의 손에 들어가게 되면 경이의 빛을 발산하기 마련이다. 한쪽 구석에 밝은 노란색 라디오가 있고, 마티스의 그림 인쇄물 하나가 의자에 기대어 놓여 있고, 전날 밤의 옷은 거울 옆의 옷장에 걸려 있었다. 서랍장 위에는 문고본이 쌓여 있었다. 그 옆에는 핸드백과 열쇠, 광천수 한 병, 코끼리 구피가 있었다. 전이(轉移)의 한 형태이겠지만, 나는 그녀가 소유한 모든 것을 사랑하게

되었다. 모든 것이 아주 완벽하고, 세련되고, 사람들이 일반 가게에서 사는 것과는 달라 보였다.

3. "내 속옷을 입어보고 있었어?" 잠시 후 클로이가 보풀보풀한 하얀 가운을 입고 머리에는 수건을 두른 차림으로 욕실에서 나오며 묻더니 덧붙였다. "지금까지 뭐 했어? 침대에서 나와. 우리의 하루를 낭비할 수는 없잖아."
나는 장난스럽게 한숨을 쉬었다.
"나는 가서 아침을 준비할게. 그동안 샤워라도 해. 벽장에 깨끗한 수건이 있으니까. 참, 그런데 키스 한번 어때?"

4. 욕실은 또 하나의 경이의 공간이었다. 단지, 로션, 약, 향수로 가득했다. 그녀의 육체의 성소. 나는 수상 순례지를 찾은 순례자. 나는 머리를 감고 폭포 밑의 하이에나처럼 노래를 부른 뒤 수건으로 몸을 닦고 클로이가 준 새 칫솔을 사용했다. 15분쯤 뒤에 침실로 돌아갔더니 그녀는 없었다. 침대는 정리되어 있었고, 방은 말끔했고, 커튼은 젖혀져 있었다.

5. 클로이는 토스트 정도 굽는 것이 아니었다. 아예 잔칫상을 준비하는 중이었다. 크루아상, 오렌지 주스, 새로 뽑은 커피, 달걀과 토스트, 그리고 탁자 한가운데 노란색과 빨간색 꽃이 든 거대한 꽃병.

6. "굉장한데. 내가 샤워를 하고 옷을 입는 동안 이걸 다 준비했다는 거야?"

"내가 누구처럼 게으르지 않기 때문이지. 자, 식기 전에 먹어요."

"이런 걸 다 준비하다니 정말 착한 사람이네."

"쓸데없는 소리."

"아니, 정말로. 나는 매일 이런 아침상을 받는 게 아니거든." 나는 두 팔로 그녀의 허리를 안으며 말했다. 그녀는 나를 돌아보지는 않고, 내 손을 잡더니 잠시 꼭 쥐었다.

"그렇게 좋아할 필요 없어. 이건 특별히 차린 게 아니거든. 나는 주말마다 이렇게 먹는단 말이야."

그녀의 거짓말은 그녀가 가지고 있는 자부심의 징후였다. 그녀는 낭만적인 것을 비웃는 데에, 감상적인 것을 배격하는 데에, 사무적인 태도를 취하고 거리를 두는 데에 어떤 자부심을 느꼈다. 그러나 속으로는 정반대였다. 이상주의적이고, 몽상적이고, 베풀려고 하고, 입으로는 **죽을 쑤는 것**(지나치게 감상적인 것/역주)이라고 배격하는 모든 것에 깊은 애착을 느꼈다.

7. 훌륭한 **죽** 같은 아침 식사 동안 나는 너무나 뻔한 것을 새삼스럽게 깨달았다. 어찌 된 일인지 그것은 나에게 예기치 못했던 일로, 아주 복잡한 일로 다가왔다. 다름 아니라, 내가 클로이에게 몇 주 동안 느껴오던 것을 클로이도 나에게 약간

은 느끼게 되었다는 사실이었다. 객관적으로 보자면 특별할 것도 없는 일이지만, 나는 그녀를 사랑하게 되면서 어쩐 일인지 보답을 받을 가능성은 전혀 고려하지 않았었다. 나는 사랑받는 것보다 사랑하는 데에 더 무게를 두고 있었다. 내가 사랑하는 일에 집중했던 것은 아마도 사랑을 받는 것보다는 사랑을 하는 것이 언제나 덜 복잡하기 때문일 것이며, 큐피드의 화살을 맞기보다는 쏘는 것이, 받는 것보다는 주는 것이 쉽기 때문일 것이다.

8. 아침을 먹으면서 내가 생각했던 것은 이런 받는 것의 어려움이었다. 크루아상은 평소보다 더 버터가 많았고 커피는 평소보다 향기가 더 좋았지만, 그것들이 상징하는 어떤 관심과 애정 때문에 나는 곤혹스러웠다. 클로이는 전날 밤에 나에게 몸을 열었고, 아침에는 부엌을 열었다. 그러나 나는 이제 "내가 무엇을 했다고 이런 것을 받을 자격이 생겼단 말인가?" 하는 생각이 머릿속에서 맴돌 정도로 불편함을 느끼게 되었다. 짜증에 가까웠다.

9. 스스로 사랑받을 만한 존재라고 확신하지 않는 경우에 타인의 애정을 받으면 무슨 일을 했는지도 모르면서 훈장을 받는 느낌이 든다. 불행하게도 그런 유형의 사람을 위해서 아침 식사를 준비하게 된 사람은 모든 거짓 아첨꾼들이 당하기 마련인 역습에 대비해 마음의 준비를 해야 한다.

10. 무엇을 둘러싼 말다툼인가는 그것을 핑계삼은 불편보다 중요하지 않은 법. 우리의 말다툼은 딸기 잼을 놓고 벌어졌다.

"딸기 잼 없어?" 나는 음식이 가득한 식탁을 둘러보며 물었다.

"없어. 하지만 나무딸기 잼은 있는데, 괜찮아?"

"뭐, 괜찮다고 해두지."

"음, 검은딸기도 있는데."

"나는 검은딸기는 싫어. 검은딸기 좋아해?"

"응. 안 좋을 게 뭐 있어?"

"나는 끔찍해. 그러니까 괜찮은 잼은 없다 이거지?"

"나 같으면 그런 식으로 말하지 않을 것 같은데. 지금 식탁 위에 잼이 다섯 가지나 있어. 단지 딸기가 없다뿐이지."

"알겠어."

"그걸 가지고 뭐 그렇게 난리야?"

"나는 괜찮은 잼 없이 아침을 먹는 것은 싫어하거든."

"괜찮은 잼이 있지. 단지 네가 좋아하는 게 없다뿐이지."

"가게가 멀어?"

"왜?"

"가서 사오려고."

"맙소사, 이제 막 식사를 하려고 앉았잖아. 지금 나갔다 오면 다 식을 거야."

"갔다 올래."

"왜? 다 식으면 어쩌려고?"

"잼이 있어야 하거든, 그게 이유야."

"대체 왜 이래?"

"왜 이러긴? 내가 뭘 어쨌는데?"

"우스꽝스럽잖아."

"안 그런데."

"그래."

"난 잼이 필요할 뿐이야."

"왜 그렇게 대책 없이 굴어? 아침 식사로 이만큼이나 준비했는데 고작 잼 하나 없다고 이런 난리를 피우다니. 정말 그 잼이 필요하다면, 당장 여기서 나가서 다른 사람하고 같이 먹어."

11. 정적이 흘렀다. 클로이의 눈이 흐려졌다. 갑자기 그녀는 일어서서 침실로 들어가 문을 쾅 닫았다. 나는 그대로 식탁에 앉아서 울음소리 비슷한 것에 귀를 기울이고 있었다. 내가 사랑한다고 주장한 여자의 속을 뒤집어놓고 나니 바보가 된 기분이었다.

12. 보답받지 못하는 사랑은 고통스럽기는 하지만, 안전하게 고통스럽다. 자신 외에 누구에게도 피해를 주지 않기 때문이다. 스스로 자초한 달곰쏩쓸하고 사적인 고통이다. 그러나 사랑이 보답을 받는 순간 상처를 받는다는 수동적 태도는

버려야 하며, 스스로 남에게 상처를 입히는 책임을 떠안을 각오를 해야 한다.

13. 클로이에게 상처를 준 일 때문에 나 자신에게 느끼게 된 혐오는 순간적으로 클로이 쪽으로 방향을 틀었다. 그녀가 나를 위해서 이렇게 노력한 것 때문에, 나를 믿을 정도로 약하다는 것 때문에, 나 같은 인간을 선택해 결국 속이 뒤집어지는 꼴을 겪고 마는 그 형편없는 감식력 때문에 그녀가 싫었다. 나한테 칫솔을 주고, 아침 식사를 준비해주고, 어린애처럼 침실에서 우는 것이 갑자기 너무 비루해 보였다. 나는 그녀의 이런 약한 모습에 벌을 주고 싶은 강렬한 충동에 사로잡혔다.

14. 내가 어쩌다가 이런 괴물이 되었을까? 내가 늘 일종의 마르크스주의자라는 사실이 문제였다.

15. 우리가 아는 또다른 마르크스(Grucho Marx, 1890-1977, 미국의 희극인. 이 장에서 저자가 말하는 마르크스주의나 마르크스주의자 역시 그루초 마르크스와 관련된 것이다/역주)는 자신과 같은 사람을 회원으로 받아들여줄 클럽에는 가입할 생각이 없다고 농담을 했다. 이 농담은 클럽 회원권과 마찬가지로 사랑에도 적용되는 진리이다. 우리는 다음과 같은 터무니없는 모순 때문에 마르크스주의자의 입장에 대해서 웃음을 터

뜨리게 된다. 클럽에 가입하기를 소망하면서 그것이 실현되자마자 그 소망을 잃어버리는 것이 어떻게 가능한가? 클로이가 나를 사랑하기를 바랐으면서, 막상 그녀가 나를 사랑하자 그녀에게 화를 내는 것은 어떻게 된 일인가?

16. 어쩌면 어떤 사랑은 아름답거나 고귀한 존재와 사랑의 동맹을 맺음으로써 우리 자신과 우리의 약점에서 벗어나고자 하는 충동에서 비롯되는지도 모르기 때문이다. 그러나 우리가 사랑하는 사람이 우리를 사랑해준다면, 우리는 우리 자신으로 돌아와 우리를 애초에 사랑으로 몰고 간 것들을 떠올리게 된다. 어쩌면 우리가 원했던 것은 사랑이 아니었는지도 모른다. 어쩌면 그저 믿을 수 있는 어떤 사람이었는지도 모른다. 그런데 이제 우리가 사랑하는 사람이 우리를 믿게 되었으니 우리가 어떻게 계속해서 그 사람을 믿을 수 있단 말인가?

17. 클로이가 나 같은 불한당을 감정생활의 중심에 올려놓는다는 것은 생각조차 할 수 없는 일 아닐까? 클로이가 그렇게 하는 것이 어떻게 정당화될 수 있을까? 그녀가 조금이나마 나를 사랑하는 것처럼 보이는 것은 그녀가 나를 오해했기 때문이 아닐까?

18. 마르크스주의자들은 보답받지 못하는 사랑에 빠져서

자신의 사랑이 보답받기를 갈망하지만, 무의식적으로 자신의 꿈이 공상의 영역에 남아 있는 것을 더 좋아한다. 다른 사람들이 나보다 나 자신을 더 낮게 생각할 이유가 어디 있는가? 사랑하는 사람이 마르크스주의자를 우습게 생각할 때에만 마르크스주의자는 사랑하는 사람을 계속해서 최대로 존중하게 된다. 클로이가 나와 함께 자고 나에게 잘해줌으로써 오히려 그녀에 대한 내 평가 점수가 낮아졌다면, 그것은 혹시 그녀가 그 과정에서 나라고 하는 심한 **전염병**에 감염되었기 때문이 아닐까?

19. 나는 다른 사람들에게도 마르크스주의가 영향력을 행사하는 것을 자주 보았다. 열여섯 살 때 열다섯 살짜리 여자아이를 잠시 사랑하게 된 적이 있다. 그녀는 학교 배구 팀 주장이었고, 아주 아름다웠으며, 열렬한 마르크스주의자였다.

그녀는 언젠가 학교 식당에서 내가 사준 오렌지 스쿼시를 앞에 놓고 앉아서 이렇게 말했다. "어떤 남자가 9시에 전화를 걸겠다고 하고 진짜로 9시에 전화를 하면 나는 그 전화를 받지 않아. 결국 그 남자가 필사적으로 얻으려고 하는 것이 뭐겠어? 내가 좋아하는 유일한 남자는 나를 계속 기다리게 하는 남자야. 9시 30분이 되면 나는 그 남자를 위해서 무엇이라도 해주고 싶은 마음이 되거든."

나는 그 나이에도 그 애의 마르크스주의를 직관적으로 이해했던 것 같다. 그 애의 말이나 행동에 관심이 없는 척하려고 노력했기 때문이다. 덕분에 나는 몇 주 뒤에 처음으로 그 애와 키스를 할 수 있었다. 하지만 그 애가 의문의 여지 없이 아름다웠음에도 [그리고 배구만큼이나 사랑의 기술에도 능숙했음에도] 우리의 관계는 지속되지 않았다. 늘 약속 시간보다 늦게 전화를 걸어야 하는 것에 내가 먼저 지쳤기 때문이다.

20. 몇 년 뒤에 다른 여자를 만났는데, 그 애는 [훌륭한 마르크스주의자답게] 자신의 사랑을 얻으려면 남자가 어떤 식으로든 자신에게 도전해야 한다고 믿었다. 어느 날 아침 그 애와 공원으로 산책을 나가기로 하고, 나는 낡고 몹시 역겨운 강철빛 청색 풀오버 스웨터를 입고 갔다.

"어머, 그런 꼴을 하고는 나하고 절대로 같이 다닐 수 없어." 소피는 내가 계단을 올라오는 모습을 보더니 이렇게 소리쳤다. "내가 그런 옷을 입은 사람하고 함께 있는 모습을 누구한테 보여줄 거라고 생각했다면 큰 오산이야."

"소피, 내가 어떤 옷을 입고 있든 무슨 상관이지? 우리는 공원에 산책을 나가는 것뿐이잖아." 나는 그 애의 말이 혹시 진심일까 걱정하면서 대꾸했다.

"어디를 가는 것이든 상관없어. 하여간 다른 옷을 입지 않으면 함께 공원에 가지 않을 거야."

그러나 나는 갑자기 고집이 생겨서 소피의 말을 듣지 않았다. 내가 그 스웨터를 입고 가겠다고 박박 우기는 바람에 잠시 후 나는 그 역겨운 옷을 입은 채 소피와 함께 로열 호스피

틀 가든스로 향하게 되었다. 공원 정문에 도착하자 그때까지도 약간 샐쭉해 있던 소피가 갑자기 침묵을 깨면서 내 팔을 잡더니 나에게 입을 맞추며, 마르크스주의의 진수가 담겨 있다고 할 만한 이야기를 했다. "걱정 마, 나는 너한테 화나지 않았어. 나는 네가 그 끔찍한 것을 입고 있어서 기뻐. 만일 네가 나 하라는 대로 했다면 나는 네가 너무 나약하다고 생각했을 거야."

21. 누군가로부터 사랑을 받는다는 것은 우리가 똑같은 요구를 공유하고 있음을 깨닫는 것이다. 우리가 누군가에게 마음이 끌리는 상태의 핵심에 그 요구가 놓여 있다. 알베르 카뮈는 우리가 다른 사람과 사랑에 빠지는 것은 그 사람이 밖에서 보기에 매우 온전해 보이고—육체적으로 온전하고 감정적으로 "통합되어" 보이고—주관적으로 자신을 보면 몹시 분산되어 있고 혼란스럽기 때문이라고 말했다. 만일 우리 내부에 부족한 데가 전혀 없다면 우리는 사랑을 하지 않겠지만, 상대에게서도 비슷하게 부족한 데를 발견하면 불쾌감을 느낀다. 답을 찾기를 기대했지만, 우리 자신의 문제의 복사본만을 보게 되었기 때문이다.

22. 서양 사상의 오래되고 우울한 전통은 사랑은 본질적으로 보답받을 수 없는, 마르크스주의적인 감정이라고 주장한다. 상호 간의 사랑이 불가능하기 때문에 욕망은 더 커진

다는 것이다. 이런 관점에 의하면 사랑은 방향일 뿐 공간은 아니다. 목표를 성취하면, [침대에서건 어떤 식으로건] 사랑하는 사람을 소유하면 소진되어버린다. 12세기 프로방스의 음유시인들의 시는 모두 성교를 미루는 것에 초점을 맞춘다. 시인은 되풀이하여 남자의 간절한 제안을 거절하는 여자에게 탄식을 늘어놓는다. 400년 뒤의 몽테뉴는 이렇게 말했다. "사랑에는 우리를 피해서 달아나는 것을 미친 듯이 쫓아가는 욕망밖에 없다." 아나톨 프랑스 역시 "우리가 이미 가진 것을 사랑하는 것은 관례적이지 않다"는 말로 같은 입장을 보여주었다. 스탕달은 사랑은 사랑하는 사람을 잃을 것이라는 두려움을 기초로 해서만 생길 수 있다고 생각했다. 드니 드 루주몽은 이렇게 말했다. "사람들은 가장 넘기 힘든 장애를 가장 좋아한다. 그것이 정열을 강하게 불태우는 데 가장 적합하기 때문이다." 이런 관점을 따르면 연인들은 누군가를 향한 갈망과 그런 갈망을 없애고자 하는 바람 사이를 왔다 갔다하는 일 외에 아무것도 할 수 없다.

23. 클로이와 나는 바로 그러한 마르크스주의적인 나선의 덫에 걸릴 위험이 있었다. 그러나 그것보다는 행복한 해결책이 나타났다. 집에 돌아갔을 때 나는 아침 식사 일로 인한 죄책감에 젖어 있었고, 부끄러웠고, 사과하고 싶은 마음이었다. 클로이를 다시 얻기 위해서는 무슨 짓이라도 할 준비가 되어 있었다. 쉽지는 않았다. 그녀는 처음에는 전화를 끊었

고, 이어서 너는 함께 잔 여자에게 "시시한 건달 똘마니"처럼 행동하는 버릇이 있느냐고 물었다. 그러나 사과, 모욕, 웃음, 눈물 뒤에 그날 오후 로미오와 줄리엣은 다시 만나게 되었다. 죽을 쑤는 방식으로 어둠 속에서 손을 잡고 4시 30분에 내셔널 영화관에서 「사랑과 죽음」을 보았다. 적어도 지금까지는 해피엔딩이었다.

24. 대부분의 관계에는 보통 마르크스주의적인 순간이 있다. 사랑이 보답을 받는 것이 분명해지는 순간이다. 그 순간을 어떻게 헤치고 나아가느냐 하는 것은 자기 사랑과 자기 혐오 사이의 균형에 달려 있다. 자기 혐오가 우위를 차지하면, 사랑의 보답을 받게 된 사람은 사랑하는 사람이 [이런저런 핑계로] 자신에게 잘 맞지 않는다고 [자신의 쓸모없는 면들을 연상시키기 때문에 잘 맞지 않는다고] 말할 것이다. 그러나 자기 사랑이 우위를 차지하면, 사랑이 보답받게 된 것은 사랑하는 사람이 수준이 낮다는 증거가 아니라, 자신이 사랑받을 만한 존재가 되었다는 증거임을 인정하게 될 것이다.

틀린 음정

1. 우리는 사랑하는 사람과 익숙해지기 오래 전부터 이미 그 사람을 알고 있었다는 묘한 느낌에 사로잡히기도 한다. 전에 어디선가, 어쩌면 전생에서, 또는 꿈에서 만났던 것 같기도 하다. 플라톤의 『향연』에서 아리스토파네스는 사랑하는 사람이 원래 우리와 하나였다가 떨어져나간 우리의 "반쪽"이기 때문에 이런 익숙한 느낌이 생긴다고 설명한다. 태초에 모든 인간은 등과 옆구리가 둘에, 손과 다리가 넷, 하나의 머리에 두 얼굴이 반대편을 바라보고 있는 자웅동체였다. 이 자웅동체들은 워낙 막강하고 자존심도 강해서 제우스는 이들을 남자와 여자로 나눌 수밖에 없었다. 그날부터 모든 남자와 여자는 자신으로부터 떨어져나간 반쪽과의 결합을 원하게 되었다.

2. 클로이와 나는 크리스마스를 따로 보냈지만, 새해에 런던으로 돌아와서부터는 최대한 시간을 함께 보냈다. 20세기 말 도시생활에서 이루어지는 전형적인 로맨스였다. 사무실 근무시간 사이에 샌드위치처럼 낀 시간을 활용했으며, 바깥으로 나가 공원을 걷는다든가 책방을 어슬렁거린다든가 레스토랑에서 식사를 한다든가 하는 작은 일에서 활기를 찾았다. 아주 다양한 문제들에 합의를 보았으며, 싫어하고 좋아하는 것이 똑같은 경우가 무척 많았다. 그래서 얼마 지나지 않아, 분명한 분리의 흔적은 없지만 우리가 과거 어느 때인가 하나의 몸이었다가 갈라진 둘이라는 사실을 부인하는 것은 예의바르지 못한 짓으로 여기게 되었다.

3. 클로이와 함께하는 생활이 그렇게 매혹적이었던 것은 이런 일치 때문이었다. 마음의 문제에서 계속 화해 불가능한 차이와 부딪히기만 하다가 마침내 사전 없이도 농담을 이해할 수 있는 사람, 기적적으로 내 견해와 흡사해 보이는 견해를 가진 사람, 나와 호오(好惡)가 일치하기 때문에 수도 없이, "놀라운 일이야, 나도 막 똑같은 이야기를 하려던 참인데/생각을 하던 중인데/일을 하려고 했었는데……"라고 말하게 하는 사람을 발견한 것이다.

4. 사랑의 이론가들은 융합을 의심해왔는데, 그것은 정당하다. 사람들은 차이를 따지는 것보다는 유사성을 부여하는

것을 더 편하게 느끼기 때문이다. 우리는 불충분한 자료에 기초하여 사랑에 빠지며, 우리의 무지를 욕망으로 보충한다. 그러나 이론가들이 말하듯이, 시간이 지나면 우리의 몸을 분리하고 있는 살갗은 단지 육체적 경계일 뿐만 아니라, 더 깊은 심리적인 분수령—넘어가려고 하는 것은 바보짓일 뿐이다—을 드러낸다는 것을 알게 된다.

5.   따라서 성숙한 사랑의 이야기에서는 절대 첫눈에 반하는 일이 없다. 맑은 눈으로 물의 깊이와 성질을 완전히 조사할 때까지는 도약을 유보한다. 부모 노릇, 정치, 예술, 과학, 부엌에 비치할 적당한 간식에 관하여 철저하게 의견 교환을 한 뒤에라야 두 사람은 서로를 사랑할 준비가 된 것인지 판단할 수 있다. 성숙한 사랑의 이야기에서는 자신의 상대를 진정으로 알 때에만 사랑이 자라날 기회가 주어진다. 그러나 왜곡된 사랑의 현실[우리가 알기 前에 태어나는 사랑]에서는 아는 것이 늘어날 경우, 그것은 유인이 아니라 장애가 될 수도 있다—유토피아가 현실과 위험한 갈등을 일으킬 수도 있기 때문이다.

6.   서로에게서 매혹적인 유사성을 아주 많이 확인했음에도, 어쩌면 클로이는 제우스가 잔인한 일격으로 나한테서 떼어낸 사람은 아닐지도 모른다는 깨달음이 찾아왔다. 3월 중순쯤, 그녀가 나에게 새 구두를 보여주었을 때였다. 어쩌면

구두를 가지고 그런 판단을 내린다는 것은 너무 현학적인 태도였는지도 모르겠다. 그러나 구두라는 것은 미학적인, 따라서 그 연장선상에서 심리적인 조화의 최고의 상징이었다. 나는 몸의 어떤 부분, 또는 몸의 어떤 부분을 가리고 있는 것이 그 사람에 관해서 많은 것을 이야기해주는 경우를 자주 보게 된다. 구두는 풀오버 스웨터보다 더 많은 것을 말해주며, 엄지손가락은 팔꿈치보다 더 많은 것을 말해주며, 속옷은 외투보다 더 많은 것을 말해주며, 발목은 어깨보다 더 많은 것을 말해준다.

7.   클로이의 구두에 무슨 문제가 있었을까? 객관적으로 말하면 아무런 문제도 없었다—그러나 언제부터 사람이 객관적으로 사랑에 빠졌는가? 그녀는 어느 토요일 아침 킹스 로드 근처의 상점에서 그 구두를 샀다. 저녁에 초대받은 파티의 준비물인 셈이었다. 나는 그 구두를 보고 디자이너가 굽이 높은 구두와 낮은 구두를 섞으려고 했다는 것을 이해했다. 플랫폼이 달린 바닥은 힐에 이를 때까지 가파르게 올라갔기 때문에, 볼은 평평한 신발처럼 넓었지만 높이는 뾰족한 굽이 달린 구두처럼 높았다. 거기에 약간 로코코 느낌을 주는 높은 칼라가 달려 있었고, 나비매듭과 별로 장식되었으며, 두툼한 리본이 가장자리를 둘러싸고 있었다. 이 구두는 최고의 유행 상품이었으며, 잘 만들어졌으며, 상상력도 풍부했다. 그러나 나는 싫었다.

8. "너도 틀림없이 이걸 좋아하게 될 거야." 클로이는 구두를 싼 자주색 얇은 종이를 펼치며 말을 이었다. "매일 신고 다닐 거야. 아냐, 너무 멋져. 그냥 도로 싸서 상자에 넣어 모셔두기만 해야겠다."

"그거 재미있는 생각인데."

"그 가게에 있는 물건을 다 사도 좋겠던데. 물건들이 다 너무 좋아. 너도 그 부츠를 봤어야 하는데."

입 안이 말랐다. 목덜미가 이상하게 욱신거리는 느낌이었다. 클로이가 어떻게 그렇게 심하게 절충적인 신발에 마음을 빼앗겼는지 이해가 되지 않았다. 클로이가 어떤 여자인지에 대한 내 생각, 그녀의 정체성에 대한 나의 아리스토파네스적인 확신에는 이 구두에 대한 열광은 들어 있지 않았다. 우리 관계의 이런 예기치 않은 전환에 상처를 입고 혼란을 느낀 나는 속으로 중얼거렸다.

"어떻게 나의 인생으로 걸어들어와 [여학생과 수녀들이 좋아하는 수수하고 낮은 검은 구두를 신고] 나를 사랑하고 이해한다고 주장하는 여자가 이런 구두에 끌릴 수 있을까?" 그러나 겉으로는 그냥 이렇게 묻기만 했다[내가 느끼기에는 아무런 속뜻 없는 말투로].

"영수증은 보관하고 있어?"

9. 곧 클로이를 알지 못하고 사랑하는 것이 훨씬 쉽겠다는 느낌이 들었다. 보들레르는 사랑하고 싶은 마음이 드는 여자

와 하루 동안 파리를 걸어다닌 남자에 관한 산문시를 쓴 적이 있다. 그들은 아주 많은 것들에 대해서 의견이 같았기 때문에, 저녁이 되었을 무렵 남자는 자신의 영혼과 결합할 수 있는 영혼을 가진 완벽한 동반자를 만났다고 확신했다. 그들은 목이 말라서 대로 한구석에 있는 화려한 새 카페로 들어갔다. 그곳에서 남자는 가난한 노동계급 가족이 카페의 유리 너머로 우아한 손님들, 눈부신 흰 벽, 실내의 황금장식을 물끄러미 바라보는 광경을 목격하게 되었다. 이 가난한 구경꾼들의 눈은 실내의 부와 아름다움에 대한 경이감으로 가득 차 있었고, 화자는 동정심과 더불어 자신이 그런 특권 있는 자리에 앉아 있다는 것에 수치를 느꼈다. 남자는 사랑하는 여자의 눈에도 자신의 당혹스러움과 수치감이 반영되어 있기를 바라며 여자를 보았다. 그러나 남자가 영혼의 결합을 준비하고 있던 여자는 생각이 달랐다. 그녀는 눈을 크게 뜨고 물끄러미 바라보는 불쌍한 사람들이 눈에 거슬린다고 야멸차게 말했다. 도대체 그 사람들이 뭘 원하는지 모르겠다면서, 주인한테 이야기해서 그들을 쫓아버리라고 남자에게 말했다. 모든 사랑 이야기에는 이런 순간들이 있지 않을까? 자신의 생각이 반영되기를 기대하면서 상대의 눈을 찾지만, 결국은 [희비극적인] 불일치로 끝나버리는 순간―그것이 계급투쟁의 문제이건, 구두 한 켤레의 문제이건.

10. 가장 사랑하기 쉬운 사람은 우리가 아무것도 모르는 사

람일지도 모른다. 로맨스는 우리가 오랜 기차 여행을 하다가, 창 밖을 물끄러미 바라보는 아름다운 사람을 몰래 눈여겨보며 상상하는 것처럼 순수하지 않다. 그런 완벽한 러브 스토리는 그 아름다운 사람이 다시 열차 안으로 고개를 돌려 옆에 앉은 사람과 기차에서 파는 샌드위치가 너무 비싸다며 따분한 대화를 나누거나, 아니면 손수건에 세차게 코를 푸는 순간 중단되고 만다.

11. 사랑하는 여자를 더 잘 알게 되었을 때 느끼는 당혹감은 머릿속에서 작곡한 놀라운 심포니를 나중에 대편성 오케스트라가 연주하는 소리로 들었을 때의 느낌과 같다. 우리의 생각 가운데 많은 부분이 연주를 통해서 확인되는 것에 감명을 받기는 하지만, 아주 사소한 것들이 의도와는 다르게 연주되는 것을 알아차리지 않을 수 없다. 바이올린 연주자 가운데 하나의 음정이 틀린 것 아닌가? 플루트가 약간 늦게 들어온 것 아닌가? 타악기 소리가 너무 큰 것 아닌가? 우리가 첫눈에 사랑하게 된 사람들은 구두나 문학에 관한 취향의 충돌로부터 자유롭다. 연주되지 않은 심포니가 음정이 틀린 바이올린이나 늦게 들어오는 플루트로부터 자유로운 것과 마찬가지이다. 그러나 공상이 실제 연주되는 순간, 의식 속을 떠다니던 천사 같은 존재들은 지상으로 내려와 자기 나름의 정신적이고 육체적 역사를 가진 물질적 존재로서 자신을 드러낸다.

12. 클로이의 구두는 우리 관계의 초기에 드러난 수많은 틀린 음정들 가운데 한 예에 불과했다. 그녀와 매일매일을 산다는 것은 외국 땅의 새로운 풍토에 적응하는 과정에서 나자신의 전통과 역사로부터의 이탈로 인한 혼란 때문에 이따금씩 외국 혐오에 젖어드는 것과 비슷했다.

13. 위협적인 차이는 중요한 점[국적, 성, 계급, 직업]에서 쌓여가는 것이 아니라, 취향과 의견이라는 사소한 점에서 쌓여갔다. 왜 클로이는 파스타를 몇 분 더 끓여 치명적인 결과를 초래하는 것일까? 왜 나는 지금 내가 쓰고 있는 안경에 이렇게 애착을 가지는 것일까? 왜 그녀는 매일 아침 침실에서 체조를 하는 것일까? 왜 나는 늘 여덟 시간은 자야 하는 것일까? 왜 그녀는 오페라에 좀더 시간을 내지 않는 것일까? 왜 나는 조니 미첼(Joni Mitchell, 1943-, 캐나다 출신의 가수/역주)에 좀더 시간을 내지 않는 것일까? 왜 그녀는 해물을 그렇게 싫어하는 것일까? 꽃과 정원에 대한 나의 거부감은 어떻게 설명할 수 있을까? 또는 그녀의 항해에 대한 거부감은? 왜 그녀는 신에 대한 가능성을 열어두고 싶어하는 것일까["적어도 처음으로 암에 걸릴 때까지는"]? 왜 나는 그 문제에 그렇게 폐쇄적인 것일까?

14. 인류학자들은 늘 집단이 개인보다 앞서며, 개인을 이해하기 위해서는 집단을 먼저 검토해보아야 한다고 말한다. 그

집단은 민족일 수도 있고, 부족일 수도 있고, 씨족일 수도 있고, 가족일 수도 있다. 클로이는 자기 가족을 별로 좋아하지 않았다. 그러나 그녀의 부모가 우리더러 일요일에 말버러 근처의 집으로 오라고 초대했을 때, 나는 과학적 탐구정신 때문에 그 제안을 받아들이자고 졸랐다.

15. 그녀의 부모 집인 날드오크 코티지의 모든 것은 클로이가 태어난 세계와 내가 태어난 세계가 거의 은하수 거리만큼이나 멀다는 것을 보여주었다. 거실은 치펀데일 가구(18세기 후반 영국에서 인기를 끌었던 가구 양식/역주) 모조품으로 장식되어 있었고, 양탄자는 불그스름한 갈색에 얼룩이 묻어 있었으며, 먼지 낀 책장에는 트롤럽(Anthony Trollope, 1815-1882, 영국의 작가/역주)의 책이 잔뜩 꽂혀 있었고, 벽에는 스터브스(George Stubbs, 1724-1806, 영국의 동물화가/역주)풍의 그림들이 줄줄이 걸려 있었다. 침을 질질 흘리는 개들이 거실과 정원 사이를 오갔고, 한쪽 구석에는 거미줄이 쳐진 비대한 식물이 축 늘어져 있었다. 클로이의 어머니는 구멍이 숭숭 뚫린 자주색 풀오버 스웨터에 펑퍼짐한 꽃무늬 치마 차림이었다. 긴 백발은 아무런 의도 없이 그냥 뒤로 빗어넘겼다. 옷 어딘가에 지푸라기라도 붙어 있을 것 같았다. 그녀가 내 이름을 자꾸 잊어버렸기 때문에 [그리고 창의적인 방법으로 다른 이름을 갖다붙였기 때문에] 태평한 시골 사람 같은 그런 인상이 더욱 굳어졌다. 나는 클로이의 어머니와 나의 어머니, 그 두

여자가 자식들을 세상에 내보낸 대조적인 방식을 생각했다. 클로이가 이 모든 것으로부터 달아나 대도시로 왔다고 한들, 그녀 나름의 가치와 친구들을 찾았다고 한들, 이 가족은 여전히 그녀가 속해 있는 유전자와 역사적 전통을 대표했다. 나는 세대 사이의 교차로에 주목했다. 어머니는 딸과 똑같은 방법으로 감자를 다듬었고, 작은 마늘을 빻아 버터에 넣고 그 위에 소금을 갈아 얹었다. 그림에 대한 열정이나 일요일 신문에 대한 취향도 딸과 똑같았다. 아버지는 어슬렁거리기를 좋아했는데, 클로이 역시 걷기를 좋아했다. 그녀는 주말이면 나를 끌고 햄스테드 히스까지 가서, 신선한 공기가 얼마나 좋은 것인지 이야기하곤 했다. 아마 그녀의 아버지도 그런 식으로 이야기한 적이 있을 것이다.

16. 모든 것이 아주 낯설고 새로웠다. 클로이가 성장한 집은 내가 알지 못했던, 그러나 그녀를 이해하려면 내가 동승해야 할 모든 과거를 환기시켰다. 식사 시간에 클로이는 부모와 가족사의 다양한 측면에 대해서 문답을 주고받았다. 할머니 병원비는 보험으로 처리되었어요? 수조는 고쳤나요? 부동산 중개업자가 캐럴린한테 연락을 했나요? 루시가 미국에 유학 간다는 것이 정말이에요? 새러 숙모의 소설을 읽었나요? 헨리가 정말로 제미머하고 결혼한대요? [이 모든 인물들은 나보다 훨씬 오래 전에 클로이의 삶에 등장했으며, 내가 사라진 뒤에도 가족적인 것 특유의 강인함으로 살아남을 가능성이 높았다.]

17. 부모가 클로이를 보는 것이 내가 보는 것과 어떻게 다른지 관찰하는 것도 재미있었다. 나는 그녀가 남의 편의를 잘 봐주는 관대한 사람이라고 알고 있었는데, 집에서 그녀는 약간 오만하고 까다롭다고 알려져 있었다. 어린 시절 그녀는 작은 귀족 노릇을 해서, 부모는 그녀에게 어린이 책의 여주인공 이름을 따서 폼파도소 양이라는 별명을 붙여주었다. 나는 클로이가 돈과 직업에 대해서 분별력이 있다고 알고 있었는데, 아버지는 자신의 딸이 "세상이 어떻게 돌아가는지 전혀 모른다"고 말했다. 어머니는 딸이 "남자 친구들을 못살게 굴어서 자기한테 복종시킨다"고 말했다. 나는 지금까지 클로이를 이해하고 있던 것에 내가 도착하기 전에 펼쳐졌던 대목 전체를 보탤 수밖에 없었는데, 내가 그녀를 바라보는 관점은 그녀의 가족에게서 처음 들은 이야기가 강요하는 관점과 충돌했다.

18. 오후에 클로이는 집 구경을 시켜주었다. 클로이는 계단 꼭대기에 있는 방으로 나를 데려갔다. 어렸을 때 삼촌이 그 방의 피아노 안에 유령이 있다고 하는 바람에 무서워서 들어가지 못했던 방이라고 했다. 그녀의 옛 침실은 어머니가 화실로 쓰고 있었다. 그녀는 천장에 뚫린 문을 가리키면서, 그 위로 올라가면 다락방이 나오는데 속이 상할 때면 코끼리 구피와 함께 그곳으로 탈출했다고 이야기해주었다. 우리는 정원을 거닐다가 비탈 맨 아래, 아직도 흉터가 남은 나무를 지

나갔다. 그녀가 오빠에게 핸드브레이크를 풀라고 부추겼다가 차가 미끄러져서 들이박은 곳이었다. 이웃집도 구경시켜주었다. 그녀는 여름이면 그 집의 검은딸기 덤불에서 열매를 싹쓸이했고, 전 주인의 아들과는 학교 갔다 오는 길에 키스를 했다. 그 아이는 얼마 안 있어 죽었다. 클로이는 묘하게 무관심한 태도로 덧붙였다. "옥수수 탈곡기 사고였어."

19. 오후 늦게 나는 그녀의 아버지와 정원을 거닐었다. 30년의 결혼생활을 겪으며 독특한 결혼관을 가지게 된 근엄한 남자였다.

"내 딸과 자네가 서로 좋아한다는 걸 알고 있네. 나는 사랑 문제에 관한 전문가가 아니지만 한 가지는 말해두겠네. 결국 누구와 결혼하느냐 하는 것은 중요하지가 않네. 처음에 좋아한다고 해도 끝에 가서는 좋아하지 않을 수 있네. 처음에는 미워하다가도, 결국 괜찮은 사람이라고 생각하게 될 가능성도 있지."

20. 저녁에 기차를 타고 런던으로 돌아오면서 나는 몹시 피곤했다. 클로이의 초기 세계와 나의 초기 세계 사이의 모든 차이가 피곤했다. 그녀의 과거 이야기와 배경이 매혹적이기는 했지만, 동시에 무시무시하고 괴상해 보였다. 내가 그녀를 알기 전의 그 모든 세월과 습관들. 그러나 그것도 그녀의 코의 모양이나 눈의 색깔과 마찬가지로 그녀의 일부였다. 모

든 관계에 내포된 분열이 눈에 보이면서, 나는 익숙한 환경에 대한 원시적인 노스탤지어를 느끼게 되었다. 새로 배우고, 나 자신을 제시하고, 내가 순응해야 할 완전히 새로운 사람. 어쩌면 그 순간 나는 내가 앞으로 클로이에게서 발견할 모든 차이를 생각하며, 그녀는 그녀고 나는 나일 그 모든 시간, 우리의 세계관이 양립할 수 없는 시간을 생각하며 두려움을 느꼈는지도 모르겠다. 창 밖으로 윌트셔의 시골 풍경을 바라보며, 나는 마치 길 잃은 아이처럼 내가 이미 온전히 이해하고 있는 사람, 그 집, 부모, 역사의 특이한 점까지 이미 다 이해하고 있는 사람을 갈망했다.

— 08 —

사랑이냐 자유주의냐

1. 다시 잠깐 클로이의 구두 문제로 돌아간다면, 그 사태가 구두의 장단점을 두고 내 머릿속에서 이루어진 부정적 분석에서 끝나지 않았다는 점을 말해둘 필요가 있겠다. 솔직히 말하면 그 문제로 인하여 우리 관계에서 두 번째로 큰 말다툼이 벌어졌고, 이어서 눈물, 모욕, 고함, 그리고 오른쪽 구두가 유리창을 부수고 덴비 스트리트의 보도로 떨어지는 사건까지 발생했다. 이 사건은 순수하게 멜로드라마적인 측면도 강했지만, 그와 동시에 철학적 문제까지 불러일으켰다. 이 사건은 정치적 영역만큼이나 개인적 영역에서도 근본을 이루는 선택의 문제, 즉 **사랑**과 **자유주의** 사이에서 어느 쪽을 선택하느냐 하는 문제를 제기했기 때문이다.

2. 두 항을 등식으로 보는, 전자가 후자의 하녀라고 보는

낙관적 입장에서는 이런 선택을 간과하는 경우가 많다. 설사 두 항을 결합시킨다고 해도 그것은 강제로 이루어진 결혼에 불과하다. 사랑에 대하여 이야기하면서 **동시에** 상대를 마음대로 살게 해주는 것은 불가능해 보이기 때문이다. 상대가 우리더러 마음대로 살라고 허락한다면 그것은 보통 우리를 사랑하지 않는다는 뜻이다. 따라서, 왜 두 연인 사이에서 목격되는 잔인함을 증오와는 다른 문제로 인정하고 받아들이지 못하는가 하고 물어볼 수밖에 없다. 나아가, 구두의 문제와 국가의 문제 사이에 다리를 놓기 위해서 이렇게 물어볼 수 있다. 왜 공동체나 국민에 대해서 이야기를 하지 않는 나라는 보통 그 구성원들이 고립된 상태이기는 하지만 별 괴롭힘을 당하지 않고 살아가도록 놓아두는 것일까? 왜 사랑, 친족관계, 형제애에 대해서 많은 이야기를 하는 나라들은 보통 그들의 주민의 상당 부분을 학살하게 되는 것일까?

3. "영수증을 보관했냐니, 그게 무슨 뜻이야?" 클로이가 소리쳤다.

"혹시 구두에 문제가 생길까봐 한 말이지."

"구두는 텔레비전이 아니야."

"모르지. 곤돌라에서 나오다가 힐이 도로를 덮은 돌 사이에 낄 수도 있는 거잖아. 아니면 갑자기 마음에 안 들 수도 있는 거고."

"왜 그냥 네 마음에 안 든다고 말 못 해?"

"마음에 안 들지 않아. (……) 그래, 마음에 안 들어."

"그냥 샘이 나서 그러는 거야."

"그래, 나도 늘 사람들 앞에서 펠리컨처럼 보이고 싶었어."

"그리고 나쁜 놈처럼 보이고 싶었겠지."

"미안하지만, 정말이지 나는 그게 오늘 밤 파티에 어울린다고 생각하지 않아."

"너는 왜 모든 걸 그런 식으로 망쳐야 하는 건데?"

"너를 좋아하니까. 누군가는 너한테 진실을 알려주어야 하잖아."

"젬마는 이게 마음에 든다고 했어. 레슬리도 정말 좋다고 했고. 애비게일도 뭐라고 할 것 같지 않아. 그런데 너는 뭐가 문제야?"

"네 여자 친구들은 너를 사랑하지 않아. 제대로 사랑하지 않는다고. 설사 심한 고통을 주더라도 나쁜 소식을 알릴 수밖에 없다는 마음은 없다는 거야. 기분 상한 건 아니지?"

"기분 상했어."

"그럴 만해."

4. 이런 멜로드라마를 구구절절이 이야기할 필요는 없겠다. 잠시 후, 몰아치던 폭풍이 절정에 이르러, 클로이가 그 불쾌한 구두 한 짝을 벗었다. 나더러 보라는 것인 줄 알았다. 그러나 좀더 현실적으로 생각해 보니 그것으로 나를 죽이려는 것 같아, 날아오는 투사체를 피해서 고개를 숙였다. 구두

는 내 뒤의 유리를 깨고 밖의 거리로 날아가, 쓰레기장의 이웃이 먹다 버린 치킨 마드라스에 꽂혔다.

5. 우리의 말다툼에는 사랑과 자유주의의 역설이 담겨 있었다. 클로이의 구두가 어쨌든 간에 그것이 왜 중요하단 말인가? 클로이에게는 다른 좋은 점이 많으므로, 내가 이 자잘한 일에 눈길을 고정시키는 것은 우리의 게임을 망치는 행동이 아니었을까? 왜 보통 친구들에게 하듯이 예의바르게 거짓말을 하지 않았을까? 나의 유일한 변명은 내가 그녀를 사랑한다는 것, 그녀는 내 이상형이라는 것—구두만 빼면—따라서 나는 이 작은 결함을 지적하지 않을 수 없다는 것이었다. 이것은 보통 친구에게라면 절대 하지 않았을 일이다[친구가 내 이상형에서 벗어나는 경우는 헤아릴 수 없이 많아서 거론할 가치도 없을 정도이니 우정의 경우에는 이상형이라는 개념 자체가 내 사고 속으로 들어오지 않는다]. 나는 그녀를 사랑했기 때문에 밀을 했다. 이것이 나의 유일한 변명이었다.

6. 마음이 좀 넓어지는 순간이면 우리는 낭만적 사랑이 기독교적 사랑과 비슷하다고 상상하곤 한다. 너의 모습 그대로를 사랑한다는 무비판적이고 너그러운 감정. 조건이 없고, 경계도 설정하지 않고, 구두까지도 모두 사모하는 사랑. 모든 것을 받아들이는 사랑. 그러나 연인들에게 말다툼이 끊이지 않는 것을 보면 기독교적인 사랑은 침실로의 이행에서는 살

아남기 힘들다는 것을 알 수 있다. 기독교적 사랑의 메시지는 특정한 경우보다는 보편적 경우에 어울린다. 모든 여자에 대한 모든 남자의 사랑, 서로 코 고는 소리를 듣지 못하는 두 이웃 간의 사랑에 어울리는 것이다.

7. 매번 유리업자를 부르는 일이 발생하지는 않았지만, 비자유주의는 절대 일면적이지 않았다. 나한테도 클로이를 미치게 만드는 면이 수도 없이 많았다. 왜 너는 연극을 그렇게 따분해하니? 왜 너는 꼭 백 년은 된 것 같은 저고리를 입으려고 하니? 왜 너는 자면서 이불을 침대 밖으로 밀어내니? 왜 너는 솔 벨로(Saul Bellow, 1915-2005, 미국의 소설가/역주)가 그렇게 위대한 작가라고 생각하니? 어쩜 너는 아직도 주차를 할 때마다 바퀴를 보도에 걸쳐놓니? 왜 너는 자꾸 베개에 발을 올려놓니? 이 모든 것이 가정이라는 강제 수용소를 구성하는 요소들이며, 상대를 자신의 이상형에 더 가까이 끌어들이려는 일상적 시도들이다.

8. 이것에 대해서 무슨 변명이 가능할까? 부모와 정치가들이 메스를 꺼내들기 전에 하는 낡은 말이 있을 뿐이다—나는 너에게 관심이 있기 때문에 네 속을 뒤집어놓는다. 나는 네가 어떠해야 하는가에 대한 비전을 제시함으로써 너에게 영광을 주었으니 이제 너에게 상처도 주겠다.

9. 클로이와 나는 친구들에게라면 절대 우리에게 서로 그러는 것처럼 잔인하게 굴지 않을 사람들이었다. 그러나 우리는 친밀함을 일종의 소유권이나 허가장으로 여겼다. 우리는 서로에게 친절했을지는 모르지만, 이제 예의는 차리지 않았다. 어느 날 밤 클로이와 내가 에릭 로메르(Eric Rohmer, 1920-2010, 프랑스의 영화감독, 작가/역주)의 영화[그녀는 싫어했고 나는 좋아했다]를 두고 말다툼을 시작했을 때, 우리는 보는 사람에 따라서 로메르의 영화는 좋을 수도 있고 동시에 나쁠 수도 있다는 사실을 잊었다. 클로이는 마음이 꼬여 나를 "지성 과잉의 답답한 똥 같은 놈"이라고 불렀고, 나는 그녀를 "타락한 현대 자본주의의 산물"이라고 심판하는 식으로 응수했다[그 과정에서 그녀의 비난이 맞다는 것을 증명한 셈이다].

10. 정치는 사랑과 연결시킬 만한 분야가 아닌 듯하지만, 프랑스 혁명이나 파시스트나 공산주의자의 혁명이라는 유혈이 낭자한 역사에서도 똑같은 사랑의 구조를 읽어낼 수는 없을까? 거기에도 열정적인 이상을 바탕으로 한 강압적 구조, 다기(多岐)한 관점에 대한 짜증이 있는 것이 아닐까? 사랑의 정치의 악명 높은 역사는 프랑스 혁명에서 시작되었다. 그때 처음으로 국가는 국민을 통치하는 것만이 아니라 **사랑도** 해야 한다는 주장이 나왔다[마치 강간을 당하는 사람에게 방법의 선택권을 주는 것처럼]. 국민은 똑같은 반응을 보이지 않으면 단

두대로 가야 했다. 혁명의 시작은 심리적으로 볼 때 남녀관계의 시작과 놀라울 정도로 흡사하다. 통일에 대한 강조, 전능하다는 느낌, 비밀을 없애고자 하는 욕망[비밀에 대한 공포는 곧 연인의 편집증과 비밀경찰을 낳는다].

11. 그러나 사랑과 사랑의 정치의 시작이 똑같이 장밋빛이라면, 그 마지막도 똑같이 핏빛이다. 우리는 정치적 사랑이 압제로 끝나는 현상, 진심으로 국가의 진정한 이익을 돌본다는 통치자의 강한 확신이 결국 자신에게 동의하지 않는 사람은 아무런 가책 없이 ["그들 자신을 위하여"] 모두 죽여도 좋다는 자신감으로 발전하는 현상에 이미 익숙하지 않은가? 마찬가지로 사랑에 빠진 연인들도 자신의 좌절을 반대자와 이단자에게 분풀이하는 경향이 있다.

12. 구두 사건이 있고 나서 며칠 뒤 나는 신문과 우유를 사러 신문 판매소에 갔다. 폴 씨는 마침 우유가 다 떨어졌다고 하면서, 조금만 기다리면 창고에서 가져오겠다고 말했다. 나는 폴 씨가 가게 뒤편으로 걸어가는 것을 지켜보다가 그가 두꺼운 회색 양말에 갈색 가죽 샌들을 신고 있다는 것을 알았다. 놀랄 만큼 추한 모습이었으나, 정말 묘하게도 놀랄 만큼 기분이 상하지 않았다. 왜 나는 클로이의 구두를 보았을 때는 이런 평정을 유지할 수 없었을까? 왜 나는 나의 일용할 양식을 파는 신문 판매소 주인은 따뜻한 마음으로 대하면서

내가 사랑하는 여자에게는 그렇게 하지 못할까?

13. 학살자-피학살자 관계를 신문 판매소 주인-고객의 관계로 대체하고 싶은 소망은 오랫동안 정치적 사고를 지배해왔다. 왜 통치자들은 국민에게 예의바르게 행동할 수 없으며, 샌들, 반대, 차이에 관용을 보여줄 수 없는 것일까? 자유주의적 사상가들은 통치자들이 국민을 사랑하기 때문에 통치한다는 말을 그만두고, 분별력 있는 최소한의 통치에 집중할 때에만 그런 따뜻한 마음이 생겨난다고 대답했다. 자유주의 정치학의 가장 위대한 옹호자는 존 스튜어트 밀이다. 그가 1859년에 출간한 『자유론』은 사랑 없는 자유주의에 대한 고전적인 옹호이다. 밀은 국가가 아무리 좋은 의도를 가지고 있다고 하더라도 국민을 그냥 내버려두어야 하며, 개인적인 생활을 이렇게 저렇게 영위하라거나, 무슨 신을 섬기고 어떤 책을 읽으라거나 하는 말은 하지 말아야 한다고 호소력 있게 주장했다. 밀은 왕국이나 입제는 "국가의 모든 구성원의 신체 및 정신적 규율 전반에 깊은 관심을 가질" 자격이 있다고 생각했지만, 근대 국가는 가능한 한 뒤로 물러서서 국민이 스스로 통치하게 해야 한다고 덧붙였다. 남녀관계에서 괴로워하면서 그저 옴짝달싹할 수 있는 여지만이라도 달라고 간청하는 사람처럼, 밀은 이렇게 말했다.

자유라는 이름을 얻을 자격이 있는 유일한 자유는 다른 사람의 자유를 빼앗으려고 하거나 자유를 얻으려는 노력을 방해하지 않는 한 우리 나름의 방식으로 우리에게 좋은 것을 추구하는 자유이다……. 문명화된 사회에서 개인의 의지에 반하여 어떤 구성원에게 권력을 행사하는 것이 정당화되는 유일한 경우는 다른 사람에게 피해를 주는 것을 막을 때이다. 다른 사람에게 피해를 주는 경우에는 신체적이든 정신적이든 그 자신을 위하여 좋은 일을 한다는 것이 충분한 근거가 되지 못한다.*

14. 밀의 논문에 담긴 지혜는 아주 설득력이 있기 때문에, 이것이 통치 문제만이 아니라 인간관계에도 적용되는 모습을 보고 싶은 마음이 든다. 그러나 가만히 생각해보니, 개인관계에 적용될 경우 밀의 지혜는 그 호소력의 많은 부분을 상실하는 것 같다. 사랑이 오래 전에 사라져버리고 껍질만 남은 결혼을 떠올리게 되기 때문이다. 각방을 쓰면서 출근하기 전에 부엌에서 만나 몇 마디 건네는 관계. 상호 이해에 대한 희망은 오래 전에 포기하고 대신 통제된 오해에 기초하여 미지근한 우정을 지속하기로 합의한 관계. 저녁에 셰퍼즈 파이를 함께 먹을 때에는 정중하게 예의를 지키지만, 새벽 3시에는 잠을 못 이루고 감정적 좌절에 가슴 아파하는 관계.

15. 우리는 다시 사랑과 자유주의 사이의 선택의 문제로 돌

---

* *On Liberty,* John Stuart Mill (Cambridge University Press, 1989).

아온 것 같다. 신문 판매소 주인의 샌들은 내가 그 사람에게 관심을 가지지 않기 때문에 짜증이 나지 않는다. 나는 그에게서 신문과 우유를 얻고 싶을 뿐이지 그 이상은 바라지 않는다. 나는 그에게 내 영혼을 드러내고 싶지도, 그의 어깨에 기대어 울고 싶지도 않다. 따라서 그의 신발은 나에게 거치적거리지 않는다. 그러나 내가 폴 씨를 사랑하게 된다면, 똑같은 평정한 마음으로 그의 샌들을 계속 마주볼 수 있을까? 헛기침을 한 다음에 다른 것을 신어보라고 권하는 [사랑하는 마음에서] 시점이 오지 않을까?

16. 나와 클로이의 관계가 공포정치 수준에 이르지 않았던 것은 아마 그녀와 내가 사랑과 자유주의 사이의 선택에서 다른 관계에서는 거의 찾아보기 힘든, 하물며 사랑의 정치인들 [레닌, 폴 포트, 로베스피에르]에게서는 더욱더 찾아보기 어려운 재료를 넣어서 반죽할 수 있었기 때문인 것 같다. 국가든 남녀든 그 재료만 있다면 [그것이 다들 나누어 쓸 만큼 충분한지는 모르겠지만] 불관용에서 벗어날 수 있을 것이다. 그 재료는 다름 아닌 유머 감각이다.

17. 혁명가들이 무시무시한 진지함으로 나아가는 경향을 연인들과 공유하고 있다는 사실은 의미심장해 보인다. 젊은 베르테르가 농담하는 것을 상상하기 어렵듯이, 스탈린이 농담을 하는 것도 상상하기 어렵다. 서로 다르기는 하지만 둘 다

필사적일 정도로 강렬하기 때문이다. 웃을 수 없다는 것은 인간적인 것들의 상대성, 사회나 관계에 내재된 모순, 욕망의 다양성과 충돌을 인정할 수 없다는 것이다. 자신의 짝이 평생 제대로 주차를 못 하거나, 욕조를 제대로 닦지 못하거나, 조니 미첼을 좋아하는 마음을 버리지 못할 것임을 받아들일 필요성, 그럼에도 그를 무척이나 좋아하는 마음에는 변함이 없다는 사실을 받아들일 필요성을 인정할 수 없다는 것이다.

18. 클로이와 내가 우리의 차이 가운데 일부를 넘어설 수 있었다면 그것은 서로의 성격에서 발견되는 막다른 골목을 가지고 농담을 하려고 했기 때문이다. 나는 클로이의 구두를 싫어하는 태도를 버릴 수 없었고, 그녀는 계속 그 구두를 좋아했다[나는 시키는 대로 내려가서 그 왼쪽 구두를 집어들고와 닦아야 했다]. 그러나 우리는 적어도 그 사건을 농담으로 바꿀 수 있는 여지를 찾았다. 말다툼이 심해질 때마다 자신의 몸을 "창 밖으로 내던지겠다"고 위협함으로써 늘 상대에게서 웃음을 끌어낼 수 있었고, 그럼으로써 좌절감에서 어느 정도 벗어날 수 있었다. 내 주차 실력은 나아지지 않았지만, 그 덕분에 나는 "알랭 프로스트"(유명한 자동차 경주 선수/역주)라는 별명을 얻었다. 클로이가 순교자 노릇을 하려는 데에 지쳤지만, 그녀를 "잔 다르크"라고 부르는 식으로 대응할 수 있을 때는 덜 피곤했다. 유머가 있으면 직접적으로 대립할 필요가

없었다. 자극물 위를 미끄러져 넘어갈 수 있었고, 그것을 비스듬하게 바라보며 눈을 찡긋할 수 있었고, 실제로 말을 하지 않고도 비판을 할 수 있었다.

19. 차이를 농담으로 바꿀 수가 없다는 것은 두 사람이 서로를 사랑하지 않는다는 표시[적어도 사랑의 90퍼센트를 이루는 노력을 하고 싶지 않다는 표시]일 수도 있다. 유머는 이상과 현실 사이에서 일어나는 짜증의 벽들을 따라서 늘어서 있었다. 농담 뒤에는 차이에 대한, 심지어 실망에 대한 경고가 있었다. 그러나 그것은 이제 긴장이 완화된 차이였고, 따라서 상대를 학살할 필요 없이 넘어갈 수 있었다.

— 09 —

아름다움

1. 아름다움이 사랑을 낳을까, 아니면 사랑이 아름다움을 낳을까? 클로이가 아름답기 때문에 내가 그녀를 사랑할까, 아니면 내가 그녀를 사랑하기 때문에 그녀가 아름다울까? 무한히 많은 사람들에게 둘러싸여 사는 우리는 [사랑하는 사람이 전화를 하거나 맞은편 욕조에 누워 있는 모습을 물끄러미 바라보면서] 왜 우리의 욕망이 이 특정한 얼굴, 이 특정한 입이나 코나 귀를 선택했는지, 왜 이 목의 곡선이나 보조개가 우리의 완벽성의 기준에 그렇게 정확하게 응답했는지 묻게 된다. 우리가 사랑하는 사람들 하나하나는 아름다움의 문제에 대해서 각기 다른 해결책을 제시하며, 그들의 얼굴 풍경만큼이나 독창적이고 특색 있는 방식으로 매력에 관한 우리의 관념을 재규정한다.

2. 사랑은 "아름다움에 대한 욕망"이라는 마르실리오 피치노(Marsilio Ficino, 1433-1499, 이탈리아의 철학자, 신학자, 언어학자/역주)의 말이 맞다면, 클로이는 어떤 방식으로 나의 욕망을 충족시킬까? 클로이의 이야기를 들어보면 어떤 방식으로도 충족시키지 않는다. 아무리 그녀에게 아니라고 말해도, 그녀는 자신이 괴물처럼 못생겼다는 생각을 바꾸지 않는다. 그녀는 자기 코는 너무 작고, 입은 너무 크고, 턱은 아무런 특색이 없고, 귀는 너무 둥글고, 눈은 녹색이 모자라고, 머리카락은 곡선이 부족하고, 가슴은 너무 작고, 발은 너무 크고, 손은 너무 넓적하고, 손목은 너무 가늘다고 고집을 부린다. 그녀는 갈망하는 눈빛으로 『엘르』나 『보그』 같은 여성지들에 실린 얼굴들을 보며, 정의로운 신이라는 관념—그녀의 외모에 비추어볼 때—은 말이 안 된다고 내뱉는다.

3. 클로이는 아름다움이란 객관적인 기준에 따라서 측정할 수 있는 것인데, 그녀는 자신이 그 기준에 엄청나세 미달한다고 믿는다. 스스로 그렇게 말하지는 않지만 클로이는 아름다움에 대한 플라톤적인 관념에 강하게 집착하고 있다. 이런 관념은 세계 패션 잡지의 편집자들도 공유하는 것이며, 이것이 거울 앞에 서는 여자들을 매일 자기 혐오로 몰아넣는 원인이 된다. 플라톤과 『보그』 편집자에 따르면, 각 부분의 균형 잡힌 관계로 이루어지는 아름다움의 이상적인 '형상(形相)'이라는 것이 존재한다. 지상의 육체들은

이 형상을 좀 낮거나 좀 못하게 닮는다. 플라톤의 말에 따르면 아름다움에는 수학적 기초가 있다. 따라서 잡지 표지에 나온 얼굴이 즐거움을 주는 것은 우연이라기보다는 필연인 것이다.

4. 클로이는 자기 얼굴의 수학적 오류는 그렇다 치더라도, 몸의 나머지 부분의 불균형은 심각하다고 생각했다. 나는 우리가 함께 샤워를 할 때 비누가 그녀의 배를 따라 흘러내리다 다리를 타고 내려가는 모습을 보는 것을 좋아했지만, 그녀는 거울로 자신의 몸을 볼 때마다 뭔가 "삐딱하다"고 이야기하곤 했다. 그러나 대체 뭐가 그렇게 삐딱하다는 것인지를 나는 알 수가 없었다. 레온 바티스타 알베르티(Leon Battista Alberti, 1404-1472, 이탈리아 르네상스 시대의 건축가, 인문주의자/역주)라면 알았을지도 모르겠다. 그는 아름다운 몸에는 조각가가 반드시 알아야 할 고정된 비율들이 있다면서, 아름다운 이탈리아 처녀의 몸을 600개의 단위로 나눈 뒤 부분과 부분 사이의 거리를 측정하여 그 비율을 수학적으로 제시했다. 알베르티는 『조각론』에서 그 결과를 요약하면서, 아름다움은 "모든 부분들의 조화이며, 그런 조화가 나타나는 대상에서는 모든 부분이 어떤 비율에 따라 관련을 맺고 있으므로, 무엇을 하나 보태거나 줄이거나 바꾸면 더 나빠질 뿐"이라고 말했다. 그러나 클로이의 말에 의하면, 그녀의 몸은 거의 모든 부분이 무엇을 하나 보태거나 줄이거나 바꾼다고 해도 자

연이 이미 파괴해버린 것을 더 망칠 수는 없는 상태라는 것이었다.

5. 그러나 플라톤과 레온 바티스타 알베르티는 그들의 미학 이론에서 뭔가를 빠뜨린 것이 틀림없다. 나는 클로이가 지나칠 정도로 아름답다고 생각했기 때문이다. 내가 그녀의 녹색 눈, 짙은 색 머리카락, 큰 입을 좋아했던 것일까? 그녀의 매력을 꼭 집어서 말하는 것은 망설여진다. 신체적 아름다움에 대한 논의는 여러 화가들 가운데 누가 나은지 가려내려는 미술사가들의 논란처럼 무익한 데가 있다. 반 고흐냐 고갱이냐? 그들의 작품을 언어로 다시 묘사해볼 수는 있다["고갱의 남태평양 하늘의 서정적 지성……"과 "반 고흐의 푸르름의 바그너적인 깊이……"]. 또는 기법이나 재료를 설명해볼 수도 있다["반 고흐의 만년의 표현주의적인 느낌……"과 "고갱의 세잔적인 선……"]. 그러나 이것을 가지고 어떤 그림은 우리의 멱살을 쥐는 반면, 다른 그림은 아무런 감흥을 일으키지 못하는 이유를 설명할 수 있을까? 눈의 언어는 말의 언어로 번역되는 것에 고집스럽게 저항한다.

6. 내가 묘사할 수 있는 것은 아름다움이 아니라, 클로이의 외모에 대한 나의 주관적 반응일 뿐이었다. 남들은 다른 몸에서 비슷한 완전성을 찾아낼 가능성을 인정하면서, 내 욕망이 머물게 된 지점들을 지적할 수밖에 없었다. 그렇게 하는

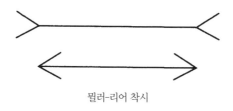

뮐러-리어 착시

가운데 나는 아름다움의 객관적 기준이라는 플라톤적 관념을 배격하고, 대신 미학적 판단은 "결정 근거가 주관적일 수밖에 없다"는 칸트의 『판단력 비판』에 나오는 견해에 동조할 수밖에 없었다.

7.   내가 클로이를 바라보는 방식은 유명한 뮐러-리어의 착시와 비교될 수 있다. 이 착시에서는 길이가 똑같은 두 선이 끝에 다른 화살표가 붙었다는 것만으로 길이가 다르게 보인다. 내가 클로이를 바라보는 애정 어린 눈길은 밖으로 열린 화살표와 같은 역할을 했다. 그런 화살표가 붙으면 평범한 선도 객관적인 측정치와 관계없이 길어 보이게 된다.

8.   클로이에 대한 나의 느낌을 더 정확하게 요약한 아름다움의 정의는 스탕달이 제공해주었다. "아름다움은 행복의 약속이다." 스탕달은 그렇게 말했다. 실제로 클로이의 얼굴이 내가 좋은 삶과 동일시하는 특질들을 암시했다. 그녀의 코에는 유머가 있었고, 주근깨는 순수를 이야기했고, 치아는 관습을 아무렇지도 않게 무시해버리는 당돌한 태도를 암시했

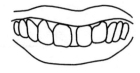

플라톤적 치아   스탕달적 치아

다. 나는 그녀의 두 앞니 사이의 틈을 이상적인 배열로부터의 불쾌한 일탈이 아니라, 심리적 미덕의 지표로 보았다.

9. 나는 내가 플라톤주의자들보다 클로이를 아름답게 여긴다는 사실에 자부심을 느꼈다. 가장 흥미로운 얼굴은 대개 매력과 비뚤어짐 사이에서 동요한다. 완벽함에는 어떤 압제가 있다. 심지어 어떤 싫증이 느껴진다. 과학적 공식과 같은 도그마의 힘으로 자신을 내세우는 것이 있다. 이보다 유혹적인 아름다움의 경우에는 그것을 제대로 볼 수 있는 각도조차 얼마 되지 않는다. 어떤 빛에서니, 어느 때에니 아름다운 깃이 아니다. 진정한 미(美)는 아슬아슬하게 추(醜)를 희롱한다. 자기 자신에게 모험을 건다. 비율의 수학적 규칙에 편안하게 안주하지 않고 모험에 나서서, 추로 미끄러질 수도 있는 바로 그 세밀한 곳들에서 매력을 발산한다. 마르셀 프루스트가 말했듯이, 고전적으로 아름다운 여자는 남자에게 상상력의 여지를 남기지 않는다.

비트겐슈타인의 오리-토끼

10. 나의 상상력은 클로이의 치아 사이의 틈에서 노는 것을 즐겼다. 그녀의 아름다움은 헝클어져 있었기 때문에 창조적 재배치가 가능했다. 클로이의 얼굴은 그 모호함 때문에, 오리와 토끼가 둘 다 들어 있는 것처럼 보이는 비트겐슈타인 (Ludwig Wittgenstein, 1889–1951, 오스트리아 출신의 영국 철학자/역주)의 오리-토끼 그림과 비슷했다. 이 그림에서는 보는 사람의 태도에 따라서 많은 것이 달라진다. 상상력이 오리를 찾으면 그는 오리를 보게 될 것이다. 상상력이 토끼를 찾으면 토끼가 나타날 것이다. 중요한 것은 보는 사람의 경향이다. 물론 나를 지배하는 주된 경향은 사랑이었다. 『보그』의 편집자라면 클로이의 사진을 자기 잡지에 넣기 힘들었을 것이다. 그러나 이것은 내가 내 여자 친구에게서 독특한 면을 찾아냈다는 사실을 확인해줄 뿐이었다. 나는 그녀의 영혼으로 그녀의 얼굴에 생기를 불어넣었던 것이다.

11. 그리스 조각상처럼 보이지 않는 아름다움의 위험은 그 위태로움 때문에 보는 사람의 눈을 강조하게 된다는 것이다.

상상력이 치아 사이의 틈으로부터 철수하기로 결정하는 순간 훌륭한 치열 교정 의사가 필요한 것 아닐까? 보는 사람의 눈에서 아름다움을 찾는다면, 보는 사람이 시선을 거둘 때 어떤 일이 벌어질까? 그러나 어쩌면 그것 역시 클로이의 매력의 한 부분이었는지도 모른다. 아름다움에 관한 주관적 이론은 기분 좋게도 관찰자를 없어서는 안 될 존재로 만들어버리므로.

사랑을 말하기

1. 5월 중순에 클로이는 스물네 번째 생일을 기념했다. 그녀는 오래 전부터 피카딜리의 한 가게 진열장에 걸린 빨간 캐시미어 풀오버 스웨터와 관련하여 암시를 주어왔다. 그래서 나는 전날 저녁 퇴근하는 길에 가게에 들러 그 스웨터를 샀고, 집에 가서 파란 종이로 싼 뒤 빨간 리본으로 묶었다. 그러나 선물과 함께 줄 카드를 쓰는 과정에서 나는 그녀에게 한 번도 사랑한다고 말한 적이 없음을 깨달았다.

2. 어쩌면 클로이는 사랑의 고백을 기대하고 있을지도 모르는 일이었다. 그러나 내가 한 번도 그 이야기를 한 적이 없다는 것은 의미심장한 일이었다. 풀오버 스웨터는 남자와 여자 사이의 사랑의 증표일 수 있었다. 그러나 우리는 아직 우리 감정을 언어로 번역한 적이 없었다. 우리 관계는 **사랑이**

라는 단어를 중심으로 형성된 것이지만, 그럼에도 그 핵심은
어쩐 일인지 말로는 표현할 수 없는 것 같았다. 너무 분명해
서일 수도 있고, 너무 의미심장하여 말로는 표현할 수 없어
서일 수도 있었다.

3. 클로이가 아무 말도 하지 않은 것은 그래도 이해하기가
쉬웠다. 그녀는 말을 의심하는 사람이었다. "**문제를 말하면 진
짜로 문제가 생겨.**" 그녀는 이렇게 말한 적이 있다. 문제가 언
어에서 생겨날 수 있듯이, 좋은 것들이 언어에 의해서 파괴
될 수 있었다. 그녀가 해준 이야기가 기억난다. 열두 살 때 그
녀의 부모는 그녀를 교회 청년회가 주최하는 캠프에 보냈다.
그녀는 그곳에서 동갑내기 소년을 미친 듯이 사랑하게 되었
다. 얼굴을 붉히고 한참을 망설인 끝에, 그들은 함께 호숫가
를 거닐게 되었다. 그늘진 언덕에서 소년은 그녀에게 앉으라
고 하더니 땀이 밴 손으로 그녀의 손을 잡았다. 남자가 그녀
의 손을 잡은 것은 처음 있는 일이었다. 그녀는 마음이 들떠
서 소년에게 열두 살짜리의 모든 진심을 담아서 그를 만난
것이 "그녀에게 일어난 가장 좋은 일"이라고 말했다. 다음 날
그녀는 자기가 한 말이 캠프 전체에 퍼졌음을 알게 되었다.
클로이가 식당에 들어서자 여자 아이들이 조롱하듯이 "나에
게 일어난 가장 좋은 일" 하고 외쳐댔다. 그녀의 정직한 고백
이 그녀의 연약함에 대한 조롱이 되어 되풀이되고 있었다. 그
녀는 언어의 손에 의한 배신을 경험했다. 내밀한 말이 널리

통용되는 말로 바꿔어버리는 것을 보았다. 그 이후로 실용성과 아이러니라는 베일 뒤에 숨게 되었다.

4. 그녀가 습관적으로 장밋빛에 저항하는 것을 볼 때, 내가 사랑의 고백을 했더라도 농담으로 대꾸하여 피해갔을 가능성이 높다. 그런 이야기를 듣고 싶지 않아서가 아니라, 그런 식의 체계화는 완전한 상투어와 완전한 벌거벗음 둘 중의 하나로 흘러버릴 위험이 너무 커보였기 때문이다. 그렇다고 클로이가 감정적이지 않았다는 뜻은 아니다. 다만 그녀는 자신의 감정에 너무 신중하여 그것을 낭만주의자의 닳아빠진 사회적 언어로 말할 수가 없었을 뿐이다. 그녀의 감정들이 나를 향하고 있었음에도, 묘한 의미에서, 그 감정들은 내가 알아서는 안 되는 것이었다.

5. 나의 펜은 그녀의 생일 카드[기린이 하트 모양의 케이크 위에 꽂힌 촛불을 불어 끄고 있었다] 위에서 여전히 머뭇거리고 있었다. 나는 그녀의 저항감과 나의 주저함을 잘 알았지만, 그녀의 생일이라는 행사가 우리 사이의 유대에 대한 언어적 확인을 요구한다고 생각했다. 내가 그녀에게 건네줄 말을 그녀가 어떻게 받아들일지 상상해보려고 했다. 그녀가 출근길에 또는 욕조에서 그 말들을 생각하며, 기뻐하면서도 자신의 만족을 마음껏 음미하는 것조차 망설이는 모습을 그려보았다.

6. 그러나 사랑 고백의 어려움은 언어에 관한 유사 철학적인 우려를 자아낸다. 내가 클로이에게 배가 아프다거나, 우리 집 정원에 수선화가 가득하다고 말한다면, 나는 그녀가 그 말을 이해할 것이라고 믿을 수 있다. 물론 수선화가 가득한 나의 정원의 이미지는 그녀가 가지는 이미지와 약간 다를 것이다. 그러나 두 이미지 사이에는 적당한 등가(等價) 관계가 형성된다. 말이 믿을 만한 전달자 역할을 함으로써 그 의미가 우리를 갈라놓고 있는 경계를 넘어간 셈이다. 그러나 내가 지금 쓰려고 하는 카드에는 그런 보장이 없었다. 내가 하려는 말은 언어 가운데 가장 모호한 것이었다. 그 말이 가리키는 것에는 안정된 의미가 결여되어 있었기 때문이다. 물론 마음을 여행하고 온 여행자들은 자기들이 본 것을 재현하려고 노력했다. 그러나 사랑은 결국 나비 가운데 드문 색깔을 가진 종과 같아서, 종종 눈에 띄기는 하지만 결코 결정적으로 확인되지는 않았다.

7. 그 생각을 하면 외로워졌다. 하나의 단어에서도, 언어에 현학적인 사람들 앞에서 펼치는 주장이 아니라 연인들이 서로를 이해시키려는 연인들에게 간절히 중요한 하나의 단어에서도 오류가 발견될 수 있다는 생각. 클로이와 나는 둘 다 사랑한다고 말할 수는 있었다. 그러나 이 사랑은 우리 각자의 내부에서 상당히 다른 것을 의미할 수도 있었다. 우리는 밤에 같은 침대에서 같은 책을 읽는 일이 많았다. 그러나 나

중에 우리가 각기 다른 데서 감동을 받았다는 사실을 깨닫곤
했다. 결국 다른 책이었던 셈이다. 따라서 한 줄의 사랑의 메
시지에서도 똑같은 차이가 발생하지 않을까? 나는 마치 어
느 것이 가닿을지도 모르면서 허공에 수백 개의 포자를 방출
하는 민들레가 된 느낌이었다.

8. 사랑의 모든 언어는 과도한 사용으로 훼손되었다. 내가
차에서 라디오에 귀를 기울일 때면, 내 사랑은 우연히 흘러
나오는 사랑의 노래들로부터 아주 수월하게 힘을 얻었다. 예
를 들면 미국의 어떤 흑인 여가수에게서 힘을 얻었다. 나는
그 여가수의 악센트로 노래를 하고[나는 텅 빈 고속도로를 달
리고 있었다], 클로이는 그 가수가 말하는 "그대"가 되었다.

그대를 내 품에 안고

사랑할 수 있다면

그 얼마나 좋을까, 그대여.

그대를 내 품에 안고

오 그대를 사랑한다고, 말할 수 있다면, 정말로 할 수 있다면.

9. 내가 클로이에 대해 느낀다고 생각하는 것 가운데 얼마
나 많은 부분이 그런 노래에 영향을 받았을까? 사랑한다는
나의 느낌은 그저 특정한 문화적 시기를 살기 때문에 나온
것이 아닐까? 내가 낭만적 사랑을 자랑하게 된 동기는 어떤

진정한 충동이 아니라 사회가 아니었을까? 이전의 다른 문화와 시대에서라면 내가 클로이에 대해서 느끼는 감정을 무시하라고 가르치지 않았을까. 현재의 문화에서 스타킹을 신고 싶은 충동이나 모욕을 당했을 때 결투로 맞서고 싶은 충동을 [대체로] 무시하라고 가르치듯이.

"어떤 사람들은 사랑에 대한 이야기를 듣지 못했다면 절대로 사랑에 빠지지 않았을 것이다." 라 로슈푸코(La Rochefoucauld, 1613-1680, 프랑스의 작가, 모럴리스트/역주)의 말인데, 역사는 그의 말이 옳다는 것을 증명하지 않는가. 나는 클로이를 캠든의 중국 식당에 데려갈 예정이었다. 그러나 전통적으로 중국 식당이 사랑과 관련하여 별로 존중받지 못해왔다는 점을 고려할 때, 사랑의 고백은 다른 곳에서 하는 것이 더 어울릴 것 같기도 했다. 심리인류학자 L. K. 수의 말에 따르면 서양 문화는 "개인 중심적"이고 감정에 큰 강조를 두지만, 반대로 중국 문화는 "상황 중심적"이며 남녀와 그들의 사랑보다는 집단에 초점을 맞춘다고 한다[그래도 식당 라오추의 지배인은 내 예약을 기쁘게 받아들였다]. 사랑은 절대 주어지지 않는다. 사랑은 사회에 의해서 구성되고 규정된다. 적어도 한 사회, 뉴기니의 마누족에게는 사랑이라는 말도 없다. 다른 문화에는 사랑이 존재하지만, 특정한 형태로 주어진다. 고대 이집트인들의 사랑의 시에는 수치, 죄책감, 양면 공존 등의 감정에 대한 관심이 담겨 있지 않았다. 그리스인들은 동성애를 아무렇지도 않게 생각했다. 기독교인들은 몸을 배척했다.

음유시인들은 사랑을 보답받지 못하는 정열과 동일시했다. 낭만주의자들은 사랑을 종교로 만들었다. 아마 별로 행복하지 못한 결혼생활을 했을 S. M. 그린필드는 『소셜로지컬 쿼터리(*Sociological Quarterly*)』에 실린 글에서 오늘날 사랑은 근대 자본주의에 의해서 생명을 유지하는데, 그 목적은 다음과 같다고 말했다.

> ……[자본주의는] 달리 부여할 동기가 없기 때문에 사랑이라는 동기를 부여하여 개인들이 남편-아버지와 아내-어머니라는 자리를 차지하는 핵가족을 구성하도록 유도한다. 핵가족은 재생산과 사회화에 필수적일 뿐 아니라, 상품과 용역을 분배하고 소비하는 기존 질서를 유지하는 역할도 한다. 전체적으로 말해서 사회체제를 정상적으로 작동하게 만들고, 그럼으로써 이 체제를 유지하는 역할을 한다.

10. 내가 클로이를 생각하면서 이따금씩 느끼는 아픔, 울렁거림, 갈망을 어떤 사회에서는 종교적 경험의 징표들이라고 보았을지도 모른다. 맨발의 카르멜 수녀회를 세운 아빌라의 성녀 테레사[1515–1582]는 천사의 방문을 받고서 그 만남을 묘사한 적이 있는데, 현대인이라면 특별히 열린 정신을 가진 사람이 아니라고 해도 아마 오르가슴의 묘사로 받아들일 것이다.

천사는 아주 아름다웠다. 얼굴에는 불이 붙은 듯하여 높은 지위에 속하는 천사처럼 보였다. 높은 천사들은 온몸에 불이 붙은 것처럼 보인다니까……. 그는 손에 황금 창을 쥐고 있었는데, 철로 된 창끝에서 불꽃이 튀는 것 같았다. 그는 이것으로 내 심장을 여러 번 꿰뚫어, 창은 내 내장에까지 이르렀다……. 고통이 너무 심해서 나는 몇 번 신음을 토했다. 그러나 이 강렬한 통증에서 엄청나게 달콤한 느낌이 스며나와 나는 절대 그것을 놓치고 싶지 않았고, 앞으로는 내 영혼이 신 외에 어떤 것으로도 만족할 수 없을 것 같았다.

11. 결국 나는 기린 그림이 있는 카드가 내 감정을 정리해서 표현하기에 가장 좋은 자리는 아니라고, 저녁 식사 때까지 기다려보자고 결론을 내렸다. 나는 클로이를 태우기 위해서 8시쯤 그녀의 아파트로 가서 내 선물을 주었다. 그녀는 자신이 피카딜리의 상점 진열장에서 흘린 암시에 내가 반응한 것을 기뻐했다. 한 가지 안타까운 것은 [그녀가 며칠 뒤에 슬쩍 내비쳤기 때문에 알게 되었지만] 그녀가 가리켰던 것은 빨간색이 아니라 파란색이었다는 점이다[나는 창 밖으로 몸을 던지려다가 그녀의 만류로 단념했으며, 나중에 영수증을 가지고 가서 바꾸었다].

12. 식당은 더없이 낭만적이었다. 라오추 내의 우리 주위에는 모두 우리처럼 보이는 쌍쌍[우리는 독특한 쌍이라는 주관적

인 느낌 때문에 당시에는 모두가 우리처럼 보인다는 생각이 용납되지 않았지만]이 손을 쥐고 포도주를 마시고 서툴게 젓가락질을 했다[옆자리의 캐슈 열매가 클로이의 무릎으로 날아오기도 했다].

"어휴, 이제 좀 살겠네. 배가 고프긴 고팠나봐. 하루 종일 무척 우울했어." 클로이가 말했다.

"왜?"

"생일이면 원래 그렇잖아. 생일이란 게 죽음을 떠올리게 하는데도 억지로 즐거운 척해야 되잖아. 그런데 이번 생일은 결국 그렇게 나쁘지 않았어. 사실 아주 괜찮았지. 친구가 도와준 덕분에."

그녀는 나를 올려다보며 웃음을 지었다.

"내가 작년 오늘 어디 있었는지 알아?" 클로이가 물었다.

"몰라. 어디 있었어?"

"끔찍한 숙모하고 함께 저녁을 먹으러 나갔어. 아찔했지. 나는 연신 화장실에 가서 울었어. 내 생일인데도 나를 초대해준 유일한 사람이 숙모인 데다가, 그 숙모는 또 계속 어떻게 너같이 좋은 여자애가 아직도 배필을 못 만났는지 모르겠다고 떠들어대니. 따라서 너하고 만난 것도 과히 나쁜 일은 아닌 것 같아⋯⋯."

13. 그녀는 정말 사랑스러웠다[그녀를 사랑하는 남자가 내린 가장 주관적인 판단이지만]. 하지만 어떻게 그 이야기를 하

면서 내가 느끼는 매력은 독특하다는 것을 전달할 수 있을까? 사랑, 헌신, 홀림, 이런 단어들은 계속되는 사랑 이야기들의 무게 때문에, 다른 사람들이 사용하는 바람에 생긴 켜 때문에 다 닳아버린 것들이었다. 그 어느 때보다 언어가 독창적이고, 개인적이고, 완전히 사적이기를 바라는 순간에 나는 감정적 의사소통의 돌이킬 수 없이 공적인 성격과 마주치게 되었다.

14. 식당은 도움이 되지 않았다. 그 낭만적인 배경 때문에 사랑이 너무 두드러졌고, 따라서 진지하게 느껴지지가 않았기 때문이다. 스피커에서 쇼팽의 「녹턴」이 흘러나오고 우리의 탁자에서는 하트 모양의 초가 타오르고 있었다. 옆자리에 앉은 남자가 하트 모양이 아니라 음경 모양이었어야 한다고 농담하는 소리가 들렸다[아마 다원주의자였나보다]. 내 사랑을 'ㅅ―ㅏ―ㄹ―ㅏ―ㅇ'이라는 말속에 담는 동시에 가장 진부한 연상들은 쓰레기통에 버릴 방법이 없는 것 같았다. 그 말에는 이질적인 역사가 너무 풍부했다. 음유시인들로부터 『카사블랑카』까지 모든 것이 그 글자들을 이용해왔다. 나 자신의 감정의 저자가 되는 것이 나의 의무가 아닐까? 클로이의 독특함에 상응하는 고백을 만들어내야 하는 것이 아닐까? 나는 우리 상황의 세속성을 의식하며 당혹스러워하고 있었다. 20세기 말의 어느 날 밤 서구의 중국 식당에서 생일을 축하하는 남자와 여자, 연인들. 아니야, 나의 의미는 결코 'ㅅ―ㅏ―

114

ㄹ—ㅏ—ㅇ'을 타고 여행을 떠날 수 없었다. 다른 운송수단을 찾아야 할 것 같았다.

15. 순간 나는 클로이의 팔꿈치 근처에 있던, 무료로 나오는 작은 마시멜로 접시를 보았다. 갑자기 내가 클로이를 **사랑한** 다기보다는 **마시멜로한**다는 것이 분명해졌다. 마시멜로가 어 쨌기에 그것이 나의 클로이에 대한 감정과 갑자기 일치하게 되었는지 나는 절대 알 수 없을 것이다. 그러나 그 말은 너무 남용되어 닳고 닳아버린 사랑이라는 말과는 달리, 나의 마 음 상태의 본질을 정확하게 포착하는 것 같았다. 더 불가해 한 일이지만, 내가 클로이의 손을 잡고 그녀에게 아주 중요 한 이야기가 있다고, 나는 너를 **마시멜로한**다고 말하자, 그녀 는 내 말을 완벽하게 이해하는 것 같았다. 그녀는 그것이 자 기가 평생 들어본 말 중 가장 달콤한 말이라고 대답했다.

16. 그때부터 사랑은, 적어도 클로이와 나에게는, 이제 단순 히 **사랑**이 아니었다. 그것은 입에서 맛있게 녹는, 지름 몇 밀 리미터의 달콤하고 말캉말캉한 물체였다.

그녀에게서 무엇을 보는가

1. 6월 첫 주부터 여름이 다가오면서 런던은 지중해의 도시처럼 변했다. 사람들은 가정이나 사무실에서 나와서 공원이나 광장으로 갔다. 더위와 더불어 사무실에 새로운 동료가 생겼다. 그는 워털루 근처 사무용 건물 단지 프로젝트에서 여섯 달 동안 함께 일하게 된 미국인 건축가였다.

2. "런던에는 매일 비가 온다고 하던데 뜻밖이네!" 윌은 점심 시간에 코벤트 가든의 한 식당에 앉았을 때 이렇게 말하고는 덧붙였다. "믿어지지가 않는군. 나는 풀오버 스웨터만 잔뜩 가져왔는데."

"걱정 마, 윌. 여기에서도 티셔츠를 파니까."

나는 5년 전에 윌리엄 노트를 처음 만났다. 로드아일랜드 디자인 학교에서 한 학기 동안 공부를 같이 했다. 그는 엄청나게 큰 키에 살갗은 늘 햇볕에 그을려 있었다. 탐험가처럼 울퉁불퉁한 얼굴에서는 대담한 미소가 떠나지 않았다. 윌은 버클리에서 공부를 마친 후 미국 서해안에서 성공적인 경력을 쌓아, 이제 그의 세대 가운데 가장 혁신적이고 지적인 건축가의 한 사람으로 꼽히고 있었다. 『아키텍츠 저널』은 그를 "미스 반 데어 로에와 제프리 바와의 사생아"로 생물적 현실에는 거의 관심이 없다고 평가했으며, 심지어 평소에는 과묵한 『아키텍처럴 리뷰』도 그가 콘크리트를 이용하는 방식을 칭찬했다.

3. "그래, 요즘 만나는 사람 없어?" 윌이 커피를 마시면서 이렇게 물었다. "설마 아직도 그 여자를 만나고 있는 것은 아니겠지? 그 여자 이름이 뭐더라……?"

"아냐, 아냐, 그 여자와는 오래 전에 끝났지. 지금 진지하게 사귀는 여자가 있어."

"잘됐네. 이야기 좀 해봐."

"흠, 한번 만나서 저녁이나 같이 해."

"좋지. 어쨌든 이야기 좀 해봐."

"클로이, 스물네 살, 그래픽 디자이너. 똑똑하고, 아름답고, 아주 재미있고……."

"멋지군."

"너는 어때?"

"사실 별로 말할 게 없어. UCLA 출신 여자하고 사귀었는데, 서로 상대방의 머릿속을 차지하기 시작하더라고. 그래서 둘 다 비상줄을 당겨버렸지. 아직 둘 다 진지한 관계를 시작할 준비가 되지 않았거든, 그래서……클로이 이야기나 더 해봐. 그 여자에게서 뭘 본 건데?"

4. 내가 그녀에게서 무엇을 보았을까? 그날 저녁 세이프웨이 한가운데에서 클로이가 계산대에 서서 식료품을 비닐 봉투에 요령 있게 꾸려넣는 모습을 넋을 잃고 바라보고 있을 때 다시 그 질문이 떠올랐다. 나는 그녀의 이런 사소한 동작에서도 매력을 느꼈다. 모든 것을 그녀가 완벽하다는 증거로 받아들일 자세가 되어 있었기 때문이다. 나는 그녀에게서 무엇을 보았을까? 거의 모든 것을 보았다.

5. 잠시 나는 요구르트 병이 되어 그녀의 부드럽고 사려 깊은 처리 절차에 따라서 쇼핑백의 참치 캔과 올리브 기름병 사이에 들어가 자리를 잡는 공상을 했다. 내 공상과 어울리지 않는 슈퍼마켓의 사무적인 분위기["간(肝) 판촉 주간"]를 보고서야 나는 내 사랑의 병이 얼마나 깊은지를 깨달았다.

6. 차로 돌아가면서 나는 클로이가 식료품 사는 일을 아주 귀엽게 처리하더라고 칭찬해주었다.
"멍청한 소리 말고 트렁크나 열어. 열쇠는 내 가방에 있어."
클로이가 대꾸했다.

7.   두 눈이나 모양이 제대로 갖추어진 입에서 매력을 찾는 것은 쉬운 일이다. 그러나 슈퍼마켓 계산대 위에서 움직이는 여자의 손에서 매력을 찾아내는 것은 얼마나 어려운가. 클로이의 몸짓들은 빙산의 일각처럼 그 밑에 놓인 것을 가리켰다. 그것의 진정한 가치, 호기심이 덜한 사람이나 사랑이 덜한 사람에게는 당연히 의미 없어 보일 가치를 발견하기 위해서 바로 연인이 필요한 것이 아닐까?

8.   그러나 나는 저녁 러시아워를 뚫고 집을 향해 차를 몰면서 계속 생각에 잠겨 있었다. 내 사랑은 스스로 의문을 제기하기 시작했다. 내가 클로이에게서 매력적이라고 생각하는 부분들을 정작 그녀 자신은 자신의 진정한 자아에 비추어볼 때 부수적이고 사소한 것이라고 생각한다면, 이것은 어떻게 되는 것일까? 사실 그녀에게 속하지도 않은 것을 내가 내 멋대로 읽어내고 있는 것은 아닐까? 나는 그녀의 비탈진 어깨, 차의 머리받침에 걸린 머리카락 한 올을 보았다. 그녀는 나를 돌아보며 웃음을 지었다. 그래서 순간적으로 그녀의 앞니 사이의 틈을 보게 되었다. 내 옆자리에 앉아 있는 여자와 나의 예민하고 감정이 풍부한 연인 사이에 실제로 일치하는 부분은 얼마나 될까?

9.   사랑은 사랑하는 사람의 본질적인 **평범함**을 인정하지 않음으로써 그 광기를 드러낸다. 그래서 방관자 자리에 선

사람들에게는 사랑에 빠진 사람들이 지겹다. 방관자들은 묻는다. 저 사람들은 사랑하는 사람에게서 한 인간 외에 무엇을 보는 걸까? 나는 클로이를 향한 내 뜨거움을 친구들과 공유해보려고 했다. 영화, 책, 정치와 관련하여 많은 공통점을 발견한 친구들이었다. 그러나 그들은 마치 메시아적 열정에 사로잡힌 사람을 마주한 무신론자들처럼 세속적이고 어리둥절한 표정으로 나를 바라보았다. 그 친구들한테 세탁기 옆의 클로이, 영화관에서의 클로이와 나, 주문을 하려고 기다리는 클로이와 나에 대해서 열 번쯤은 이야기를 했을 것이다. 플롯은 없고 액션조차도 거의 없는 이야기, 움직임이 거의 없는 이야기의 중심에 서 있는 중심인물에 대한 이야기였다. 그렇게 이야기를 해보고 나서야 나는 사랑이 외로운 일이라는 것을 받아들였다.

10. 물론 클로이가 식료품을 싸는 모습 자체에 사랑할 만한 면들이 내재해 있는 것은 아니다. 사랑은 내가 그녀의 몸짓, 세이프웨이에서 우리와 함께 줄을 섰던 사람들에게는 달리 해석되었을 수도 있는 몸짓에 내가 부여하기로 결정한 어떤 것일 뿐이다. 사람이란 절대 그 자체로 선하거나 악하지 않다. 이것은 사람을 사랑하는 것이나 미워하는 바탕에는 주관적이고, 또 어쩌면 환상적인 요소가 있을 수밖에 없다는 뜻이다. 나는 월의 질문 덕분에 한 사람에게 속해 있는 특질과 연인이 그 사람에게 있다고 생각하는 특질 사이의 차이를 깨달

게 되었다. 윌은 신중하게도 클로이가 어떤 사람이냐고 묻지 않고, 더 정확하게 내가 그녀에게서 무엇을 보느냐고 물었다.

11. 클로이는 오빠가 죽은 직후 [그녀가 막 여덟 살 생일을 지났을 때였다] 매우 철학적인 단계를 거치게 되었다. "나는 모든 것에 의문을 품기 시작했어. 죽음이 무엇인지 이해해야 했거든. 그렇게 되면 누구라도 철학자가 되지." 그녀의 가족들이 지금도 넌지시 이야기를 하곤 하는 그녀의 주요한 강박관념들 가운데 하나는 데카르트와 버클리의 독자들에게는 익숙한 것이다. 클로이는 자기 눈을 두 손으로 가리고 가족에게 오빠가 살아 있다고 말했다. 그녀에게 가족이 보이는 것과 똑같이 마음속에서 오빠가 보이기 때문이라는 것이었다. 마음속에 오빠가 보이는데 왜 오빠가 죽었다고 하는가? 그녀는 거기서 더 나아가 실재(實在)에 더 큰 문제를 제기했다. 클로이는 부모에게 느끼던 감정 때문에, 그들에게 자신이 눈을 감고 그들을 생각하지 않음으로써 그들을 죽일 수 있다고 [적대적인 충동의 힘과 마주한 여덟 살짜리 소녀답게 싱긋 웃으며] 말했던 것이다. 물론 이 계획은 부모에게서 심오하게 비철학적인 반응을 이끌어냈다.

12. 그러나 유아론(唯我論)에는 한계가 있다. 클로이에 대한 내 관점이 현실에 조금이라도 가까이 다가가 있는 것일까, 아니면 내가 완전히 판단력을 잃은 것일까? 물론 그녀는 나

에게 사랑스러워 보였다. 그러나 실제로도 내가 생각하는 것
만큼 사랑스러울까? 이것은 오래된 데카르트의 색깔 문제이
다. 버스가 보는 사람 눈에는 빨간색으로 보일 수 있지만, 실
제로도, 본질적으로도 빨간색일까? 몇 주일 뒤 윌은 클로이
를 만났는데, 그는 내가 클로이에 대해서 했던 말에 의심을
품는 것이 분명해 보였다. 물론 표현은 하지 않았지만, 그녀
에게는 거의 관심을 가지지 않고 자기가 라호야의 한 별장에
캔틸레버 지붕을 얹은 이야기로 그녀를 따분하게 만드는 것
을 보면 알 수 있는 일이었다. 다음 날 직장에서 캘리포니아
사람에게는 영국 여자들이 물론 "아주 특별해 보인다"고 말
할 때도 그런 것이 느껴졌다.

13. 솔직히 말해서, 클로이가 나에게 의심을 불러일으키는
경우도 없지 않았다. 어느 날 밤 클로이는 우리 집 거실에서
내가 오디오에 걸어놓은 바흐의 칸타타를 함께 들으며 책을
읽고 있있다. 음악은 하늘의 불길, 신의 축복, 사랑하는 벗들
을 노래하고 있었다. 책상의 전등으로부터 깜깜한 방을 가로
질러오는 빛줄기에 드러난 클로이의 얼굴은 피곤하지만 행
복해 보였다. 그녀의 얼굴 역시 천사의 얼굴처럼 보였다. [세
이프웨이나 우체국에도 가면서] 일부러 애써 평범한 인간인 척
하지만, 섬세하고 거룩한 생각들로 가득 찬 천사의 얼굴.

14. 눈에 보이는 것은 몸뿐이기 때문에 사랑하는 사람에게

홀린 연인은 영혼 역시 그 껍질과 똑같기를 바라게 된다. 몸이 거기에 어울리는 영혼을 가지고 있기를, 살갗이 **표현하는** 것이 속에 든 본질이기를 바라게 된다. 나는 몸 **때문에** 클로이를 사랑한 것이 아니라, 그녀의 본질에 희망을 품게 해주었기 때문에 그 몸을 사랑했다. 그것은 매우 가슴 설레는 희망이었다.

15. 그러나 클로이의 얼굴이 트롱프 뢰유(언뜻 보면 현실로 착각하게 만드는 속임 그림/역주)에 불과하다면? "마흔이 되면 모든 사람이 자신에게 어울리는 얼굴을 가지게 된다." 조지 오웰은 그렇게 썼다. 그러나 클로이는 이제 겨우 스물네 살이었다. 그녀가 나이를 먹으면 달라질까? 오웰은 자연의 정의에 낙관적인 믿음을 가지고 있었지만, 우리는 사실 우리가 받아 마땅한 얼굴을 얻게 될 가능성이 거의 없다. 우리가 받아 마땅한 돈이나 기회를 얻게 될 가능성이 없는 것과 마찬가지이다.

16. "저 끔찍한 요들송 좀 끌 수 없어?" 천사가 갑자기 말한다.
"무슨 끔찍한 요들송?"
"저 음악 말이야."
"저건 바흐잖아."
"알아. 하지만 정신없잖아. 『코스모폴리탄』에 집중할 수가 없단 말이야."

17. 내가 사랑하는 것이 정말로 저 여자일까? 나는 건너편 소파에 앉아서 잡지를 읽고 있는 클로이를 다시 보며 생각한다. 아니면 그녀의 입, 눈, 얼굴 주위에 형성된 하나의 관념에 불과한 것일까? 그녀의 얼굴을 그녀의 영혼의 안내자로 이용하는 과정에서 혹시 내가 잘못된 환유(換喩)를 적용하는 죄를 지은 것은 아닐까? 실체의 속성 한 가지를 실체 자체로 대체해버린 것은 아닐까[왕관을 군주로, 바퀴를 자동차로, 백악관을 미국 정부로, 클로이의 천사 같은 표정을 클로이로……]?

18. 오아시스 콤플렉스에서는 목마른 사람이 물, 야자나무, 그늘을 본다고 상상한다. 그런 믿음의 증거가 있기 때문이 아니라, 그 자신에게 그런 믿음에 대한 요구가 있기 때문이다. 간절한 요구는 그것을 해결할 수 있는 환각을 낳는다. 갈증은 물의 환각을 낳고, 사랑에 대한 요구는 왕자나 공주라는 환각을 만들어낸다. 그러나 오아시스 콤플렉스가 완전한 망상인 것만은 아니다. 사막에 있는 사람은 실제로 지평선에서 무엇인가를 본다. 다만 야자나무는 시들었고, 우물은 말랐고, 오아시스는 메뚜기로 뒤덮였을 뿐이다.

19. 나도 비슷한 망상의 피해자가 아닐까?『신곡』을 쓰는 사람의 얼굴을 하고 앉아서『코스모폴리탄』의 별점을 열심히 읽고 있는 여자와 한 방에 단둘이 있는 나는?

— 12 —

회의주의와 신앙

1.　사랑의 역사와는 대조적으로 철학의 역사는 현상과 실재 사이의 차이에 냉혹한 관심을 가져왔다. 철학자는 중얼거린다. "나는 밖에 있는 나무 한 그루를 본다고 생각한다. 그러나 이것이 나의 망막 뒤에서 이루어지는 시각적 착각일 가능성도 있지 않을까?" 철학자는 기대감으로 마음을 졸이면서 중얼거린다. "나는 아내를 본다고 생각한다. 그러나 그녀 역시 시각적 착각에 불과할 가능성도 있지 않을까?"

2.　철학자들은 인식론적 의심을 탁자, 의자, 케임브리지 대학교의 뜰의 존재, 그리고 이따금씩 원치 않는 아내의 존재에 한정시킨다. 그러나 이런 질문을 우리에게 중요한 것, 예를 들면 사랑에까지 확대하게 되면, 사랑하는 사람이 객관적 실재와 관련이 없는 내적인 환상에 불과할지도 모른다는 무

시무시한 가능성이 나타난다.

3. 생존의 문제가 아닐 때에는 의심도 쉽다. 우리는 여유가 있는 만큼만 회의적일 수 있으며, 따라서 근본적으로 우리를 지탱하지 않는 것들에 대해서는 회의를 품는 것이 무척 쉽다. 탁자의 존재를 의심하는 것은 쉬운 일이다. 그러나 사랑의 정당성을 의심하게 되면 그것은 지옥이다.

4. 서양의 철학적 사고의 출발점에서 플라톤은 무지로부터 지식으로 나아가는 진보를 어두운 동굴로부터 밝은 햇빛으로 나아가는 영광스러운 여정에 비유했다. 플라톤에 의하면 사람들은 실재를 지각할 수 없는 존재로 태어났다. 동굴 벽에 비치는 사물의 그림자를 사물 자체로 착각하는 동굴 거주자들과 같다. 사람들은 힘든 노력을 기울인 다음에야 착각을 떨쳐버릴 수 있고, 그림자의 세계로부터 밝은 햇빛으로 나아갈 수 있다. 그곳에서는 마침내 사물이 진정한 자기 모습으로 보인다. 모든 우화가 그렇듯이 이 이야기에도 교훈이 담겨 있다. 진리가 늘 착각보다 우월하다는 것이다.

5. 착각으로부터 지식으로 향하는 길을 따르는 것이 유익하다는 소크라테스적인 가정을 단순히 인식론적 관점이 아니라 도덕적 관점에서 문제삼기까지는 2,300년이 걸렸다. 물론 아리스토텔레스에서 칸트에 이르기까지 모든 사람들이

진리에 이르는 길을 놓고 플라톤을 비판했다. 그러나 아무도 그 작업의 **가치**에 대해서 심각하게 의문을 제기하지는 않았다. 그러나 프리드리히 니체는 『선악의 피안』[1886]에서 마침내 핵심을 움켜쥐고 이렇게 물었다.

> 우리 가운데 무엇이 진정 "진리"를 원하는가? ……우리는 그 가치를 묻는다. ……왜 비진리가 아니라 진리인가? 왜 불확실함이 아니라 진리인가? 심지어 왜 무지가 아니라 진리인가? ……어떤 판단이 그릇되었다고 해서 그것이 반드시 그 판단에 대한 반대로 이어지지는 않는다. ……문제는 얼마나 삶을 발전시키느냐이다. 우리는 근본적으로, 가장 그릇된 판단들이……우리에게 가장 불가결하다고 주장하는 경향이 있다. ……그릇된 판단들을 포기하는 것은 삶을 포기하는 것이고, 삶을 부정하는 것이라고 주장하는 경향이 있다.*

6. 물론 종교적인 관점에서 보자면 진리의 가치는 수백 년 전부터 의심을 받았다. 파스칼[1623–1662, 곱사등이 얀센파, 『팡세』의 저자]은 모든 기독교인이 신 없는 무시무시한 우주와 신이 존재하는 행복한, 그러나 훨씬 더 먼 우주로 불균등하게 나누어진 세계에서 선택에 직면해 있다고 말했다. 파스칼은 설사 신이 존재하지 않을 가능성이 높다고 하더라도,

---

* *Beyond Good and Evil,* Friedrich Nietzsche (Penguin, 1990).

그 작은 가능성이 주는 기쁨이 더 큰 가능성이 주는 혐오를 압도하기 때문에 신에 대한 우리의 신앙은 충분히 정당화될 수 있다고 주장했다. 어쩌면 사랑도 마찬가지일 것이다. 연인들은 오랫동안 철학자 노릇을 할 수가 없다. 연인들은 의심하고 캐물으려는 철학적 충동에 대립되는, 믿고 신앙을 가지려는 종교적 충동에 굴복한다. 연인들은 사랑 없이 의심을 하는 것보다는 틀려도 사랑을 하는 모험을 더 좋아한다.

7. 어느 날 저녁 클로이의 침대에 앉아서 장난감 코끼리 구피를 만지작거리고 있을 때 그런 생각들이 내 머릿속을 오갔다. 클로이는 어렸을 때 구피가 자기 삶에서 엄청나게 큰 부분을 차지했다고 말했다. 구피는 그녀의 가족만큼이나 현실적인 존재였으며, 그녀에게 공감해주는 면에서는 가족보다 훨씬 더 나았다. 구피에게는 그 나름의 일상, 좋아하는 음식, 잠자고 말하는 버릇이 있었다. 그러나 좀더 냉정하게 본다면 구피는 전적으로 그녀의 창조물이고, 그녀의 상상 바깥에는 존재하지 않았던 것이 분명하다. 그러나 클로이에게 구피가 정말로 존재하느냐고 물었다면, 클로이와 그 코끼리의 관계는 완전히 박살이 났을 것이다. 이 재미있는 장난감이 실제로 너와 독립적으로 살아 있는 거야, 아니면 네가 그냥 지어낸 거야? 순간 연인과 그의 사랑하는 사람에게도 비슷하게 신중한 태도를 보여야 한다는 생각이 퍼뜩 들었다. 연인에게도 네 사랑으로 꽉 채워진 이 사람이 실제로 존재하는 것이냐, 아니면 네가 상상

한 것에 **불과하냐** 하는 질문은 절대로 하지 말아야 한다.

8. 의학사를 보면 자신이 달걀 프라이라는 이상한 망상에 빠져서 살아가는 사람의 사례가 나온다. 그가 언제 어떻게 그런 생각을 하게 되었는지는 아무도 모른다. 그러나 그는 "찢어질까봐" 아니면 "노른자가 흘러나올까봐" 어디에도 앉을 수가 없게 되었다. 의사는 그의 공포를 가라앉히기 위해서 진정제 등 온갖 약을 주었으나 소용이 없었다. 마침내 어떤 의사가 미망에 사로잡힌 환자의 정신 속으로 들어가서 늘 토스트를 한 조각 가지고 다니라고 제안했다. 그렇게 하면 앉고 싶은 의자 위에 토스트를 올려놓고 앉을 수가 있고, 노른자가 샐 걱정을 할 필요도 없지 않느냐는 것이었다. 그때부터 이 환자는 늘 토스트 한 조각을 가지고 다녔으며, 대체로 정상적인 생활을 할 수 있었다.

9. 이 이야기의 요점이 무엇일까? 이 이야기는 사람이 미망[사랑, 자신이 달걀이라는 믿음]에 빠져서 살 수도 있지만, 그것을 보완해주는 것[비슷한 미망에 빠져 있는 클로이와 같은 연인, 토스트 한 조각]을 찾아내면 모든 일이 잘될 수도 있음을 보여준다. 미망은 그 자체가 해로운 것이 아니다. 혼자서만 그것을 믿을 때, 그것을 유지할 수 있는 환경을 만들지 못할 때만 해가 된다. 클로이와 내가 사랑의 노른자위를 말짱하게 보존할 수만 있다면, 진실이 무엇이든 무슨 상관이란 말인가?

친밀성

1. 나와 함께 있음으로 해서 내 삶을 의미 있게 만들어주는 클로이는 카밀레 차에 사각 설탕이 녹는 것을 지켜보면서 말했다. "나에게 문제가 있기 때문에 함께 살 수는 없어. 나는 혼자 살지 않으면 녹아버리는 사람이야. 내가 너를 원하지 않는다는 것이 아니야. 너만을 원한다는 것, 나한테 남은 것이 아무것도 없다는 것을 알게 되는 것이 두려운 거야. 그러니까 이것이 전체적으로 엉망이 되어버린 내 모습 가운데 한 부분이라고 생각하고 이해해줘. 안타깝지만 나는 가방을 든 여자(원래는 전 재산을 가방에 넣고 거리나 공원을 방황하는 중년 부인을 가리키는 말/역주)로 남아야 할 것 같아."

2. 나는 클로이의 가방을 히드로 공항에서 처음 보았다. 광택이 있는 녹색 어깨띠가 달린, 밝은 분홍색 원통형 가방이

었다. 그녀는 내 아파트에서 자고 가게 된 첫날밤 그 가방을 들고 문간에 들어서며 다시 한번 그 거슬리는 색깔을 사과했다. 칫솔과 다음 날 입을 새 옷을 넣어오느라고 가방을 가져왔다는 이야기였다. 나는 그녀가 잠깐 그런 식으로 가방을 들고 다니다 말 것이라고 생각했다. 그러나 그녀는 절대 가방을 포기하지 않았다. 매일 아침 가방을 다시 쌌다. 마치 헤어지기라도 하는 것처럼, 귀걸이 하나라도 두고 가면 도저히 감당할 수 없는 해체의 위험에 빠지기라도 할 것처럼.

3.   그러나 그녀의 독립에 대한 크나큰 열망에도 불구하고, 물건을 떨어뜨리고 가는 일은 생기기 마련이었다. 그것은 칫솔이나 구두가 아니라 그녀 자신의 조각들이었다. 그것은 언어에서부터 시작되었다. 클로이는 나에게 그녀의 독특한 말투를 남겨두었다. 그녀는 "절대"라는 말 대신에 꼭 "두 번 다시"라는 말을 사용했으며, 전화를 끊기 전에는 "몸조심해"라고 인사를 했다. 반대로 그녀는 나의 "완벽해"라는 말과 "네가 정말로 그렇게 생각한다면"이라는 언어습관을 익혔다. 이어서 우리 사이에 습관들이 새어나가기 시작했다. 나도 클로이처럼 침실에서는 완전히 불을 끄게 되었고, 그녀는 나처럼 신문을 접게 되었다. 나는 무슨 생각을 할 때에 소파 주위를 뱅뱅 돌게 되었으며, 그녀는 카펫 위에 눕는 것에 맛을 들였다.

4.   확산 현상과 더불어 친밀성이 생겼다. 우리 사이의 접경

지대를 엄격하게 순찰하지 않게 된 것이다. 우리 몸은 이제 상대가 지켜본다거나 판단한다고 느끼지 않았다. 클로이는 침대에 누워서 책을 읽다가 장애물을 제거하기 위해서 콧구멍으로 손을 넣었고, 이어 장애물을 굴려 공을 만든 다음 바짝 마르고 단단해지면 그것을 한입에 삼켰다―굳이 감추거나 사과를 하지 않았다. 우리는 가끔 침묵의 시간을 가지는 모험도 할 수 있었다. 우리는 이제 편집증적인 수다쟁이들, 고요가 배신처럼 보일까봐 대화를 중단하기를 꺼리는 수다쟁이들이 아니었다. 우리는 상대의 마음속에 존재하는 자기 자신에 대해서 믿음을 가지게 되었으며, [그런 믿음이 없을 때 생기는 두려움에서 발생하는] 지속적인 유혹은 이제 낡은 것이 되었다.

5. 나는 클로이의 의견과 습관만이 아니라, 그녀라는 존재의 더 섬세한 결도 알게 되었다. 옆방에서 전화로 이야기할 때의 음색, 배가 고플 때 나는 꼬르륵거리는 소리, 재채기 식전의 표정, 잠을 깰 때의 눈의 모양, 젖은 우산을 흔드는 모습, 빗으로 머리를 빗는 소리.

6. 상대의 특징들을 의식하면서 우리에게는 서로의 이름을 다시 지어주고 싶은 요구가 생겼다. 클로이와 나는 부모가 준 이름, 여권과 출생 등록증에 공식적으로 적힌 이름으로 만났다. 그러나 우리는 서로에 대하여 우리만 아는 지식

을 더 많이 가지게 되었기 때문에 당연히 다른 사람들이 사용하지 않는 이름으로 그것을 표현해 [비록 간접적이라고 해도] 마땅하다고 생각했다. 클로이는 그녀의 사무실에서는 클로이였지만, 나에게는 [우리 둘 다 알지 못하는 이유로] 그냥 **티지**였다. 내가 한때 그녀를 독일 지식인들의 병에 대한 이야기로 즐겁게 해준 적이 있기 때문에 그녀는 나를 그녀보다는 덜 신비하게 **벨트슈메르츠**(감상적인 염세 감정이라는 뜻/역주)라고 부르게 되었다. 이런 별명들의 중요성은 우리가 최종적으로 이르게 된 어떤 특정한 이름에 있는 것이 아니라—우리는 결국 서로를 **프웟**과 **틱**이라고 부르게 될지도 몰랐다—우리가 애초에 서로의 이름을 다시 짓는 선택을 했다는 사실에 있다. 내가 그녀를 **티지**라고 부른다는 것은 경리부의 로이가 그녀에 대해서 알지 못하는 것[그녀가 머리를 빗을 때 내는 독특한 소리]을 나는 알고 있다는 뜻이었다. **클로이**는 그녀의 시민적 신분에 속해 있고, **티지**는 일반적인 사회적 영역을 넘어, 더 은밀하고 독특한 사랑의 정치를 넘어서, 좀더 유동적이고 좀더 독특한 사랑의 우리에 놓여 있었다.

7.   우리는 둘이 있을 때 다른 사람들의 험담을 하면서 많은 시간을 보냈다. 우리의 일상적인 상호작용에서는 대부분 정직하게 우리 자신을 표현할 수 없었기 때문에, 우리끼리 우리의 거짓말에 바람을 쐬어주고 우리가 수행한 사회적 예의를 속죄할 수 있었다. 클로이는 친구나 동료에 대한 나의 판단

의 최종 저장소가 되었다. 내가 그들에게 느꼈지만 부정하려고 했던 것들을 나에게 공감하고, 심지어 부추기기까지 하는 청중에게 자유롭게 이야기할 수 있었다. 우리는 종종 뒷공론에 탐닉했다. 함께 좋아하는 것을 발견하는 기쁨이 얼마나 큰지 몰라도, 함께 싫어하는 것을 욕하는 친밀함에 비길 것은 아무것도 없었다. 가끔 우리는 우리가 지금까지 만난 모든 사람에게 심각한 결함이 있으며, 사실 우리가 지구에 남은 단 두 명의 품위 있는 인간들이라는 결론을 내릴 지경에 이르렀다[수줍음 때문에 대놓고 그렇게 인정하지는 못했지만]. 사랑은 외부자들을 지속적으로 비판하면서 커나간다. 우리가 다른 모든 사람들에게 어처구니없을 정도로 충성을 지키지 않는다는 것이야말로 우리가 서로에게 충성한다는 가장 훌륭한 증거였다.

8.   우리는 둘만이 있는 자리로 물러나 사회가 요구하는 위선을 비웃었다. 공식적 만찬에서 돌아와 몇 분 전에 정중하게 작별인사를 하고 헤어졌던 사람들의 악센트와 말을 조롱했다. 우리는 침대에 누워서 조금 전에 나누었던 대화를 되풀이해보기도 했다. 나는 클로이가 만났던 턱수염을 기른 기자 역할을 한다. 클로이는 자신이 원래 했던 말을 되풀이한다. 그러나 시트 밑에서 손으로는 내 성기를 만지작거린다. 순간 나는 클로이의 손이 어디에 와 있는지 발견하고 충격을 받은 척하며, 동정의 교구목사처럼 묻는다. "마담, 마담께

서 내 명예로운 회원(member, 성기라는 뜻도 있다/역주)에게 무슨 일을 하고 있는지 여쭈어도 되겠습니까?" 그러면 그녀는 시대극에 나오는 귀족 부인처럼 대답한다. "목사님, 어떻게 하다 이런 불명예스러운 회원이 내 눈에 띄게 되었는지 정말 모르겠군요." 아니면 클로이는 침대에서 뛰어나가 이렇게 소리를 지르기도 한다. "목사님, 당장 내 침대에서 나가주십시오. 아니면 남자 하인 버나드를 부르겠습니다." 우리의 친밀성 속에서는 사교적인 격식이 희극적으로 재조명되었다. 무대에서는 비극이 벌어지고 뒷무대에서는 배우들이 그 비극을 조롱하고 있는 셈이었다. 마치 햄릿 역을 맡은 배우가 연기 뒤에 분장실에서 거트루드를 잡고 이렇게 소리치는 것과 같다. "좆 까는 소리 말란 말이야, 엄마!"

9.   우리는 심지어 하나의 이야기를 획득하기 시작했다. 사랑은 반드시 이야기들과 관련을 맺는 것 같다. "어느 날, 총각이 처녀를 만났다." 이 정도면 벌써 청중은 그 다음에 무슨 일이 생겼는지 궁금해한다. 대부분의 사랑 이야기에 동력을 제공하는 것은 장애물이다. 폴과 비르지니, 안나와 브론스키, 타잔과 제인은 모두 역경 속에서 투쟁하며, 이것이 그들의 유대를 확인해주고 강화해준다. 고전적인 연인들은 정글이나, 난파한 배나, 산기슭에서 기운차게 역경을 극복하여 그들의 사랑의 힘을 증명한다.

10. 그러나 이제는 모험이나 투쟁을 할 것이 별로 없다. 클로이와 나는 대체로 서사시적 갈등을, 경험을, 능력을 박탈당한 세계에 살았다. 나는 낭만적인 투쟁을 할 수 있는 능력을 상실해버렸다. 부모들은 신경 쓰지 않는다. 정글은 길들여졌다. 사회는 일반적 관용 뒤에 못마땅한 태도를 감춘다. 식당은 늦게까지 문을 연다. 거의 어디에서나 신용 카드를 받는다. 섹스는 범죄가 아니라 의무이다. 그래도 클로이와 나에게는 우리의 결합을 확인해줄 수수한 이야기, 우리를 결합하는 일군의 공동 경험이 있었다. 경험이란 무엇인가? 예의바른 일상을 부수고 짧은 시간 동안 고양된 감수성으로 새로움, 위험, 아름다움이 우리에게 주는 것들을 목격하는 것이다. 공유된 경험이라는 기초 위에서 친밀성은 자라날 기회를 얻는다. 그저 이따금씩 식사를 함께 하면서 생긴 우정은 결코 여행이나 대학에서 형성된 우정의 깊이를 따라갈 수 없다. 정글에서 사자에 놀란 사람들은, 사자에게 잡아먹히지만 않는다면, 그들이 본 깃에 의해 단단히 결속될 것이다.

11. 클로이와 나는 맹수를 보고 놀란 적은 없다. 그러나 우리는 도시에서 벌어지는 사소한 일들을 수도 없이 겪었다. 우리는 어느 더운 여름날 밤 파티에서 돌아오는 길에 시체를 목격했다. 시신은 찰우드 스트리트와 벨그레이브 로드가 만나는 모퉁이에 누워 있었다. 아름다운 젊은 여자였는데, 처음에는 술에 취해 보도에 쓰러진 것처럼 보였다. 그러나 막

지나치려는 순간, 클로이는 여자의 복부에 칼 손잡이가 튀어나와 있는 것을 보았다. 함께 시체를 보기 전까지 상대방에 대해서 얼마나 안다고 말할 수 있을까? 우리는 무릎을 꿇고 시체를 보았다. 클로이는 불시착할 때 흥분하거나 히스테리에 사로잡힌 승무원[나]을 부리는 조종사의 목소리로 나에게 보지 말라고, 경찰에 연락해야 한다고 말하더니, 여자의 맥박을 확인하고 나서 모든 것을 원래 있던 대로 두었다. 나는 그녀의 전문가적인 태도에 놀랐다. 그러나 경찰의 심문 도중에 그녀는 걷잡을 수 없이 흐느끼기 시작했으며, 그 후 몇 주 동안 칼 손잡이의 기억을 떨쳐버릴 수가 없었다. 끔찍한 사건이었지만, 어쨌든 그 덕분에 우리는 더 굳게 결합되었다. 우리는 그날 밤을 꼬박 새웠다. 내 아파트에서 위스키를 마시면서 서로 소름 끼치는 쓸데없는 이야기만 자꾸 늘어놓았다. 두려움을 몰아내기 위해서 식칼이 꽂힌 시체와 경찰 역을 맡기도 했다.

12. 몇 달 뒤 우리는 브릭 레인의 베이글 가게에 있었는데, 우리 옆에 줄서 있던 핀스트라이프 양복을 입은 우아한 남자가 클로이에게 말없이 구깃구깃한 메모지를 건넸다. 종이에는 갈겨쓴 커다란 글씨로 "사랑합니다"라고 적혀 있었다. 클로이는 종이를 펼치고는 침을 꿀꺽 삼키며 그 내용을 읽더니, 메모를 준 남자를 돌아보았다. 그러나 남자는 아무 일도 없었던 것처럼 행동하고 있었다. 핀스트라이프 양복을 입은

사람답게 근엄한 표정으로 창 밖 거리를 내다보고 있었던 것이다. 그래서 클로이도 똑같이 아무 일도 없었던 것 같은 표정으로 메모지를 접어 호주머니에 넣었다. 이 괴상한 사건은 시체 사건처럼 음침하지는 않았지만 그 사건과 마찬가지로 우리의 라이트모티프(악극에서 되풀이되어 나타나는 중심 악상/역주)가 되어, 우리는 우리의 이야기에서 그 사건을 끊임없이 다시 불러내곤 했다. 우리는 식당에서 가끔 그때 그 베이글 가게의 남자와 똑같이 수수께끼 같은 분위기를 풍기며 말없이 메모를 건네곤 했다. 그러나 그 안에는 **소금 좀 건네줘** 같은 말만 적혀 있을 뿐이었다. 속사정을 모르는 사람들은 우리가 갑자기 깔깔대는 모습을 보고 괴상하게 여겼을 것이다. 그러나 이것이 라이트모티프의 핵심이다. 다른 사람들은 그 기초가 되는 장면을 보지 못했기 때문에 당사자들이 계속 참조하는 사건을 이해할 수가 없다는 것이다. 그러한 자기 참조적이고 자기 중심적인 행동이 옆줄에 선 사람들을 미치게 만드는 것도 놀랄 일은 아니다.

13. 그 외에도 수많은 공동의 경험이 있었다. 우리는 사람들을 만났고, 여러 가지를 보고, 하고, 들었다. 이것은 우리가 공동의 유산을 창조하는 데 도움을 주었다. 어느 저녁 식사 자리에서 만난 정신분석가는 클로이에게 자신이 현재 환자 두 사람과 잠자리를 함께한다고 말했다. 내 친구 윌 노트는 처음에는 클로이에게 거의 관심을 가지지 않더니, 건축에

관한 잘 알려지지 않은 책을 보내면서 기묘한 쪽지를 끼워넣곤 했다[『강철—미래의 재료』라는 책에는 "우리가 얼마나 오래 버틸 수 있을지 아는 사람이 있을까??!" 하는 메모가 첨부되었다]. 클로이의 코끼리에게 잠자리 친구를 만들어주려고 바스에서 장난감 기린을 샀는데, 클로이 직장의 목이 긴 동료의 이름을 따서 제프리라고 부르게 되었다. 기차에서 만난 여자 회계사는 늘 핸드백에 총을 넣고 다닌다고 고백했다……

14. 그러한 일화들 자체가 흥미 있는 것은 아니다. 대부분 클로이와 나만이 그 의미를 이해할 수 있었다. 그 일화들과 관련된 부수적인 연상들 때문이었다. 그러나 이러한 라이트모티프들은 중요했다. 그것이 우리에게 우리가 서로에게 남이 아니라는 느낌을 주었고, 일들을 함께 겪어가며 산다는 느낌을 주었으며, 함께 끌어낸 의미를 기억하고 있다는 느낌을 주었기 때문이다. 이러한 라이트모티프들이 아무리 사소한 것이라고 해도, 그것은 접착제 역할을 했다. 그 라이트모티프들이 만들어낸 친밀성의 언어는 클로이와 내가 둘이서 [정글을 뚫고 나가거나, 용을 죽이거나, 심지어 아파트를 함께 쓰지 않고서도] 하나의 세계 비슷한 것을 창조했다는 사실을 기억나게 해주었던 것이다.

— 14 —

"나"의 확인

1.　7월 중순의 어느 일요일 저녁, 우리는 포토벨로 로드의 한 카페에 앉아 있었다. 아름다운 날이어서 종일 하이드 파크에서 일광욕을 하며 책을 읽었다. 그러나 5시 무렵부터 나는 우울증에 빠져들었다. 집으로 가서 이불 밑에 숨고 싶었다. 오래 전부터 일요일 저녁이면 우울했다. 죽음, 끝내지 못한 일, 죄, 상실이 떠올랐다. 우리는 말없이 앉아 있었다. 클로이는 신문을 읽었고, 나는 창 밖의 차량과 사람들을 물끄러미 바라보고 있었다. 갑자기 클로이가 내 쪽으로 몸을 기울이더니 입을 맞추며 속삭였다. "너 또 길 잃은 고아 같은 표정을 짓고 있네." 전에는 아무도 내 표정을 그렇게 부른 적이 없었지만, 클로이가 말하는 순간 갑자기 그 말이 그때까지 내가 느끼던 혼란스러운 슬픔에 딱 들어맞는 표현이 되면서, 내 우울도 조금은 덜어지는 듯했다. 나는 그 말 때문에,

내가 스스로 정리할 수 없었던 느낌을 그녀가 알고 있다는 것 때문에, 그녀가 기꺼이 내 세계로 들어와 나 대신 그것을 객관화해주었기 때문에, 그녀에게 강렬한 [그리고 어쩌면 균형이 잡히지 않은] 사랑을 느꼈다. 고아에게 고아라고 일깨워줌으로써 집으로 돌려보내주는 것에 대한 고마움이었다.

2. 어쩌면 우리가 존재한다는 것을 보아주는 사람이 나타날 때까지 우리는 사실상 존재하지 않는다는 말이 맞는지도 모른다. 우리가 하는 말을 이해하는 사람이 나타날 때까지 우리는 제대로 말을 할 수 없다는 것도. 본질적으로 우리는 사랑을 받기 전에는 온전하게 살아 있는 것이 아니다.

3. 인간이 "사회적 동물"이라는 말은 무슨 뜻일까? 오직 인간만이 연체동물이나 지렁이와는 달리 자신을 규정하고 자의식을 얻기 위해서 다른 사람을 필요로 한다는 뜻이다. 주위에 있는 다른 사람들이 우리가 어디에서 끝나고 다른 사람들이 어디에서부터 시작되는지 우리에게 보여주지 않는다면 우리는 우리 자신에 대한 제대로 된 느낌에 이를 수 없다. "혼자서는 절대로 성격이 형성되지 않는다." 스탕달의 말이다. 성격의 기원은 우리의 말과 행동에 대한 다른 사람들의 반응에 있다는 의미이다. 우리의 자아는 유동체이기 때문에 이웃들이 윤곽을 제공할 필요가 있다. 자신이 온전하다는 느낌을 얻으려면, 근처에 나 자신만큼 나를 잘 아는 사람, 때로

는 나보다 더 잘 아는 사람이 필요하다.

4. 사랑이 없으면 우리는 제대로 된 정체성을 소유할 능력을 상실한다. 사랑 안에서 자아가 지속적으로 확인되기 때문이다. 많은 종교에서 우리를 볼 수 있는 신이라는 개념이 중심을 차지하는 것도 놀랄 일이 아니다. 누가 나를 본다는 것은 내가 존재한다고 인정받는 것이다. 나를 보는 사람이 나를 사랑하는 신이나 짝이라면 더욱 좋다. 우리가 누구인지 정확히 기억하지 못하는 사람들, 우리의 역사를 수도 없이 말해 주었는데도 우리가 결혼을 몇 번 했는지, 자식이 몇 명인지, 우리 이름이 브래드인지 빌인지, 카트리나인지 캐서린인지 자꾸 잊어버리는 [우리도 그들에 대해서 똑같이 잊어버린다] 사람들에 둘러싸여 살다가, 마음속에 우리의 정체성을 확고하게 새겨두고 있는 사람의 품에서, 시야에서 사라질 위험으로부터 벗어날 수 있는 피난처를 발견한다는 것은 위로가 되는 일이 아닐까?

5. 의미론적으로 볼 때 사랑과 관심이 거의 맞바꾸어 쓸 수 있는 말이라는 것은 우연이 아니다. "나는 나비를 사랑한다"는 말의 의미는 "나는 나비에 관심이 많다"는 말과 같다고 할 수 있다. 어떤 사람을 사랑한다는 것은 그 사람에게 깊은 관심을 가진다는 것이며, 그 관심으로 그 사람이 무엇을 하고 무슨 말을 하는지 스스로 더 풍부하게 느끼게 된다는 것

이다. 클로이는 나를 이해하기 때문에 나에 대한 그녀의 행동에는 "나"의 확인이라고 부를 수 있는 요소들이 점차 늘어나기 시작했다. 그녀가 내 기분의 많은 부분을 직관적으로 이해하는 것, 그녀가 내 취향을 아는 것, 그녀가 나 자신에 대해서 나에게 이야기해주는 것, 그녀가 나의 일상과 습관을 기억하는 것, 그녀가 나의 공포증을 인정하는 것에는 다양한 "나"의 확인이 수도 없이 포함되어 있었다. 클로이는 나에게 우울증이 있다는 것, 나에게 수줍음이 많으며 전화로 이야기하기를 꺼린다는 것, 하룻밤에 여덟 시간은 자야 한다는 강박감이 있다는 것, 식사가 끝난 뒤에 식당에서 뭉그적거리기를 싫어한다는 것, 예의를 공격적 방어의 수단으로 이용한다는 것, 예나 아니요로 대답하기보다는 "아마"라고 대답하는 쪽을 더 좋아한다는 것을 알았다. 그녀는 내가 했던 말을 그대로 인용하고["지난번에 너는 그런 종류의 아이러니는 좋아하지 않는다고 말했잖아……"], 나의 성격의 요소들―좋은 쪽이든 나쁜 쪽이든―을 끈기 있게 마음속에 담아두었다["너는……할 때는 꼭 당황하더라……", "너처럼 기름 넣는 것을 자주 잊는 사람은 처음 보았어……"]. 나는 클로이가 제공하는 내 인격에 대한 통찰들 덕분에 성숙할 기회를 얻었다. 다른 사람들은 구태여 관심을 가지려고 하지 않는 성격의 측면들을 지적하는 데에는 연인의 친밀성이 필요하다. 클로이는 내가 방어적이라거나, 비판적이라거나, 아니면 더 실감나게 "신경이 곤두선 너절한 놈"이라거나, "굳어버린 고깃국물처럼 역겹다"고 솔직하게 말하는 때도 있었다. 그럴 때마다 나는 나의 평상시의 자기 반성에서라면 [내적인 조화를 위해서] 피해갔을 측면, 다른 사람들이라면 관심이 없어서 보지 못했을 측면, 침실의 정직성이 있어야만 밝힐 수 있는 측면과 직면하게 되었다.

6.   다른 사람들과 누리는 행복은 두 가지 종류의 과잉에 의해 제한이 되는 것 같다. 하나는 질식이고 또 하나는 외로움이다. 사랑의 경계에는 두 가지 해체가 있는 것 같다. 클로이는 늘 전자가 더 큰 위험이라고 생각했다. 그녀는 부모의 심판하고 통제하는 태도에 억압을 느끼면서, 학창시절에는 완전히 혼자 시간을 보내는 꿈을 꾸곤 했다. 대학에 가기 전에 몇 년 동안 휴일이나 토요일에 일을 해서 모은 돈으로 1년 동안 애리조나에 다녀왔다. 그녀는 지도에서 아무렇게나 고른 아주 작은 읍 변두리에 오두막을 하나 빌렸다. 선반 하나에 가득 들어갈 만큼 책을 구했다. 전부터 늘 읽고 싶었던 책이었다. 그녀는 달의 표면 같은 땅 위로 해가 뜨고 지는 것을 보며 그 책들을 읽을 생각이었다. 그러나 불과 몇 주가 지나지 않아 그녀는 평생 갈망했던 고독 때문에 방향감각이 흐트러지고 겁이 나기 시작했다. 가게에서 자신의 목소리를 듣자 그 소리가 충격으로 다가왔다. 책들은 멀게 느껴져 매력을 느낄 수가 없었다. 그녀는 존재감을 유지하기 위해서 거울에 비친 자신의 모습을 빤히 들여다보는 버릇이 생겼다. 편집증

이 생긴 것 같았다. 자신이 이 세상 사람 같지가 않았다. 마침내 겨우 한 달 만에 그녀는 그 소도시를 떠나 피닉스의 한 레스토랑에 웨이트리스로 취직했다. 그녀를 내리누르는 "비현실성"을 더 이상 견딜 수 없었기 때문이다. 피닉스에 도착하자 사회적 접촉이 목이 바싹 마른 사막 생존자에게 물처럼 다가왔다. 그녀는 가능할 때마다 대화를 했으며, 가장 단순한 의사소통이 주는 편안함을 즐겼다.

7.   클로이가 이해를 받으며 산다는 느낌이 드는 데 내가 조금이라도 도움이 될 만한 위치에 이르는 데는 오랜 시간이 걸렸다. 나는 그녀가 하는 수많은 말과 행동으로부터 아주 느리게 그녀의 삶의 큰 주제들이라고 할 만한 것들을 캐내기 시작했다. 우리가 다른 사람들을 알아갈 때 어쩔 수 없이 실마리들을 해석할 수밖에 없다. 우리는 조각들을 맞추어 이야기를 엮어보는 탐정이나 고고학자와 같다. 키친타월과 레몬 압착기에서 살인의 출발점을 추적하거나, 밭일하는 연장이나 귀걸이에서 하나의 문명을 추적한다. 물론 나는 자꾸 틀렸다. 예를 들면, 클로이의 삶에서 자기 부정이 차지하는 역할을 제대로 파악하는 데 한참 시간이 걸렸다. 어느 날 아침 내 아파트에서 아침을 먹는데, 클로이가 전날 밤에 심하게 아파서 자다가 일어나 약국까지 차를 몰고 갔다 왔다는 이야기를 했다. 그러면서도 나를 깨우지 않으려고 조심했다는 것이다. 나는 당황하여 화부터 냈다. 왜 나한테 아무 말도

안 했어? 내가 얼마나 먼 사람이기에 그런 다급한 상황에서도 깨우지 않은 거야? 그러나 내 분노[질투의 한 형태일 뿐이었다]는 투박하여, 내가 아주 느릿느릿 배우게 된 것을 고려하지 못하고 있었다. 소리 없이 고통을 겪어내려고 하는 것이 클로이를 지배하는 뿌리박힌 경향이라는 것이다. 그녀는 거의 죽을 지경이 되지 않는 한 나를 깨우지 않았을 것이다. 그녀는 절대로 남에게 책임을 지우고 싶어하지 않았다. 그녀의 성격에서 이 실마리 한 가닥을 찾아내자, 다른 측면들이 그와 관련된 표현들로서 덩달아 이해되었다. 그녀가 부모에 대해서 분노를 인정하지 않는다는 것[잔인한 아이러니로만 표현했다], 자기 비하, 자기 연민에 빠진 사람들에 대한 혹독한 태도, 의무감, 심지어 우는 방식[히스테리를 부리듯 울부짖기보다는 소리 없이 흐느끼는 것]까지도.

8. 나는 마치 무릎 위에 뒤엉킨 케이블 가닥들을 올려놓은 채 맨홀 가장자리에 앉아 있는 전화수리공처럼 서서히 클로이의 인격의 주요한 몇 가지 실마리를 확인하게 되었다. 여러 사람과 함께 식당에 갈 때마다 그녀가 인색하게 구는 사람을 싫어한다는 것도 알았다. 나는 그녀에게 덫에 걸리고 싶어하지 않는 욕망이 있다는 것, 그녀의 성격에 사막으로 탈출하고 싶어하는 측면이 있다는 것을 느끼게 되었다. 나는 그녀의 변함없는 시각적 창조성에 감탄했다. 그것은 그녀의 일에서만이 아니라, 식탁을 차리거나 꽃병을 배치하는 데서도 나

타났다. 나는 그녀가 다른 여자들하고 있을 때는 불편해하고, 남자들과 함께 있는 것을 훨씬 편하게 느낀다는 것을 알아차리게 되었다. 나는 그녀가 스스로 친구라고 생각하는 사람들에게 굳건하게 의리를 지킨다는 것, 본능적인 씨족 또는 공동체 의식이 있다는 것을 알게 되었다. 이런 특징들을 통해서 클로이는 천천히 내 마음에서 복잡한 통일성을 지니게 되었다. 일관성을 지닌, 어느 정도 예측 가능한 사람으로 자리잡게 되었다. 영화나 사람에 대한 취향 정도는 굳이 물어보지 않고도 짐작할 수 있는 사람이 된 것이다.

9. 다른 사람들이 우리의 존재에 정통성을 부여해주기를 요구할 때 일어나는 문제는 **정확한** 정체성을 가지는 일이 다른 사람들에 의해서 좌우될 위험이 생긴다는 것이다. 만일 스탕달의 말대로 다른 사람들 없이는 성격도 있을 수 없다고 한다면, 우리가 침대를 함께 쓰는 사람은 능숙한 중개자여야 한다. 아니면 우리는 왜곡되거나 잘못 표현되고 말 테니까. 그러나 다른 사람들이란 그 정의상 좋은 쪽으로든 나쁜 쪽으로든 우리를 늘 왜곡하는 것이 아닐까?

10. 사람들을 만날 때마다 우리 자신에 대한 느낌은 달라진다. 우리는 조금씩 남들이 우리라고 생각하는 존재가 되기 때문이다. 자아는 아메바에 비유할 수 있다. 아메바의 외벽은 탄력이 있어서 환경에 적응한다. 그렇다고 아메바에게 크

기가 없다는 말은 아니다. 단지 자기 규정적인 형태가 없을 뿐이다. 부조리한 사람은 나에게서 나의 부조리한 측면을 끌어낼 것이다. 그러나 진지한 사람은 나의 진지한 측면을 끌어낼 것이다. 누가 나를 수줍어한다고 생각하면, 나는 아마 결국 수줍어하게 될 것이다. 누가 나를 재미있다고 생각한다면, 나는 계속 농담을 할 가능성이 높다.

11. 클로이는 내 부모님과 함께 점심을 먹을 때 식사 시간 내내 입을 다물고 있었다. 집으로 돌아왔을 때 나는 그녀에게 무슨 문제가 있느냐고 물었다. 그녀 자신도 이해할 수가 없다고 했다. 그녀는 활기차고 재미있어 보이려고 애를 썼는데, 식탁 건너에서 자신을 마주하고 있는 낯선 두 사람의 의심과 부딪히자, 평소의 자아로 뻗어나갈 수가 없었다는 것이다. 내 부모님이 드러나게 심술을 부린 것은 아니지만, 그들의 뻣뻣한 태도 때문에 클로이는 한두 마디로 대답을 하는 수준 이상으로 나아가지 못했다. 이것을 보자 다른 사람들에게 낙인을 찍는 것은 보통 소리 없는 과정임을 알 수 있었다. 대부분의 사람들은 공개적으로 우리에게 어떤 역할을 강요하지 않는다. 자신의 반응을 통해서 그것을 채택하라고 암시할 뿐이다. 은밀하게 우리에게 정해준 틀에서 벗어나지 못하도록 막는 것이다.

12. 몇 년 전 클로이는 런던 대학교의 학자와 한동안 사귀

었다. 분석철학자였던 그 학자는 책을 다섯 권이나 썼고 많은 학술지에 기고를 했는데, 그녀에게 하나의 유산을 남겨주었다. 그녀의 정신적 능력이 완전히 낙제점이라는 느낌이었다. 그가 도대체 어떻게 했기에? 이번에도 클로이는 제대로 말을 하지 못했다. 그 철학자는 노골적으로 비판적인 이야기를 하지 않고도 아메바의 형태를 자신의 기존 관념에 맞추는 데 성공했다. 즉 클로이는 아름답고 젊은 학생이지만 정신의 문제는 자신에게 맡겨두어야 한다는 것이었다. 그래서 마치 저절로 예언이 이루어지듯이 클로이는 무의식적으로 그녀의 인격―책을 다섯 권이나 썼고 많은 학술지에 기고를 하는 지혜로운 철학자가 은밀한 기말 리포트처럼 제출한 인격―에 대한 평결에 따라 행동하기 시작했다. 결국 그녀는 철학자가 믿는 딱 그만큼 멍청한 사람이 된 느낌을 받았다.

13. 어린아이는 자기 자신의 규정에 영향을 행사하는 능력을 얻기 전에는 늘 제3자의 시각에서 묘사된다["클로이는 귀여운/추한/똑똑한/멍청한 아이가 아닐까?"]. 유년을 넘어선다는 것은 다른 사람들의 이야기, 내레이터 노릇을 해온 부모의 그릇된 이야기를 교정하려는 시도라고 이해할 수 있다. 그러나 이야기에 대항하는 투쟁은 유년을 넘어서도 계속된다. 대부분의 사람들은 태만 또는 편견 때문에 우리를 잘못안다. 심지어 사랑을 받는 것에도 엄청난 편견이 개입되어 있다―기분 좋은 왜곡이지만, 어쨌든 왜곡은 왜곡이다. 나

르시스와 마찬가지로 우리는 다른 사람의 촉촉한 눈에 비친 자신의 모습을 바라보며 실망을 할 수밖에 없는 운명이다. 어떤 눈도 우리의 "나"를 완전히 담을 수는 없다. 우리 가운데 어느 부분은 절단당하기 마련이다. 그것이 치명상이든 아니든.

14. 내가 클로이에게 인격은 아메바 같은 데가 있다고 하자, 그녀는 웃으면서 자기는 학교 다닐 때 아메바를 그리기 좋아했다고 대꾸했다.

"거기 신문지 좀 줘봐. 내가 내 아메바-자아의 모습이 사무실에 있을 때하고 너하고 있을 때하고 어떻게 다른지 그려볼게."

그녀는 가방에서 연필을 꺼내더니 다음과 같은 그림을 그렸다.

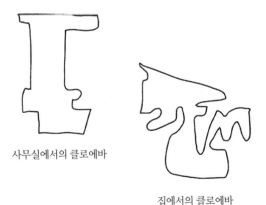

사무실에서의 클로에바

집에서의 클로에바

"이 꿈틀거리는 건 다 뭐야?"

내가 물었다.

"아, 그건 내가 너하고 있을 때는 꿈틀거리는 느낌이기 때문이야."

"뭐?"

"그러니까, 너는 나한테 여지를 주잖아. 그래서 나는 사무실에 있을 때보다 더 복잡해지는 느낌이야. 너는 나한테 관심이 있고 나를 더 잘 이해하니까, 나는 꿈틀거릴 수가 있는 거지. 따라서 그건 어쩌면 당연한 거야."

"알겠어. 그럼 이 직선은 뭐지?"

"어디에?"

"아메바의 북서쪽 상단에."

"쉬운 말로 해, 내가 지리에는 빵점이었다는 걸 알잖아. 아, 그래, 어딘지 알 것 같아. 글쎄, 너도 나의 모든 것을 이해하는 것은 아니잖아, 안 그래? 그래서 좀더 현실적으로 그리는 게 좋겠다고 생각했지. 직선 부분은 네가 이해 못 하는 측면, 또는 네가 좋아하지 않는 측면이야."

"아."

"어머나, 우울한 얼굴 하지 마. 그 선마저 구불구불해지면 어떤 일이 생길지 알고 싶지 않을걸! 어쨌든 걱정 마. 그게 그렇게 심각한 거라면, 내가 여기서 이렇게 너와 함께 행복한 아메바로서 질퍽거리고 있지는 않을 거 아니겠어?"

15. 클로이의 아메바적인 직선은 무슨 의미일까? 그저 내가 그녀를 다 이해할 수는 없다는 뜻일까? 그것은 어쩌면 당연한 일일 수도 있지만, 냉엄하게 감정이입의 한계를 보여주는 면이기도 하다. 무엇 때문에 내 노력이 좌절을 겪었을까? 내가 그녀를 인간 본성에 대한 나의 기존의 개념들을 통해서만 헤아릴 수밖에 없었다는 한계 때문인지도 모른다. 그녀에 대한 나의 지식은 나 자신의 과거를 통해서 여과되었을 것이 틀림없다. 로키 산맥에 가서 "꼭 스위스 같군" 하는 식으로 적응하는 유럽인처럼, 나는 클로이가 우울한 상태에 빠졌을 때 "이것은 클로이가 X를 느끼기 때문이야……내 누이동생이……했을 때처럼" 하는 식으로 그 원인을 파악할 수 있을 뿐인지도 모른다. 나는 그녀를 파악하려고 할 때 인간 본성에 대한 이해에 의존할 수밖에 없었는데, 그 이해란 나의 생물학적 특징, 계급, 심리적 역사에 의해 형성된 것이었다.

16. 우리가 사랑하는 사람의 성격의 어떤 요소들만을 집어낼 수밖에 없다는 점을 보여주기 위해, 사랑하는 사람의 눈길은 바비큐 꼬치에 비유할 수도 있겠다. 예를 들면 나는 클로이의 특징들 가운데 다음과 같은 것들을 꼬치에 뀄다[또는 높이 평가하거나 나와 관련이 있다고 여겼다].

—아이러니—눈 색깔—두 앞니 사이의 틈—지성—빵 굽는 재능—어머니와의 관계—사교적 불안—베토벤을 좋아하는

것―게으름을 싫어하는 것―카밀레 차를 좋아하는 것―속물
근성을 싫어하는 것―모직물 옷을 좋아하는 것―밀실 공포증
―정직에 대한 욕망→

그러나 이것이 그녀의 전체를 이루는 것은 아니었다. 내가
다른 바비큐 꼬치였다면, 다른 면들을 더 좋아했을지도 모
른다.

―건강식에 대한 관심―발목―야외 장터를 좋아하는 것―수
학적 재능―오빠와의 관계―나이트클럽을 좋아하는 것―신
에 대한 생각―쌀밥―드가―스케이트―시골을 오래 산책하
는 것을 몹시 좋아하는 것―차에서 음악 듣기를 싫어하는 것
―빅토리아 여왕 시대 건축을 좋아하는 것→

17. 내가 클로이의 복잡함에 주의를 기울였다고는 하지만,
큰 부분을 생략하는 죄를 지었을 것이다. 감정이입이 부족해
서 또는 성숙하지 못해서 이해를 하지 못하고 가볍게 넘겨버
린 것이다. 나는 절대로 피할 수 없는, 그러나 생략 가운데서
도 가장 큰 생략을 저지르는 죄를 지었다. 그것은 내가 아웃
사이더로서 클로이의 삶에 참여할 수밖에 없다는 것이다. 나
는 그녀의 내적인 삶을 상상할 수 있을 뿐이지, 절대 직접적
으로 경험할 수는 없다. 우리가 아무리 가깝다고 해도 그녀
는 결국 다른 인간일 뿐이었으며, 그 말이 가지는 모든 신비와

거리가 존재할 수밖에 없었다. 그 불가피한 거리는 우리가 결국 혼자 죽을 수밖에 없다는 생각으로 표현될 수 있었다.

18. 우리는 직선적 경계나 직선 없는 사랑을 갈망한다. 우리는 다른 사람들이 우리를 분류하는 것, 다른 사람들이 우리에게 낙인을 찍는 것[남자, 여자, 부자, 가난한 사람, 유대인, 가톨릭 신자 등]에는 병적인 저항감을 느낀다. 결국 우리 자신에게 우리는 늘 낙인을 찍을 수 없는 존재일 뿐이다. 혼자 있을 때 우리는 늘 단순한 "나"일 뿐이며, 낙인 찍혀진 부분들 사이를 쉽게, 다른 사람들의 선입관이 부가하는 제한 없이 이동한다. 나는 클로이가 전에 "내가 몇 년 전에 만났던 그 남자 있잖아" 하는 말을 듣고 갑자기 슬퍼진 적이 있다. 나 자신을 몇 년 후에 [참치 샐러드를 사이에 두고 그녀를 마주보고 있을 다른 남자에게] "내가 얼마 전에 만났던 그 건축한다던 남자……"로 묘사하는 광경을 상상했기 때문이다. 그녀가 과거의 연인에 대해서 부심코 던진 말 때문에 나는 불가피하게 나를 객관적으로 볼 수밖에 없었다. 내가 현재 그녀에게 아무리 특별하다고 해도, 나는 여전히 어떤 정의["남자", "남자 친구"] 안에 존재하고 있었다. 클로이의 눈에 나는 어쩔 수 없이 나 자신을 단순화한 존재일 뿐이었던 것이다.

19. 그러나 우리가 다른 사람들에 의해서 낙인이 찍히고, 성격 부여가 되고, 규정될 수밖에 없듯이, 우리가 사랑하게 된

사람도 우리를 **바비큐 꼬치**에 꿰는 사람일 수밖에 없다. 다만 적합하게 꿰는 사람일 뿐이다. 대체로 우리 스스로 사랑받을 만하다고 생각하는 점 때문에 우리를 사랑하는 사람, 대체로 우리가 이해받고 싶어하는 점들에 대해서 우리를 이해하는 사람인 것이다. 클로에바와 내가 함께 있다는 것은 적어도 지금 당장은 우리에게 우리의 복잡성이 요구하는 대로 팽창할 만한 공간이 주어졌다는 뜻이었다.

마음의 동요

1. 우리가 하는 이야기들은 늘 너무 단순하다. 나는 한 여자를 사랑하는 남자였다. 그러나 그 말이 나의 감정들의 유동성과 변덕스러움 가운데 얼마나 많은 부분을 전달해줄까? 그 말속에 이 사랑과 얽혀 있는 그 모든 배신, 권태, 짜증, 무관심이 들어설 공간이 있을까? 단순한 설명이 모든 관계가 빠져들 운명인 것처럼 보이는 양면 공존을 정확하게 반영할 수 있을까? 클로이와 나는 상당 기간에 걸쳐 펼쳐진 사랑 이야기를 살았고, 그 시간 동안 우리의 감정은 엄청나게 소용돌이를 쳤기 때문에 단순히 **사랑했다**고 말하면 마음은 편해질지 모르지만, 사건들을 절망적일 정도로 투박하게 축약해버리는 것이다.

2. 어느 주말, 우리는 바스에 갔다. 다음 날 직장에서 누가

뭘 했냐고 물었을 때 나는 이렇게 대답했다. "바스에서 이틀을 멋지게 보냈지." 심지어 내 마음속에서도 그곳에서 일어난 일들은 기본적이고 생각하기 쉬운 요소들만 남게 되었다. 아름다운 모래빛 도시와 파란 하늘이 기억났다. 행복했다는 기억이 났다. 휴일이면 내가 다른, 더 나은 사람이 된다던 클로이의 말이 기억났다. 그러나 나 자신을 강제하여 돌이켜 생각해보고, 한 줄짜리 이상의 이야기를 하려고 하자, 여행의 표면 밑에 우글거리는 일군의 더 복잡한 사건들, 제대로 묘사하려면 400페이지는 필요할 것 같은 사건들이 기억나기 시작한다. 한번 시도해볼까? 도착 직후 호텔 방에서 클로이와 말다툼을 벌였던 일이 기억난다. 나는 우리에게 처음 준 방을 바꾸어달라고 이야기하자고 했다. 커튼이 마음에 들지 않았고, 욕실에서 이상하게 물이 똑똑 떨어지는 소리가 났기 때문이다. 클로이는 내가 "이젠 귀엽지도 않게 미친 짓을 한다"고 말했다. 수도원을 돌아보는 길에 나는 내 직업에 관한 생각에 몰두하여, 보수가 더 많은 다른 일을 선택했다면 좋았을 것이라고 아쉬워했다. 클로이가 무슨 일이 있느냐고 물었을 때, 나는 윌이 동료들 사이에서 주목을 받기 때문에 질투를 느낀다고 대답했다. 저녁에 클로이는 섹스를 거부했다. 생리 중이라고 말했지만, 나는 이번 생리는 평소보다 좀 빠르게, 이미 끝이 났다고 알고 있었다. 다음 날 존 우드라는 이름의 식당에서 나는 우리 근처에 앉은 안경을 쓴 아름다운 처녀에게 마음이 끌렸다. 나는 자연보호 구역을 놓고 비이성적으로 교묘하게 클로이와 말다툼을 시작했다. 그녀 때문에 낯선 여자와 입맞추지 못한 것에 대한 벌이었다[그 여자는 자신이 하지 못한 것을 전혀 아쉬워하는 것 같지 않았지만]. 역으로 가는 길에 클로이는 묘하게도 사팔뜨기 택시 운전사와 시시덕거리며, 자기는 여름에 배꼽을 드러내기를 좋아한다고 기사에게 말했다. 그 바람에 나는 골이 났는데, 이것은 세 시간 뒤 패딩턴 역에 도착할 때까지 풀리지 않았다.

3.   바스에서 보낸 주말을 "유쾌했다"는 단어로 요약하는, 그렇게 하여 사실 괴롭고 양면적인 감정의 조직들로 이루어진 사건들에 질서를 도입하는 단순한 이야기를 한 것에 대해서는 우리 자신을 용서할 수 있을지도 모른다. 그러나 이따금씩 생략 밑의 흐름과 마주치는 것도 우리 자신 덕분인지 모른다. 나는 클로이를 **사랑했다**―하지만 현실은 그보다 훨씬 더 얼룩덜룩했다.

4.   클로이의 친구 앨리스가 금요일 밤 저녁 식사에 우리를 초대했다. 클로이는 초대를 받아들이면서 내가 앨리스를 사랑하게 될 것이라고 예언했다. 앨리스의 저녁 식사 자리에는 여덟 명이 앉아 있었다. 네 명이 앉을 자리에 여덟 명이 앉았으니, 음식을 입에 넣으려면 서로 팔꿈치가 부딪히기 마련이었다. 앨리스는 밸럼의 한 주택 꼭대기 층에 혼자 살고 있었으며, 예술위원회에서 비서로 일했다. 나도 그녀를 약간은

사랑하게 되었다는 것을 솔직히 인정할 수밖에 없었다.

5. 우리가 우리 짝과 얼마나 행복하든, 그 사랑 때문에 다른 사람을 쫓는 일은 방해를 받을 수밖에 없다. 우리 짝을 진정으로 사랑하는데도 왜 그것이 구속으로 느껴지는 것일까? 짝에 대한 우리의 사랑이 기울고 있는 것이 아닌데도, 왜 그것을 아쉬워할까? 사랑의 요구가 해결되었다고 해서 늘 갈망의 요구까지 해결되는 것은 아니기 때문이다.

6. 나는 앨리스가 말을 하고, 꺼진 촛불을 켜고, 접시를 들고 부엌으로 달려가고, 얼굴에 흘러내린 금발 한 가닥을 손으로 빗어넘기는 것을 보면서, 나도 모르게 낭만적인 노스탤지어에 사로잡히고 말았다. 나의 연인이 될 수도 있었지만 운이 닿지 않아 우리가 제대로 알 기회도 얻지 못했던 사람과 마주치면 우리는 낭만적인 노스탤지어에 젖는다. 다른 사랑의 이야기의 가능성과 마주치면 우리가 현재 살고 있는 삶은 가능한 수많은 삶 가운데 하나에 불과하다는 것을 깨닫는다. 어쩌면 우리가 슬픔에 빠지는 것은 그 삶들을 다 살 수 없기 때문이다. 따라서 선택을 할 필요가 없는 시간, 모든 선택[아무리 멋진 선택이라고 해도]에 따르는 불가피한 상실로 인한 아쉬움으로부터 자유로운 시간으로 돌아가고 싶은 갈망이 생긴다.

7. 도시의 거리에서 나는 나와 같은 시간을 살아가지만 결국 나에게는 수수께끼로 남을 수밖에 없는 운명을 가진 수백 명[수백만 명이라고 해도 좋을 것이다]의 여자들을 종종 의식하게 되었다. 나는 클로이를 사랑하지만 그래도 이 여자들을 볼 때 가끔 아쉬움에 가슴이 떨렸다. 유일한 해결책은 그들에게 내 기분이 어떤지 말하여 슬픔의 짐을 더는 것 같았다[그러나 나는 그 충동에 저항했다]. 열차 플랫폼에 서 있거나 은행에서 줄을 서 있을 때, 나는 어떤 주어진 얼굴을 보곤 했다. 가끔 대화 토막이 귀에 들어오는 경우도 있었다[여자의 차가 망가졌다거나, 여자가 대학을 졸업한다거나, 여자의 어머니가 아프다거나……]. 그러면 그 이야기의 나머지를 알아내고 그 주인공에게 입을 맞출 수 없다는 것 때문에 가슴이 찢어지곤 했다.

8. 저녁 식사 후에 소파에서 앨리스와 이야기를 나눌 수도 있었지만, 어쩐 일인지 내키지 않아서 그냥 꿈만 꾸고 말았다. 앨리스의 얼굴을 보니 내 속의 공허, 분명한 범위나 의미가 없는 공허가 떠올랐다. 어쩐 일인지 클로이에 대한 사랑으로도 해결하지 못한 공허였다. 미지의 존재에는 거울이 달려 있어, 거기에 우리의 가장 깊은, 가장 표현할 수 없는 소망들이 모두 비친다. 미지의 존재란 방 건너편의 처음 보는 얼굴이 항상 이미 알고 있는 얼굴보다 신비하기 마련이라는 숙명적 명제와 다름없다. 나는 클로이를 사랑할지 모르지만,

그녀를 알기 때문에 그녀를 갈망하지는 않는다. 갈망은 우리가 알고 있는 사람들을 향할 때에는 무한정 뻗어나갈 수가 없다. 그들의 특질은 이미 도표로 정리되어 있고 따라서 갈망에 필요한 신비가 없기 때문이다. 반면 몇 분 동안, 또는 몇 시간 동안 보았다가 영원히 사라져버리는 얼굴은 정리할 수 없는 꿈, 규정할 수도 없고 꺼버릴 수도 없는 욕망에 필수적인 촉매가 된다.

9. "그래, 그 애를 사랑하게 됐어?" 클로이가 차 안에서 물었다.

"물론 아니지."

"그 애는 네 타입인데."

"그렇지 않아. 어쨌든, 내가 너를 사랑한다는 걸 너도 알잖아."

배신의 전형적인 시나리오에서 한 사람은 상대방에게 묻는다. "어떻게 나를 사랑한다고 해놓고 X에게 빠져서 나를 배반할 수가 있어?" 그러나 시간을 고려한다면 배반과 사랑의 고백 사이에는 모순이 없다. "나는 너를 사랑한다"는 말은 늘 "지금" 그렇다는 의미로 받아들여야만 한다. 나는 클로이에게 거짓말을 하지 않았지만, 내 말은 시간의 구속을 받는 약속이었다. 앨리스의 집에서 저녁 파티를 마치고 집으로 돌아오는 길에 클로이를 사랑한다고 말했을 때 거짓말을 하지 않았다. 그러나 내 말은 시간에 얽매인 진술일 뿐이었다. 이것은 대부분의 관계가 온전히 싣고 가기에는 너무 불온한 진실이다. 만일 이 진실을 안고 간다면 두 연인은 자신들의 동요하는 감정 외에는 달리 할 이야기가 거의 없을 것이다.

10. 나는 상상 속에서만 클로이를 배반했던 것이 아니다. 종종 따분하기도 했다. 호화로운 호텔이나 궁전에 사는 사람들이 증언하듯이, 사람은 어떤 것에든 익숙해질 수 있다. 한동안 나는 클로이가 나를 사랑한다는 기적을 심드렁하게 여기게 되었다. 그녀는 내 삶의 일상적인, 따라서 눈에 보이지 않는 특징이 되어버렸다.

11. 그러나 우리 사랑 이야기의 초기처럼 클로이를 볼 수 있는 능력을 회복하는 순간들이 찾아오곤 했다. 어느 주말 윈체스터로 가는 길에 고속도로에서 차가 고장나는 바람에 자동차협회에 연락을 하여 도움을 요청했다. 15분쯤 뒤 밴이 도착하자 글로이가 나서서 수리공과 이야기를 했다[원시적인 충동 때문에 나는 수리공과 이야기할 수가 없었다. 나는 남자였음에도 차를 수리하기는커녕 보닛도 열 줄 모른다는 사실로 인한 창피함에서 나온 충동이었다]. 그녀가 이 낯선 사람[머리에서 발끝까지 온통 가죽을 뒤집어썼는데, 나는 그가 그렇게 옷을 입은 이유가 직업적 역할하고만 관련이 있기를 바랐다]과 이야기하는 것을 지켜보노라니 내가 아는 여자가 갑자기 낯설어 보이기 시작했다. 나는 익숙함이라는 갑갑한 담요 밖으로 나와 그녀의

얼굴을 보았고, 그녀의 목소리를 들었다. 나는 가죽 옷을 입은 기계공을 한 대 칠지도 모르는 여자를 보았다. 나는 모든 것을 일상으로 만드는 시간의 영향력에서 벗어난 여자를 보았다.

12. 그 결과 나는 그녀의 잿빛이 감도는 녹색 카디건을 벗겨내고 고속도로 둑 위에서 정열적인 사랑을 나누고 싶은 충동에 사로잡혔다. 습관의 파열은 클로이를 미지의 이국적인 존재로 만들었다. 그래서 한번도 손을 대본 적이 없는 여자처럼 욕망을 자극했다. 바로 그날 아침에 내 아파트에서 벌거벗고 돌아다닐 때에도 나는 개발도상국가의 거시경제학에 관한 글을 마저 읽는 것 외에 아무런 욕망을 느끼지 못했는데.

13. 자동차협회 사람은 몇 분 뒤에 문제를 찾아냈다. 배터리에 문제가 있었다["배터리 충전 상태를 잘 살펴보는 게 좋을 거예요, 아가씨." 수리공이 보닛 뒤에서 클로이에게 그렇게 소리쳤다]. 이제 윈체스터로 계속 여행할 준비가 되었다. 그러나 내 욕망은 다른 신호를 보내고 있었다.

  "너는 도로가에 고장난 차를 세우고 있고, 나는 그 가죽 옷을 입은 낯선 남자라고 상상해봐. 나는 네 옷을 벗겨버리고 둑 위에서 거칠게 네 몸을 가지려 하는 거야. 네 깨끗한 꽃무늬 치마를 들어올리고 너를 무자비하게 다루는 거지."

  "진심이야?"

"내 사타구니의 모든 힘으로 하는 말이야."

"맙소사, 좋아. 흠, 잠깐만 시간을 줘. 먼저 배터리 때문에 곤란한 지경에 빠진 엄청나게 색기가 도는 여자의 표정을 지어야 하잖아."

14. 우리는 클로이의 폴크스바겐 뒷자리의 짐과 낡은 신문지 사이에서 두 번 사랑을 나누었다. 이것은 물론 환영할 만한 일이었지만, 우리가 이렇게 갑작스럽고 예측 불가능한 환희에 사로잡힌 것, 서로의 옷을 움켜쥐고 상상력이 넘치는 시나리오를 펼쳤던 것[나는 이 도로변의 밀회를 위해서 스코틀랜드 사투리를 사용했고, 그녀는 유부녀이지만 곁눈질을 하는 역할을 맡았다]은 정열의 흐름이 얼마나 혼란스러울 수 있는지를 보여주기도 했다. 우리가 욕망에 사로잡혀 고속도로에서 빠져나왔듯이, 나중에는 지금만큼 조화를 이루지 못하는 생각과 호르몬들의 영향에 의해서 서로 멀어질 수도 있는 것 아닐까?

15. 클로이와 내가 흔히 주고받는 농담이 있었다. 우리 마음의 간헐적 성격을 인정하고, 사랑의 빛이 전구처럼 항상 타올라야 한다는 요구를 완화하기 위한 것이었다.

"무슨 문제가 있어? 오늘은 나를 좋아하지 않아?" 둘 중의 하나가 그렇게 묻는다.

"덜 좋아해."

"그래? 아주 많이 덜?"

"아니, 그렇게 많이는 아니고."

"10점 만점이라면?"

"오늘? 어, 한 6.5 정도. 아냐, 6.75에 더 가깝겠네. 너는 어떤데?"

"어이쿠, 나는 마이너스 3 정도인데. 오늘 아침에 네가……할 때는 12.5 정도였던 것도 같지만."

16. 또다른 중국 음식점[클로이는 중국 음식을 좋아했다]에서, 나는 다른 사람들과 만나는 것은 식탁 중앙에서 회전하는 원반과 같다는 것을 깨달았다. 음식 접시들을 올려놓고 빙빙 돌려, 이번에는 새우, 다음에는 돼지고기를 먹을 수 있는 원반 말이다. 어떤 사람을 사랑하는 것도 비슷한 순환 패턴을 따르기 때문에, 감정의 강도와 성격에 규칙적인 회전이 일어나지 않을까? 우리는 인간 감정의 고정성에 집착하는 경향이 있다. 그래서 사랑하기와 사랑하지 않기 사이에 존재하는 분리선은 딱 두 번, 즉 관계를 시작할 때와 끝낼 때에만 넘게 된다는 식으로 생각한다. 매 분마다 출퇴근하듯이 그 경계선을 넘는다는 생각은 하지 못한다. 그러나 현실에서는, 불과 하루 동안에도 나는 먹을 수 있는 감정의 요리를 모조리 빙글빙글 돌려가며 내 내부의 접시에 올려놓는다. 나는 클로이가 다음과 같은 사람이라고 느낀다.

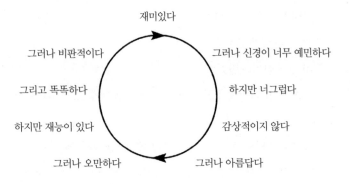

재미있다

그러나 비판적이다   그러나 신경이 너무 예민하다

그리고 똑똑하다   하지만 너그럽다

하지만 재능이 있다   감상적이지 않다

그러나 오만하다   그러나 아름답다

17. 나만 기분이 변덕스러운 것이 아니었다. 클로이도 갑자기 공격을 쏟아붓거나 좌절감을 드러내는 때가 있었기 때문이다. 어느 날 밤 친구들과 영화에 대해서 토론을 하다가 그녀는 갑자기 내가 다른 사람들에 대하여 "일관되게 생색을 내는" 태도를 보인다고 하면서 적대적인 말들을 내뱉기 시작했다. 나는 처음에는 당황했다. 나는 그때까지 입을 열지도 않은 상태였기 때문이다. 그러나 나는 곧 그 전에 나의 어떤 불쾌한 행동에 대하여 보복을 하는 것이라고 짐작했다. 아니면 내가 다른 사람 때문에 생긴 감정을 분풀이할 유용한 대상이 된 것일 수도 있었다. 우리의 말싸움 가운데 많은 부분에 이런 불공정한 부분이 있었다. 나는 뉴스를 보려고 하는데 클로이가 설거지 기계를 시끄럽게 틀어놓았다는 표면적 이유로 그녀에게 화를 내기도 했다. 그러나 사실은 낮에 걸려온 까다로운 업무상의 전화를 받지 못했기 때문에 죄책감을 느껴서 그런 것이었다. 마찬가지로 클로이도 그날 아침 나에

게 제대로 전달하지 못한 분노를 표현하려고 일부러 시끄러운 소리를 낸 것이다. 성숙이란 모든 사람에게 그들이 받을 만한 것을 받을 만한 때에 주는 능력이라고 표현할 수도 있겠다. 또 자신에게 속하고 또 거기서 끝내야 할 감정과 나중에 나타난 죄 없는 사람이 아니라 감정을 촉발시킨 사람에게 즉시 표현해야 할 감정을 구분하는 능력이라고 말할 수도 있겠다. 그러나 우리는 성숙하게 굴지 못하는 경우가 많다.

18. 철학자들이 전통적으로 이성에 따른 삶을 옹호하고 이성의 이름으로 욕망에 의한 삶을 비난해왔다면, 그것은 이성이 지속성의 기초이기 때문이다. 예를 들면 철학자는 낭만주의자와는 달리 자신의 관심의 방향을 클로이에서 앨리스로, 거기서 다시 클로이로 미친 듯이 바꾸지 않는다. 안정된 이유들이 그들의 선택을 뒷받침하고 있기 때문이다. 그들은 사랑에서도 충실하고 지속적일 것이며, 그들의 감정은 날아가는 화살의 탄도처럼 흔들림이 없을 것이다.

19. 그러한 추론의 결과 철학자들은 안정된 정체성을 보장받을 수 있다. 내가 **누구냐** 하는 것은 많은 부분 내가 **무엇을 원하느냐**로 구성되기 때문이다. 그러나 만일 감정적인 남자가 오늘은 서맨서를 사랑하고 내일은 샐리를 사랑한다면, 도대체 그는 누구일까? 내가 오늘 밤에 클로이를 사랑하면서 잠자리에 들었다가 다음 날 아침 그녀에게 무심한 마음으로

잠을 깬다면, 도대체 "나"는 누구일까? 그러나 나는 또 클로이를 사랑하느냐 사랑하지 않느냐에 대한 확실한 이유들을 찾아내는 감당하기 힘든 문제에 직면하기도 했다. 객관적으로 보자면 어느 쪽으로든 어쩔 수 없는 이유는 없으며, 이것이 그녀를 향하여 이따금씩 나타나는 나의 양면 공존을 더욱 더 해결할 수 없는 문제로 만들었다. 사랑하거나 미워할 확실하고 논박의 여지 없는 이유들이 있다면, 의지할 만한 기준도 있는 셈이었다. 그러나 내가 어떤 사람에게 홀딱 반해 버린 이유로 그녀의 두 앞니 사이의 틈을 들 수는 없듯이, 그 사람을 미워하는 증거로 자연보호 구역에 대한 견해를 들 수는 없는 일이었다.

20. 양면적인 태도를 누르는 것은 그 반대 방향에 있는 안정과 지속을 향해 나아가려는 것이었다. 이것은 우리의 사랑 이야기에서 낭만적인 서브플롯이나 일탈을 만들어내려는 충동을 억제했다. 하루 전에 태양 에너지 회의에서 보았던 두 여자의 얼굴이 합쳐진 여자와 함께 시간을 보내는 에로틱한 꿈에서 깨어났을 때, 나는 내 옆에 클로이가 있음을 알고 얼른 내 감정적 위치를 다시 잡았다. 나는 내 가능성들을 정형화했다. 나는 남자 친구라는 지위가 나에게 할당한 역할로 돌아갔으며, 이미 존재하는 것이 가지는 엄청난 권위에 고개를 숙였다.

21. 두 연인 내부에서 일어나는 태풍은 또 우리 주위 사람들이 우리 관계에 대해서 가지고 있는 안정된 가정들에 의해서 억제되었다. 토요일에 친구들과 커피를 마시러 가기 몇 분 전에 심하게 싸웠던 일이 기억난다. 당시에는 싸움이 너무 심각해서 둘 다 그것 때문에 헤어질 수도 있다고 생각했다. 그러나 사랑 이야기를 끝낼 가능성은 그런 일을 상상할 수 없는 친구들에 의해서 축소되었다. 친구들은 커피를 마시면서 행복한 한 쌍을 향해 질문을 던졌다. 그 질문들은 결렬의 가능성을 도외시했으며, 따라서 우리가 결별을 피하는 데에도 도움을 주었다. 다른 사람들이 있음으로 해서 우리의 동요는 완화되었다. 우리가 무엇을 원하는지, 따라서 우리가 누구인지 불확실할 때, 우리는 바깥에 서 있는 사람들, 연속성만을 알고 있는 사람들, 우리의 플롯에 위반할 수 없는 것은 없음을 모르는 사람들의 분석 밑에 숨어 위로를 얻을 수 있었다.

22. 우리는 미래를 계획하면서 위로를 찾기도 했다. 우리의 사랑은 갑자기 시작되었듯이 갑자기 끝날 위험이 있었기 때문에, 공동의 운명에 호소함으로써 현재를 강화하려고 했다. 우리는 어디에 살 것인지, 자식을 몇이나 낳을 것인지, 어떤 식으로 연금을 받으며 살 것인지 꿈을 꾸었다. 우리는 켄싱턴 가든스에서 손자들을 산책시키거나 손을 잡고 있는 주름진 노인들과 우리를 동일시했다. 사랑의 소멸에 대항하여 우리를 방어하기 위해 우리는 웅장한 시간 속에서 함께 사는

삶의 계획을 정밀하게 짜면서 즐거워했다. 켄티시 타운 근처에 우리 둘 다 좋아하는 집들이 있었다. 우리는 머릿속에서 함께 집을 장식했다. 꼭대기 층에 서재 둘을 꾸미기로 하고, 지하실에는 커다란 맞춤부엌을 설치하되 집기는 최소화하고, 정원에는 꽃과 나무를 가득 심기로 했다. 우리는 구체적으로 결혼 이야기를 한 적이 없었지만, 서로의 마음을 계약으로 묶지 말아야 할 이유는 없다고 생각할 수밖에 없었다. 어떤 사람을 사랑하면서 동시에 다른 사람과 집을 꾸미는 일을 상상한다는 것이 어떻게 가능할까? 함께 늙어가며 바닷가의 방갈로에서 틀니를 끼고 살아가는 삶이 어떤 것일지 함께 생각해보는 것은 불가결한 일이었다.

23. 내가 전 애인들에 대해서 클로이와 이야기하기를 싫어한 것도 변심에 대한 두려움에서 나왔다. 그녀들은 내가 과거 어느 시점에서 영원하리라고 생각했던 상황이 그렇게 되지 않았음을 일깨워주었다. 관계의 내부에서 볼 때 과거의 사랑들에 대한 무관심에는 극히 잔인한 면이 있다. 어느 날 저녁 헤이워드 갤러리의 책방에서 과거의 여자 친구가 눈에 띄었다. 건너편에서 자코메티의 전기를 뒤적이고 있었다. 클로이는 나한테서 몇 발 떨어져서 친구들에게 보낼 우편엽서를 찾고 있었다. 자코메티는 그 여자 친구와 나한테 특별한 의미가 있었다. 그녀에게 다가가서 인사를 건네는 것은 쉬운 일이었을 것이다. 나도 클로이의 전 애인들 몇 명을 만난 적

이 있었다. 클로이는 전 애인 한두 명을 꾸준히 만나고 있었다. 그러나 나는 몹시 불편했다. 그 여자 친구는 나의 내부에 있는, 또 똑같이 중요한 것으로 그 연장선상에서 클로이에게도 있는 변심, 그러나 내가 직면할 용기가 없는 변심을 일깨워주었기 때문이다.

24. 오늘은 이 사람을 위해서 무엇이라도 희생할 수 있을 것 같은데, 몇 달 후에는 그 사람을 피하려고 일부러 길 또는 서점을 지나쳐버린다는 것은 무시무시하지 않은가. 나는 클로이에 대한 내 사랑이 그 순간의 나의 자아의 본질로 이루어진 것이라면, 그녀에 대한 내 사랑이 한시적인 것으로서 끝을 맺는다는 것은 다름 아닌 내 일부의 죽음을 의미한다는 것을 깨달았다.

25. 클로이와 내가 이 모든 것에도 불구하고 우리가 사랑한다는 사실을 계속 믿었다면, 그것은 어쩌면 애정이 권태나 무관심의 순간들보다 훨씬 더 중대했기 때문인지도 모른다. 하지만 우리는 늘 우리가 사랑이라고 부르기로 선택한 것이 훨씬 더 복잡하고, 궁극적으로는 덜 유쾌한 현실의 생략형일지도 모른다는 사실을 의식했다.

행복에 대한 두려움

1. 사랑의 가장 큰 결점 가운데 하나는 그것이 비록 잠시라고는 해도 우리에게 심각한 행복을 안겨줄 위험이 있다는 것이다.

2. 클로이와 나는 8월 마지막 주에 스페인에 가기로 했다. 여행은 [사랑과 마찬가지로] 꿈을 좇아서 현실로 들어가려는 시도이다. 런던에서 우리는 스페인 주택 임대의 전문가라는 유토피아 여행사의 홍보책자를 읽고, 발렌시아 뒤편 산속의 아라스 데 알푸엔테라는 마을의 개조한 농가에 가기로 결정했다. 그 집은 사진에서보다 실제로 보았을 때가 훨씬 더 좋았다. 방들은 소박했지만 편안했다. 욕실도 제대로 이용할 수 있었다. 테라스에는 덩굴식물이 그늘을 드리웠고, 근처 호수에서는 수영도 할 수 있었다. 이웃에는 염소를 한 마리

기르는 농부가 있어서, 우리가 가면 반갑게 맞으며 올리브 기름과 치즈를 선물로 주었다.

3. 우리는 공항에서 차를 빌려 좁은 산길을 따라서 달린 뒤 오후 늦게야 그 집에 도착했다. 우리는 즉시 수영을 하러 나갔다. 맑고 파란 물에 뛰어들었다가 시드는 햇볕에 몸을 말렸다. 집으로 돌아와서는 테라스에 앉아서 포도주 한 병과 올리브를 꺼내놓고 산 너머로 지는 해를 바라보았다.

"멋지지, 안 그래?" 내가 서정적으로 물었다.

"안 그래?" 클로이가 내 말을 따라했다.

"그래?" 내가 농담을 했다.

"쉬잇, 네가 풍경을 망치고 있잖아."

"아니, 진지하게 하는 이야기야. 정말 멋져. 나는 이런 곳이 존재하리라고는 상상도 못 했어. 모든 것으로부터 완전히 단절된 것 같아. 아무도 망칠 수 없는 낙원 같아."

"여기서 평생이라도 보낼 수 있을 것 같아." 클로이가 작은 소리로 말했다.

"나도."

"여기서 함께 살 수도 있겠네. 내가 염소를 기르고, 너는 올리브를 손질하고. 함께 책도 쓰고, 그림도 그리고, 그리고 또……."

"괜찮아?" 나는 클로이가 갑자기 통증에 움찔하는 것을 보며 물었다.

"응, 지금은 괜찮아. 뭔지 모르겠어. 머리가 갑자기 심하게 아팠어. 콱콱 쑤시는 것처럼. 아무것도 아닐 거야. 아, 아냐, 젠장, 또 시작되네."

"어디 좀 만져볼게."

"만진다고 알 수 있나. 안에서 그러는 건데."

"알아. 하지만 감정이입을 할 거야."

"아이구, 좀 누워야겠어. 차를 오래 타고 와서 그런가봐. 아니면 너무 높은 곳이라서 그런지도 모르지. 안으로 들어가야겠다. 너는 여기 있어. 곧 괜찮아질 거야."

4. 클로이의 통증은 가시지 않았다. 아스피린을 먹고 잠자리에 들었으나 잠을 자지 못했다. 그녀의 고통을 얼마나 심각하게 받아들여야 할지 몰랐지만, 그녀가 그런 것은 줄여서 말하는 경향이 있음을 고려할 때 보기보다 더 심각한 상태일 것 같아 걱정이었다. 나는 의사를 부르러 가기로 했다. 내가 문을 두드렸을 때 농부 부부는 저녁 식사 중이었다. 나는 더듬거리는 스페인어로 어디에 가면 의사가 있느냐고 물었다. 20킬로미터 정도 떨어진 빌라르 델 아르소비스포라는 곳에 산다는 대답이었다.

5. 닥터 사베드라는 시골 의사치고는 대단히 위엄 있는 사람이었다. 하얀 양복을 입은 그 의사는 1950년대에 임페리얼 칼리지에서 한 학기를 공부했으며, 영국의 극장 전통의 애호

가였다. 그는 스페인에 오자마자 병이 든 처녀를 도우러 나서게 되어 무척 기쁜 것 같았다. 우리가 아라스 데 알푸엔테로 돌아왔을 때에도 클로이의 상태는 그대로였다. 나는 옆방으로 가서 초조하게 기다렸다. 10분 뒤에 의사가 방에서 나왔다.

"걱정할 것 없습니다."

"괜찮겠습니까?"

"그래요, 아침이면 괜찮아질 겁니다."

"뭐가 문제였습니까?"

"별것 아닙니다. 복통과 두통이 좀 있었던 건데, 휴가객들한테는 아주 흔하지요. 약을 좀 주었습니다. 그냥 머리에 안혜도니아가 있는 것일 뿐입니다."

6. 닥터 사베드라는 안혜도니아라고 진단했다. 영국 의학협회에서는 행복을 잃을지도 모른다는 갑작스러운 공포에서 생기는 것으로, 고산병과 아주 흡사하다고 규정한 병이었다. 스페인의 이 지역을 여행하는 사람들 사이에 흔한 병이라고 했다. 이곳의 전원적인 풍경에 들어오게 되면 갑자기 지상에서 행복을 실현하는 일이 눈앞의 가능성으로 대두되면서, 그런 가능성에 대응하기 위하여 격한 생리적 반응이 일어날 수 있다는 것이다.

7. 행복을 받아들이는 것이 그렇게 무시무시하고 불안을

야기하는 것이기 때문에, 클로이와 나는 약간은 무의식적으로 헤도니아(행복)를 기억이나 기대 속에서만 찾으려고 했던 것 같다. 행복의 추구는 중심적 목표로 공공연히 인정되고 있지만, 여기에는 그 실현이 아주 먼 미래에 이루어진다는 암묵적 믿음이 뒤따른다. 그런데 이 믿음이 우리가 아라스 데 알푸엔테에서, 그리고 그보다는 덜하지만 서로의 품에서 발견한 행복의 도전을 받은 것이다.

8. 왜 우리는 그런 식으로 살았을까? 어쩌면 현재를 즐기는 것은 불완전하고 위험스러울 정도로 덧없는 현실에 참여하는 것을 의미하기 때문이었는지도 모른다. 그것보다는 내세에 대한 믿음 뒤에 숨는 것이 편안하기 때문이었는지도. 미래완료형(future perfect는 말 그대로 완전한 미래라고 생각할 수도 있다/역주) 시제에 살게 되면 이상적인 삶을 현재와 비교하게 된다. 이렇게 되면 우리를 둘러싼 상황에 헌신할 필요가 없다. 이것은 지상에서의 삶이 그보다 훨씬 더 행복할 뿐만 아니라 영원히 지속되기까지 하는 천국에서의 삶의 서막에 불과하다는 일부 종교의 믿음과 비슷한 패턴이었다. 우리가 휴가, 파티, 일, 또 사랑을 대하는 태도에는 왠지 불멸의 존재나 된 듯한 면이 있었다. 우리는 지상에서 오래 살 것이기 때문에 굳이 겸허하게 이런 것들이 수적으로 제한적이라고 생각할 필요가 없으며, 따라서 그런 것들의 고유한 가치를 소중히 여길 필요는 없다는 태도이다.

9. 클로이가 아팠던 것은 혹시 현재가 그녀의 불만족을 넘어서버렸기 때문이 아닐까? 짧은 순간이기는 하지만, 현재 속에 미래에 들어 있을 모든 것이 다 들어 있었던 것이다. 그러나 나 역시 클로이와 마찬가지로 그 병에 걸릴 짓을 했던 것은 아닐까? 무례하게도, 이름 붙일 수 없는 미래의 이름으로 현재의 즐거움을 넘겨버린 일이 많지 않을까? 거의 알아채지 못할 정도였겠지만, 완전히 사랑하는 데까지 나아가지 않았던 사랑의 이야기가 많지 않을까? 그러면서 마치 불멸의 존재처럼, 언젠가는 잡지에 나오는 남자들처럼 태평하게 즐길 수 있는 다른 연애들이 있을 것이라고 생각하면서, 역사가 같은 시간대에 나와 함께 지상에 풀어놓은 사람과 교류하려고 애쓰다가 비참하게 실패한 것을 갚아줄 미래의 사랑이 있을 것이라고 생각하면서 스스로를 위로하지 않았을까?

10. 미래에서도 과거의 만족과 안전을 어느 정도 얻을 수 있다. 어린 시절 집에 돌아오고 난 뒤에야 명절이나 연휴가 완전해진 것 같은 느낌이 들었다. 그때가 되어야 현재의 불안이 안정된 기억에 자리를 내주었기 때문이다. 어린 시절 내내 나는 겨울방학을 고대했다. 가족이 두 주 동안 알프스로 스키를 타러 갔기 때문이다. 그러나 막상 산꼭대기에 올라가 밑의 소나무로 덮인 골짜기와 위의 부서질 듯한 파란 하늘을 보면 실존적인 불안에 완전히 사로잡히곤 했다. 그러나 그 일에 대한 기억에는 그런 불안이 증발해버리고 없었다. 기

억은 객관적인 조건들[산꼭대기, 부서질 듯한 파란 날]로만 이루어져서, 실제 그 순간을 힘겹게 만들었던 모든 것으로부터 자유로울 수가 있었기 때문이다. 현재의 불안은 내가 코를 줄줄 흘렸거나, 목이 말랐거나, 목도리를 잃어버렸기 때문이 아니었다. 한 해 내내 나를 위로해주었던 미래의 가능성 하나가 마침내 현실이 되었다는 사실을 받아들이지 못하고 주저했기 때문이었다. 그러나 슬로프 바닥에 이르자마자 나는 산을 돌아보며 완벽한 활주였다고 혼자 되뇌었다. 스키를 타던 방학은 [일반적으로 내 삶의 많은 부분도] 그렇게 흘러갔다. 아침의 기대, 현실에서의 불안, 저녁의 유쾌한 기억.

11. 클로이와의 관계에도 오랫동안 이런 시제의 역설 같은 것이 있었다. 하루 종일 클로이와의 식사 시간을 고대하며 보내고, 식사가 끝난 뒤에도 아주 좋은 인상을 가지고 자리를 뜨지만, 현재와 직면하면 그것은 결코 기대나 기억과 같지 않았다. 스페인으로 떠나기 전 어느 날 저녁, 클로이를 비롯해서 다른 친구들과 함께 윌 노트의 하우스보트에 모였다. 모든 것이 워낙 완벽했기 때문에 나는 처음으로 어쩔 수 없이 현재의 순간에 대한 내 미적거리는 의심들을 인식하게 되었다. 대부분의 경우에는 **현재불완료형**(present imperfect, 불완전한 현재라고 이해할 수 있다/역주) **시제**를 사는 병이 우리 내부에 있는 것이지 바깥 세계와는 아무런 관계가 없다는 것을 깨닫지 못한다. 현재에 너무 결함이 많기 때문이다. 그러나

그날 저녁 첼시에서 나는 그 순간에 흠을 잡을 수 없었다. 따라서 문제는 내 안에 있다는 것을 깨달을 수밖에 없었다. 맛있는 음식이 있었고, 친구들이 있었고, 아름다워 보이는 클로이는 내 옆에 앉아서 내 손을 잡고 있었다. 그런데도 뭔가가 이상했다. 나는 어서 그 사건이 역사 속으로 흘러들어가기를 초조하게 기다리고 있었다.

12. 현재를 살지 못한다는 것은 어쩌면 내가 평생 갈망해온 것이 바로 이것이라는 깨달음을 두려워하기 때문인지도 모른다. 그것은 기대나 기억이라는 보호를 받는 자리에서 벗어나는 데에 대한 두려움이며, 이것이 내가 살 수 있는 단 한 번의 삶[천국의 개입은 논외로 하고]이라는 것을 암묵적으로 인정하는 데 대한 두려움이다. 헌신을 한 판의 달걀이라고 본다면, 현재에 헌신하는 것에는 달걀을 과거와 미래의 바구니에 나누어 담지 않고 모두 현재의 바구니에 담는 위험이 있다. 이 비유를 사랑으로 옮긴다면, 내가 클로이와 행복하다는 사실을 마침내 인정하는 것은 위험에도 불구하고 내 모든 달걀이 그녀의 바구니 안에 확실하게 들어 있다는 사실을 인정한다는 뜻이다.

13. 그 훌륭한 의사가 무슨 약을 주었는지 몰라도, 클로이는 다음 날 아침에 씻은 듯이 나았다. 우리는 소풍 준비를 해서 호수로 다시 갔고, 그곳에서 수영을 하고 책을 읽으며 하

루를 보냈다. 우리는 스페인에서 열흘을 보냈다. 아마 [기억을 얼마나 신뢰할 수 있는지 몰라도] 처음으로 우리는 현재 속에서 그날들을 살아가는 모험을 했던 것 같다. 현재 시제에 산다는 것이 반드시 축복은 아니다. 사랑의 불안정한 행복 때문에 생겨난 불안은 일상적인 말다툼으로 폭발했다. 점심을 먹으려고 들렀던 푸엔텔레스피노 데 모야라는 마을에서 심하게 싸웠던 기억이 난다. 나는 옛 여자 친구에 대한 농담을 했는데, 클로이는 내가 아직도 그녀를 사랑하는 게 아닌가 하는 의심이 생겼던 모양이다. 그것은 사실과 거리가 먼 의심이었지만, 나는 나에 대한 클로이 자신의 감정의 쇠퇴가 그런 의심에 투사되어 있다고 생각했으며, 그 점을 가지고 그녀를 비난했다. 싸우고, 삐치고, 다시 화해를 하는 과정이 끝이 났을 때는 오후 중반이었다. 둘 다 도대체 무엇 때문에 울고불고했는지 이해하지 못했다. 다른 말다툼도 있었다. 로사 델 오비스포 마을 근처에서는 우리가 서로에 대해서 지루해하는지 아닌지를 놓고 말다툼을 벌였고, 소트 데 체라 근처의 마을에서는 그녀가 지도를 읽는 데에 무능하다는 나의 비난에 대해서 그녀가 나는 도로 파시즘에 빠져 있다고 맞받아치는 바람에 싸움이 벌어졌다.

14. 이런 말다툼이 벌어진 것은 절대 표면적인 이유 때문이 아니었다. 클로이가 『가이드 미슐린』 지도책을 제대로 파악하지 못한 것도 사실이고, 내가 스페인 시골을 뱅뱅 맴도는

것에 짜증을 낸 것도 사실이었지만, 핵심은 훨씬 더 깊은 곳에 자리잡은 불안이었다. 우리가 서로에게 지독한 비난을 퍼부었다는 점, 그럼에도 사실 그 비난이 말도 안 되는 것이었다는 점은 우리가 서로를 미워해서가 아니라 서로를 너무 사랑했기 때문에 싸웠음을 보여준다. 오해를 살 수도 있는 말이지만, 우리는 그 정도로 서로를 사랑하는 것이 싫었기 때문에 싸운 것이다. 우리의 비난에는 복잡한 이면의 의미가 깔려 있었다. 나는 너를 사랑하기 때문에 싫어한다. 이것은 나는 이런 식으로 너를 사랑하는 위험을 무릅쓸 수밖에 없다는 것이 싫다는 근본적인 주장과 통한다. 어떤 사람에게 의존하는 기쁨은 그런 의존에 수반되는, 몸이 마비될 듯한 두려움에 비교하면 빛이 바랜다. 우리가 발렌시아를 돌면서 이따금씩 격렬하게, 또 약간은 까닭 없이 말다툼했던 것은 우리 둘 다 서로의 바구니에 달걀을 모두 집어넣었다는 것—좀더 건전한 가계 관리를 목표로 삼기에는 무력한 처지라는 것—을 깨달았기 때문에 생긴 긴장을 방출하는 불가피한 과정이었다. 우리의 말다툼은 때때로 극적인 성격을 드러냈다. 책꽂이를 부수고, 그릇을 깨고, 문을 쾅쾅 닫으며 기쁨과 충만함을 드러내곤 했다. 클로이는 이렇게 말한 적이 있다. "너를 이런 식으로 미워할 수 있다는 게 기분 좋아. 네가 이것을 받아들이니까 마음이 놓여. 내가 너한테 꺼지라고 말하면 너는 나한테 뭘 집어던지기는 하지만 떠나지는 않거든. 그게 안심이 돼." 우리는 서로 소리를 지를 필요가 있었다. 우리가 서로

소리지르는 것을 견딜 수 있을지 없을지 보기 위해서라도 그런 과정이 필요했다. 우리는 서로의 생존능력을 시험하고 싶었다. 서로 파괴하려고 해보았자 소용없다는 것을 확인한 뒤에야 우리가 안전하다는 것을 알 수 있을 터였기 때문이다.

15. 통제할 수 있는 일들을 통하여 얻은 행복, 이성적으로 노력해서 어떤 일들을 성취한 뒤에 찾아오는 행복은 받아들이기 쉽다. 그러나 내가 클로이와 함께 얻은 행복은 깊은 철학적 숙고 뒤에 나온 것도 아니고 개인적 성취의 결과도 아니었다. 단지 신의 기적적 개입에 의하여 세상에서 나에게 가장 귀중한 사람을 찾아냈기 때문에 생긴 결과였다. 그런 행복은 위험했다. 자족적인 지속성이 결여되어 있기 때문이다. 내가 몇 달 동안 꾸준히 연구한 끝에 원자생물학계를 뒤흔들 과학 공식을 발견했다면, 나는 그 발견에 뒤따르는 행복을 받아들이는 데에 전혀 가책을 느끼지 않았을 것이다. 클로이가 대표하는 행복을 받아들이는 어려움은 거기에 이르는 인과 과정이 없다는 것, 따라서 내 삶에서 그 행복을 빚어낸 요소를 통제할 수 없다는 것에서 온다. 클로이와 나의 관계는 마치 신들이 만들어놓은 것처럼 보이며, 따라서 신의 보복에 대한 원시적인 두려움이 따르는 것이다.

16. "인간의 모든 불행은 자기 방에 혼자 있을 수 없기 때문에 생긴다." 파스칼의 말이다. 맥없이 사회적 영역에 의존하

는 것을 넘어서서, 자신의 독자적인 능력을 쌓을 필요가 있다고 주장하는 것이다. 그러나 사랑에서 이것을 성취하는 것이 어떻게 가능할까? 프루스트는 무하마드 2세의 이야기를 해준다. 그는 하렘의 한 아내를 사랑하게 될 것 같다는 느낌이 들자 즉시 그녀를 죽이게 했다. 다른 사람에게 영적으로 종속되어 살고 싶지 않았기 때문이다. 나는 무하마드 2세를 흉내내기는커녕, 오래 전에 자족성을 성취할 수 있다는 희망을 버렸다. 나는 내 방에서 나와서 다른 사람을 사랑하기 시작했다. 그 결과 다른 인간에게 기초하여 자신의 삶을 구축하는 데서 오는 위험을 피할 수 없게 되었다.

17. 클로이를 사랑하면서 생기는 불안은 부분적으로는 내 행복의 원인이 쉽게 사라질 수 있는 상황에서 오는 불안이었다. 클로이는 갑자기 나에게 흥미를 잃을 수도 있었고, 죽을 수도 있었고, 다른 남자와 결혼할 수도 있었다. 그래서 사랑이 절정에 이르렀을 때 관계를 일찌감치 끝내고 싶은 유혹이 생겼다. 다른 사람이나 습관이나 익숙함이 관계를 끝내는 꼴을 보느니, 차라리 클로이나 나 둘 중의 하나가 끝을 내버리자는 것이었다. 우리는 가끔 우리의 연애가 자연스러운 종말에 이르기 전에 끝내버리고 싶은 충동[아무것도 아닌 것을 가지고 말다툼을 하는 것으로 표현되었다]을 느꼈다. 증오에서 나온 살인이 아니라 지나친 사랑에서 나온, 아니 지나친 사랑이 초래할 수도 있는 두려움에서 나온 살인이었다. 연인들은

단지 그들의 행복의 실험에 수반되는 불확실성과 위험을 견딜 수 없다는 이유로 사랑의 이야기를 끝내버릴 수도 있다.

18. 사랑의 이야기를 듣다보면 계속 머릿속을 맴도는 의문, 답을 알 수 없기 때문에 더욱더 무시무시한 의문이 있다. 그 이야기가 어떻게 끝날 것이냐 하는 의문이다. 이것은 마치 건강과 힘이 충만한 상태에서 자신의 죽음을 상상해보려는 것과 같다. 사랑의 종말과 삶의 종말 사이의 유일한 차이는 후자의 경우에는 그래도 죽음 뒤에는 우리가 아무것도 느끼지 않을 것이라는 위안이 있다는 것이다. 그러나 관계의 끝이 반드시 사랑의 끝은 아니며, 더군다나 삶의 끝일 가능성은 거의 없다는 것을 아는 연인에게는 그런 위안이 없다.

수축

1. 이 영역의 진실과 거짓의 문제는 정밀조사나 체계적 분석으로도 잘 해명되지 않는 것으로 악명이 높지만, 나는 스페인에서 돌아온 이후로, 증거를 정면으로 보지도 못하면서, 클로이가 오르가슴의 전부 또는 일부를 흉내내기 시작했다고 의심하게 되었다.

2. 클로이의 관례적인 행동은 과장된 행동으로 바뀌었다. 어쩌면 자신이 그 과정에 진정으로 참여하고 있지 않다는 사실에서 내 시선을 돌리려고 계획되었던 행동인지도 모른다. 그 변화에는 무관심의 분명한 표시가 따르지 않았다. 오히려 사랑을 나누는 일은 전체적으로 더 정열적이 되었다. 더 자주 했을 뿐 아니라, 다른 자세로 시간을 가리지 않고 하기도 했다. 더 격렬해지기도 했다. 비명이 터져나왔고, 심지어 울

기도 했으며, 몸짓은 보통 그 행위와 연결되는 부드러움보다
는 분노에 가까웠다.

3. 나는 클로이와 할 말을 다른 친구와 했다.

"어떻게 된 건지 모르겠어, 윌. 섹스가 전 같지 않아."

"걱정 마, 다 단계가 있는 거니까. 할 때마다 최고를 기대할
수는 없는 거잖아."

"나도 그런 기대는 안 해. 그냥 뭔가 다른 데 문제가 있다
는 느낌이야. 뭔지는 모르겠어. 어쨌든 스페인에 갔다 와서
몇 달 사이에 그런 낌새를 눈치챘어. 침실에서만 그렇다는 게
아니야. 그건 그냥 일종의 증상일 뿐이고, 사실 모든 게 다
그래."

"예를 들면?"

"글쎄, 꼭 찍어서 말할 수 있는 것은 없어. 아, 한 가지 기억
나는 게 있어. 클로이는 나하고 다른 시리얼을 좋아해. 하지
만 내가 그 집에 가 있는 일이 많으니까 나하고 같이 아침을
먹으려고 내가 좋아하는 시리얼을 사다두었지. 그런데 갑자
기 지난주에 그게 너무 비싸다면서 안 사는 거야. 그렇다고
무슨 결론을 내리자는 게 아냐. 그냥 그렇다는 거야."

4. 윌과 나는 우리 사무실 응접실에 서 있었다. 회사 창립
20주년을 기념하는 칵테일파티가 열리고 있었다. 나는 클로
이를 데려왔다. 클로이가 내 일터에 와본 것은 이번이 처음이

었다.

"왜 윌이 너보다 커미션을 더 받는 거지?" 클로이가 전시물들을 둘러본 뒤에 윌과 나에게 물었다.

"그건 네가 대답해, 윌." 내가 말했다.

"진짜 천재들의 작품을 알아보는 사람은 드무니까 그런 거지." 윌이 자비롭게도 이렇게 대답해주자 클로이가 말했다.

"윌, 네 설계는 뛰어나. 그렇게 창의력이 풍부한 건 본 적이 없어. 특히 사무실 프로젝트들 말이야. 재료를 이용하는 솜씨가 대단해. 벽돌하고 금속을 아주 멋지게 섞어놓았어. 너는 그렇게 못 해?" 마지막 말은 나에 대한 질문이었다.

"나도 많은 일을 하고 있어. 하지만 내 스타일은 많이 달라. 나는 다른 재료를 쓰거든."

"흠, 윌의 작품은 대단해. 사실 엄청나게 높은 수준이야. 와서 보지 못했으면 정말 아쉬울 뻔했어."

"클로이, 그렇게 이야기해주니까 기분이 아주 좋은데." 윌이 대답했다.

"정말 감명 깊었어. 네 작품은 내가 관심을 가지던 바로 그런 거야. 다른 건축가들이 네가 하려는 일을 안 하는 게 딱한 일이야. 아마 쉽지 않아서겠지."

"뭐 쉽지는 않지. 하지만 나는 내가 믿는 대로 일을 하라고 배웠거든. 내가 진짜라고 느끼는 집을 지어놓으면, 거기 사는 사람들도 집에서 에너지 같은 것을 얻게 되지."

"무슨 말인지 알 것 같아."

"캘리포니아에 가보면 훨씬 더 잘 알 수 있을 텐데. 몬테레이에서 프로젝트에 참여한 적이 있는데, 그걸 보면 강철이나 알루미늄만이 아니라 여러 종류의 돌을 가지고도 할 수 있는 일이 많다는 것을 느낄 수 있지. 그리고 풍경에 대항해서 일을 하는 게 아니라 풍경과 **함께** 일하는 것이 무엇인지도."

5.   상대방에게 무엇 때문에 나를 사랑하게 되었느냐고 묻지 않는 것은 예의에 속한다. 개인적인 바람을 이야기하자면, 어떤 측면 때문에 사랑받는 것이 아니라 **나라는 사실** 때문에 사랑받는 것이다. 속성이나 특질을 넘어선 존재론적 지위 때문에 사랑을 받는 것이다. 사랑 안에 들어가 있는 사람들은 부유함 속에서 사는 사람들처럼 애정/소유를 얻고 유지하는 수단에 대해서는 말하지 않는다는 금기를 지켜야 한다. 사랑에서건 돈에서건 오직 빈곤만이 체제에 의문을 품게 한다. 그래서 아마 연인들은 위대한 혁명가가 되지 못하는 것 같다.

6.   어느 날 거리에서 불행한 여자 옆을 지나다가 클로이가 나에게 이렇게 물었다. "내가 저 여자처럼 얼굴에 커다란 점이 있었어도 나를 사랑했을 것 같아?" 그 질문에는 "그렇다"는 대답에 대한 갈망이 숨어 있다. 몸이라는 세속적인 표면, 좀더 구체적으로 말하자면, 비참하게도 어떻게 바꾸어볼 수 없는 표면보다 높은 곳에 사랑을 놓아달라는 요구이다. 내가

너를 사랑하는 것은 너의 재치나 재능이나 아름다움 때문이 아니라, 아무런 조건 없이 네가 너이기 때문이다. 내가 너를 사랑하는 것은 너의 눈 색깔이나 다리의 길이나 수표책의 두께 때문이 아니라 네 영혼의 깊은 곳의 너 자신 때문이다. 연인이 외적 자산을 벗어버린 나를 좋아하고, 무엇을 이루었느냐에 관계없이 우리 존재의 본질을 평가해주고, 흔히 부모와 자식 사이에 존재한다고 말하는 무조건적인 사랑을 되풀이해주기를 바라는 갈망이다. 진정한 자아는 우리가 자유롭게 선택하는 것이다. 그 외에 우리의 이마에 점이 생긴다든가, 나이 때문에 몸이 시든다든가, 불황 때문에 파산을 한다든가 하는 식으로 우리의 표면에 불과한 것에 손상을 주는 사고들에 대해서는 책임을 면제해주어야 한다. 설사 우리가 아름답고 부유하다고 해도, 이런 것들 때문에 사랑받고 싶어해서는 안 된다. 우리에게서 그것이 사라지면 사랑도 사라질 것이기 때문이다. 나는 당신이 내 얼굴보다는 머리를 칭찬해주기 바란다. 그러나 꼭 얼굴을 칭찬해야겠다면, [정적이고 피부조직에 기초를 둔] 코보다는 [운동신경과 근육이 통제하는] 미소에 대해서 무슨 말을 해주기 바란다. 내 소망은 내가 모든 것을 잃고 "나"만 남았다고 해도 사랑을 받고 싶은 것이다. 이 신비한 "나"는 가장 약한, 가장 상처받기 쉬운 지점에 자리잡은 자아로 간주된다. 내가 너한테 약해 보여도 될 만큼 나를 사랑하니? 모두가 힘을 사랑한다. 하지만 너는 내 약한 것 때문에 나를 사랑하니? 이것이 진짜 시험이다. 너는 내가 잃어버릴 수도 있는 모든 것을 벗어버린 나를 사랑하는가? 내가 영원히 가지고 있을 것들 때문에 나를 사랑하는가?

7.　그날 저녁 건축사무소에서 나는 처음으로 클로이가 나에게서 미끄러져나간다는 것을, 내 일에 대해서 감탄하는 마음을 잃어버리고 다른 남자들과의 관계 속에서 내 가치에 의문을 품는 것을 느꼈다. 나는 피곤했고 클로이와 윌은 피곤하지 않았기 때문에, 나는 집으로 가고 둘은 웨스트엔드에 가서 한잔 하기로 했다. 클로이는 집에 들어가면 바로 전화해주겠다고 했으나, 11시가 되어도 전화가 없어서 내가 먼저 전화를 했다. 자동응답기가 나왔다. 새벽 2시 30분에 다시 걸었을 때도 마찬가지였다. 응답기에 내 불안을 고백하고 싶은 충동을 느꼈으나, 그것을 말로 하면 정말로 그런 불안이 현실이 될 것 같았다. 의심이 비난과 비난에 대한 대응으로 비화할 것 같았다. 어쩌면 아무 일도 아닐 수 있었다. 아니면 가장 심각한 문제일 수도 있었다. 클로이가 윌과 시간을 모르고 논다고 상상하기보다는 사고를 당했다고 상상하는 것이 더 편했다. 나는 새벽 4시에 경찰에 전화를 해서, 보드카를 마신 사람이 낼 수 있는 최대한 책임감 있는 목소리로, 혹시 짧은 녹색 치마에 까만 재킷을 입은 나의 천사의 절단난 몸이나 망가진 폴크스바겐을 보지 못했느냐고 물었다. 그녀를 마지막으로 본 것은 바비칸 근처의 사무실에서였다고 하면서. 아니, 보지 못했습니다. 그런 일은 없었습니다. 그 여자

분이 친척입니까? 그냥 친구입니까? 아침까지 기다려보셨다
가 다시 연락해주시겠습니까?

8. "문제를 말하면 진짜로 문제가 생겨." 클로이는 이렇게 말
한 적이 있다. 뭐가 나타날지 두려워 나는 감히 생각해볼 수
가 없었다. 생각의 자유를 실행에 옮기는 데는 악마들과 대
면할 수 있는 용기가 필요하다. 겁에 질린 정신은 방황할 수
없다. 그래서 나는 내 편집증에서 한 발짝도 나아가지 못했
다. 건드리면 깨질 것 같은 상태였다. 버클리 주교는, 그리고
훨씬 뒤에 태어난 클로이는 눈을 감으면 바깥 세계는 꿈이
나 다름없이 비현실이 된다고 말한 적이 있다. 아닌 게 아니
라 그 어느 때보다 착각의 힘이 위로가 되는 것 같았다. 진실
을 정면으로 보지 않으려는 충동, 생각만 하지 않으면 불쾌
한 진실은 존재하지 않을 것 같은 느낌.

9. 그녀의 부재에 관여한 듯한 느낌도 있고, 나의 의심에
죄책감도 들고, 나 자신의 죄책감에 화가 나기도 해서, 다음
날 10시에 클로이와 만났을 때 나는 아무것도 모르는 척했
다. 그러나 그녀는 죄를 지은 것이 틀림없었다. 그렇지 않고
서야 젊은 벨트슈메르츠의 배를 채워주기 위해서 그동안 준
비하지 않았던 아침 시리얼을 사러 동네 슈퍼마켓까지 갔다
오는 수고를 했겠는가? 그녀의 무관심이 아니라 의무감이
그녀를 고발하고 있었다. 창문 선반에 놓인 '스리 시리얼 골

든 브란'의 커다란 상자가 너무 눈에 두드러졌다.

"왜 그래? 저게 네가 좋아하는 거 아냐?" 클로이는 내가
시리얼을 입에 잔뜩 넣고 말을 제대로 못 하는 것을 보며 물
었다.

10. 그녀는 전날 밤 여자 친구 폴라의 집에서 잤다고 말했
다. 윌하고는 소호의 한 술집에서 밤늦게까지 이야기를 했는
데, 술이 좀 취했기 때문에 이슬링턴의 집까지 오는 것보다는
중간인 블룸즈버리에 내리는 것이 더 낫겠다고 판단했다는
이야기였다. 나한테 전화를 할까 하다가 깨울 것 같아 그만
두었다고 했다. 피곤해서 일찍 잔다고 했으니 그러는 게 낫
지 않았느냐는 이야기였다. 그런데 왜 그런 표정을 지어? 시
리얼에 우유가 부족해?

11. 인식론적으로 곡예를 부려서 현실을 설명하는 이야기
를 듣게 되면 어떤 충동이 생긴다. 그 이야기가 유쾌하다면
믿고 싶은 충동이다. 낙관적인 바보의 세계관처럼 클로이의
저녁 이야기는 바람직했고 믿을 만했다. 영원히 들어가 앉아
있고 싶은 따뜻한 목욕물 같았다. 그녀가 그것을 믿는다면 왜
나라고 못 믿을까? 그녀에게 그것이 그렇게 간단하다면 왜 나한
테는 복잡해야 할까? 나는 블룸즈버리에 있는 폴라의 아파트
바닥에서 밤을 보냈다는 그녀의 이야기에 속고 싶었다. 그렇
게 되면 내가 생각하던 다른 저녁[다른 침대, 다른 남자, 꾸미지

않은 쾌락]을 치워버릴 수 있었다. 정치가의 캐러멜 같은 약속에 눈물을 흘리는 유권자처럼, 나는 나의 가장 깊은 감정적 갈망에 호소하는 허위의 능력에 유혹당하고 있었다.

12. 이렇게 그녀는 폴라의 집에서 그날 밤을 보냈고, 시리얼을 사왔고, 모든 것을 용서받았기 때문에, 나는 자신감과 안도감으로 가슴이 터질 것 같았다. 악몽에서 깨어난 사람 같았다. 나는 탁자에서 일어나 사랑하는 여자의 두껍고 하얀 풀오버 스웨터 위로 두 팔을 둘러 어깨를 안았다. 이어서 허리를 굽혀 그녀의 목에 입을 맞추고 귀를 잘근잘근 씹었다. 살갗에서 익숙한 향수 냄새가 느껴졌고, 머리카락이 얼굴을 간지럽혔다. "하지 마, 지금은 싫어." 천사가 말했다. 그러나 큐피드는 그 말을 믿지 못하고, 그녀의 살갗의 익숙한 향수 냄새와 얼굴을 간지럽히는 머리카락에 홀려서 계속 입술로 그녀의 살을 더듬었다. "말했잖아. 지금은 싫다고!" 천사가 큐피드도 들을 만한 목소리로 되풀이했다.

13. 키스의 패턴은 그들이 함께한 첫날밤에 형성되었다. 그녀는 그의 머리에 자기 머리를 가져다댔고, 그러면 그는 이 정신과 육체 사이의 부드러운 접점에 매혹되어 입술로 목의 곡선을 따라가기 시작했다. 그녀는 몸을 바르르 떨면서 웃음을 지었고, 그의 손을 만지작거리며 눈을 감았다. 그것은 그들 사이에서는 일상이 되었다. 그들의 친밀한 언어를 사용

한 서명이었다. 하지 마, 지금은 싫어. 증오는 사랑이라는 편지 안에 감추어진 글자들이며, 하나의 기초 위에 그 대립물과 함께 서 있다. 그녀의 짝이 자신의 목에 입을 맞추는 방식, 책장을 넘기는 방식, 농담을 하는 방식에 유혹당했던 여자는 바로 이 점들 때문에 짜증을 낸다. 마치 사랑의 끝은 그 시작 안에 이미 포함되어 있는 것 같다. 사랑의 붕괴의 요소들은 그 창조의 요소들 안에서 이미 괴괴하게 전조를 드러내고 있는 것 같다.

14. 말했잖아. 지금은 싫다고. 노련한 의사들, 환자의 암의 첫 징후를 귀신같이 찾아내는 전문가들이 자기 몸속의 축구공만한 크기의 종양은 모르는 경우가 있다. 생활의 다른 면에서는 분명하고 이성적이지만, 자기 자식 가운데 하나가 죽었다거나 배우자가 집을 나갔다는 사실을 좀처럼 받아들이지 못하는 사람들이 있다. 계속 자기 자식은 실종되었을 뿐이라고 믿거나, 배우자가 새로운 결혼을 포기하고 옛날 결혼으로 되돌아올 것이라고 믿는다. 어떤 사람은 사랑이 난파했음에도 난파의 증거를 받아들이지 못하고 계속 아무 일도 없었던 것처럼 행동한다. 사형 평결을 무시하면 죽음을 저지할 수 있기라도 한 것처럼. 실제로 죽음의 기호들은 도처에 널려 있었다. 내가 고통 때문에 문맹이 되지만 않았다면 못 읽는 일은 있을 수 없었다.

15. 사랑의 죽음의 피해자는 시신을 되살리려고 하지만 독창적인 전략을 만들어내지는 못한다. 독창성만 있었더라면 어떻게 해볼 수도 있었을 바로 그 순간에 나는 두려움에 빠졌고, 따라서 **독창성을 발휘하지 못했다.** 나는 노스탤지어에 젖어버렸다. 나는 클로이가 멀어져가는 것을 느끼면서, 과거에 우리를 붙여놓았던 요소들을 맹목적으로 되풀이함으로써 그녀를 다시 끌어당기려고 했다. 나는 계속 키스를 했다. 그 이후 몇 주 동안 우리가 즐거운 저녁을 함께 보냈던 영화관이나 식당에 가자고 고집을 부렸다. 나는 우리가 함께 웃음을 터뜨렸던 농담을 다시 했고, 우리의 몸들이 엉켜서 만들어냈던 자세를 다시 채택했다.

16. 나는 우리의 익숙한 집안 언어에서 위안을 찾으려고 했다. 과거 우리의 갈등을 완화시켜주었던 언어들이었다. 사랑의 일시적인 변덕을 인정하고, 그럼으로써 그런 변덕을 불쾌하지 않게 만들던 농담이었다.

"오늘 어디 안 좋아?" 어느 날 아침 비너스가 거의 나만큼이나 창백하고 슬퍼 보이기에 물었다.

"오늘?"

"응, 오늘. 어디 안 좋아?"

"아니, 왜? 안 좋아야 할 이유라도 있어?"

"아니."

"그런데 왜 물어?"

"모르겠어. 좀 슬퍼 보여서."

"미안해, 나도 인간이야."

"난 그냥 도와주려던 것뿐인데. 오늘은 10점 만점에 몇 점을 줄래?"

"모르겠어."

"왜 몰라?"

"피곤해."

"말해봐."

"모르겠다니까?"

"어서, 10점 만점에? 6점? 3점? 마이너스 12점? 플러스 20점?"

"모르겠어."

"추측이라도 해봐."

"정말 모르겠다니까. 가만 좀 내버려둬, 제기랄!"

17. 집안 언어를 풀어놓았으나 클로이에게는 점점 낯선 것이 되었다. 아니, 부인하고 싶지 않아서 잊은 척하는지도 몰랐다. 그녀는 자신이 이 언어에 연루되었음을 부인하고 외국인인 척했다. 그녀는 나를 못마땅하게 생각하고 흠을 잡아내기 시작했다. 나는 내가 하는 말이, 과거에는 그렇게 매력적으로 들렸던 말이, 갑자기 왜 화를 돋우게 된 것인지 이해할 수가 없었다. 나는 바뀐 것도 없는데 왜 갑자기 수많은 점에서 기분 나쁜 존재로 비난받는지 이해할 수가 없었다. 나는

당황해서 황금시대로 돌아가려고 노력하기 시작했다. 나는 스스로 물어보았다. 지금은 하지 않고 있는데 과거에는 했던 것이 무엇일까? 나는 클로이의 사랑의 대상이었던 과거의 자아에 필사적으로 순응하려고 했다. 그러나 내가 깨닫지 못했던 것은 지금 그렇게 화를 돋우는 것이 바로 과거의 자아이며, 따라서 나는 해체를 향하는 과정을 가속화시키는 일만 하고 있었다는 것이다.

18. 나는 그녀의 짜증을 돋우는 존재가 되었다. 상대의 반응에는 관심이 없는 사람이 되었다. 나는 그녀에게 책을 사다주었고, 그녀의 재킷을 세탁소에 맡겼고, 저녁 값을 냈고, 크리스마스에 우리의 1주년을 기념하기 위해서 파리에 가자는 제안을 했다. 그러나 눈에 뻔히 보이는 것들을 거슬러 사랑을 할 때 돌아오는 결과는 모욕뿐이었다. 그녀는 나를 우울하게 할 수 있었고, 나에게 소리를 지를 수 있었고, 나를 무시할 수 있었고, 놀릴 수 있었고, 속일 수 있었고, 때릴 수 있었고, 찰 수 있었다. 그래도 나는 대응하지 않으려고 했다. 그래서 나는 더 혐오스러운 존재가 되었다.

19. 내가 두 시간 동안 준비한 [클로이가 독특하게도 세르비아의 민족주의를 옹호하는 입장을 택했기 때문에, 사실 대부분의 시간은 발칸 역사에 대한 묘한 논쟁에 들어갔다] 식사 뒤에 나는 클로이의 손을 잡고 말했다. "이 이야기는 꼭 하고 싶었어.

감상적으로 들릴지 모르지만, 우리가 아무리 싸우고 어쩌고 해도, 나는 여전히 너에게 진정한 관심을 가지고 있고, 우리 사이가 풀리기를 바라고 있어. 너는 내 모든 것이야. 너도 알잖아."

　[늘 소설보다 정신분석을 많이 읽는] 클로이는 의심스럽다는 표정으로 나를 보며 대꾸했다. "그렇게 말해주는 것은 고맙지만, 이거 걱정되네. 이런 식으로 날 자꾸 너의 에고 이상형으로 만들면 안 돼."

20. 일은 희비극의 시나리오로 풀려나갔다. 한편에는 여자를 천사와 동일시하는 남자가 있었고, 다른 한편에는 사랑을 병과 거의 동일시하는 천사가 있었다.

— 18 —

낭만적 테러리즘

1. 왜 너는 나를 사랑하지 않는가 하는 질문은 왜 너는 나를 사랑하는가 하는 질문만큼이나 대책 없는 [또 훨씬 덜 즐거운] 질문이다. 두 경우 모두 우리는 연애의 구조에서 우리가 의식적인 통제를 할 수 없다는 사실에 부딪히게 된다. 바꾸어 말하면 사랑은 우리가 완전히 파악할 수 없는 이유들 때문에 받을 자격도 없는 우리에게 선물로서 주어졌다는 사실에 부딪히게 된다. 일단 그런 질문을 하게 되면 우리는 한편으로는 완전한 오만으로 기울거나, 다른 한편으로는 완전한 겸손으로 기울 수밖에 없다. 내가 무엇을 했기에 사랑을 받을 자격이 있는가? 겸손한 연인은 자신이 무엇을 했을 리가 없다고 생각하며 그렇게 묻는다. 내가 무엇을 했기에 사랑을 거부당하는가? 배반당한 연인은 그렇게 묻는다. 그러면서 오만하게도 절대 자신의 몫이 아닌 선물의 소유권을 주장한다. 사랑

을 베풀 위치에 있는 사람은 이 두 가지 질문에 대하여 오직 한 가지 대답밖에 할 수가 없다. 네가 너이기 때문에. 이 답을 듣게 되면 질문을 했던 사람은 자만과 우울 사이에서 위험하게, 예측할 수 없이 흔들릴 수밖에 없다.

2. 사랑은 첫눈에 태어날 수 있다. 그러나 그에 상응하는 빠른 속도로 죽지는 않는다. 클로이는 나를 떠나는 것, 심지어 우리 관계에 대한 의심을 입 밖에 내어 이야기하는 것도 너무 성급하다고, 그랬다가는 더 나을 것도 없는 삶을 택하게 될지도 모른다고 걱정했던 것이 틀림없다. 따라서 느린 헤어짐의 과정이 나타났다. 감정의 석조 장식들이 사랑하는 사람의 몸체로부터 느릿느릿 떨어져나가는 과정이었다. 한때 귀중하게 여겼던 대상에게 책임감만 남은 것에 대한 죄책감. 유리잔 바닥에 남은 당밀 액체같이, 완전히 사라지는 데에는 시간이 필요했다.

3. 어떤 결정도 내리기 어려울 때에는 아무런 결정도 내리지 않는다. 클로이는 얼버무렸다. 나도 합세했다. [그 상황에서 나에게 어떤 결정이 유쾌했을까?] 우리는 계속 만났고, 계속 함께 잤고, 크리스마스에는 파리에 가기로 계획을 세웠다. 그러나 클로이는 묘하게 그 과정에 거리를 두었다. 마치 다른 사람을 위한 계획을 짜고 있는 것 같은 태도였다. 어쩌면 비행기표를 사느냐 마느냐의 문제보다는 어떤 비행기표를

사느냐 하는 문제가 더 다루기 쉬웠기 때문에 여행을 가는 것인지도 몰랐다. 그녀가 결정을 내리지 못하는 것은 아무것도 안 하고 있으면 다른 사람이 그녀 대신 결정을 해줄지도 모른다는 희망, 행동은 하지 않고 자신의 우유부단과 좌절을 보여주기만 하면 내가 결국 그녀에게 필요한[그러나 너무 겁이 나서 본인은 하지 못하는] 행동을 해줄지도 모른다는 희망의 표현이었다.

4. 우리는 낭만적 테러리즘의 단계에 접어들었다.

"무슨 문제 있어?"

"아니, 왜? 무슨 문제가 있어야 돼?"

"꼭 무슨 이야기를 하려는 사람 같았거든."

"무슨 이야기?"

"우리 이야기."

"네 이야기겠지." 클로이가 쏘아붙였다.

"아니, 우리 이야기."

"그래, 우리가 뭐?"

"나도 잘 모르겠어. 9월 중순쯤부터 느껴오던 거야. 우리는 말이 잘 안 통하고 있어. 우리 사이에 벽이 있는데, 너는 벽이 있다는 것을 인정하지 않는 것 같아."

"벽이 어디 있는데?"

"내 말이 그 말이야. 너는 이것말고도 어떤 일이 있었다는 것조차 인정하지 않으려고 해."

"이건 뭔데?"

5. 일단 한쪽이 관심을 잃기 시작하면, 다른 한쪽에서 그 과정을 막기 위하여 할 수 있는 일은 거의 없는 것 같다. 구애와 마찬가지로 떠나는 일도 과묵이라는 담요 밑에서 고통을 겪는다. 의사소통 체계 자체가 붕괴되었다는 사실은 논의하기조차 힘들다. 그것은 양쪽 모두 그것을 복원하고 싶을 때에만 가능한 일이기 때문이다. 이렇게 되면 연인은 절망적인 상황에 빠진다. 정직한 대화는 짜증만 일으키고, 그것을 소생시키려다가 사랑만 질식시킬 뿐이다. 연인은 어떤 대가를 치르더라도 짝에게 다시 구애를 하려고 필사적으로 노력하게 되고, 그 결과 낭만적 테러리즘에 의존하게 된다. 이것은 대책 없는 상황의 산물이다. 사랑하는 사람에게 사랑에 대한 응답을 강요하려고 여러 가지 꾀[삐치기, 질투, 죄책감 자극]를 부리기도 하고, 그 앞에서 폭발하는 모습을 보이기도 한다[울음을 터뜨리거나, 분노를 터뜨리는 등]. 테러리스트가 된 연인은 현실적으로 자신의 사랑이 보답받을 길이 없다는 것을 안다. 그러나 [연애에서나 정치에서나] 어떤 일이 쓸모없다고 해서 반드시 그 일을 안 하게 되는 것은 아니다. 꼭 누가 들어주지 않는다고 해도 말하는 것 자체가 중요하기 때문에 하는 말도 있는 법이다.

6. 정치적 대화를 통해서 불만을 해소하지 못하면 피해를

입은 쪽은 필사적으로 테러 행동에 의존하게 된다. 상대에게 서 평화적인 수단으로 유혹해내지 못했던 양보를 힘으로써 이끌어내려는 것이다. 정치적 테러리즘은 막다른 골목에 이른 상황에서 태어난다. 자신의 행동이 바라는 목표를 달성하지 못할 것—오히려 상대를 더 멀어지게 하기 쉽다는 것—을 알면서도[의식적이든 무의식적이든], 그 행동이 필요하다고 느낄 때 나오는 것이다. 테러리즘의 부정적 측면은 아이의 분노와 공통점이 많다. 좀더 강력한 적을 만나 자신의 무능을 알게 될 때 드러내는 분노.

7.   1972년 5월 무장한 일본 적군파 세 명이 팔레스타인 해방인민전선[PFLP]의 지도와 재정 지원하에 정기선 여객기를 타고 텔아비브 근처 로드 공항에 내렸다. 그들은 비행기에서 내려 다른 승객들과 함께 터미널 건물로 갔다가, 터미널 안으로 들어가자 손에 든 가방에서 기관총과 수류탄을 꺼내들었다. 그들은 군중을 향해서 무차별 사격을 했다. 그 결과 스물네 명이 죽고 일곱 명이 부상을 당했으며, 그들 자신도 보안 요원들의 총에 맞아 사망했다. 이런 학살이 팔레스타인 자치라는 대의와 무슨 관계가 있을까? 이 살인은 평화정착 과정을 촉진시키지 못했다. 팔레스타인의 대의에 대한 이스라엘의 여론만 경직시켰을 뿐이다. 이 테러리스트들에게 마지막 아이러니는 피해자들 다수가 이스라엘 사람들이 아니라, 예루살렘으로 순례여행을 왔던 푸에르토리코의 기독교

인들이었다는 점이다. 그러나 이 행동은 다른 곳에서, 대화가 아무런 성과를 거두지 못하는 상황에서 필연적으로 발생하는 좌절감의 분출이라는 면에서 정당성을 찾았다.

8. 우리 둘 다 파리에서 주말만을 보낼 여유밖에 없었다. 그래서 금요일에 히드로를 떠나는 마지막 비행기를 타고 가서 일요일 밤 늦게 돌아오기로 계획을 세웠다. 우리는 1주년을 기념하기 위해서 프랑스에 가려는 것이었지만, 마치 장례식 같은 분위기였다. 비행기가 파리에 착륙했을 때 텅 빈 터미널은 음침했다. 눈이 내리고 있었다. 북극의 강한 바람이 불었다. 택시가 부족했기 때문에 우리는 여권 검사대에서 만난 여자와 동승했다. 회의 때문에 런던에서 파리까지 출장온 변호사였다. 여자는 매력적이었지만 나는 이러니저러니 신경 쓸 기분이 아니었다. 그럼에도 나는 도시로 들어가는 길에 그 여자와 시시덕거렸다. 클로이가 대화에 끼어들려고 해도, 배타적으로 [그리고 유혹적으로] 그 여자에게만 하는 말로 클로이의 말을 막아버렸다. 그러나 질투심을 끌어내는 데에 성공하려면 중요한 사항이 빠지면 안 된다. 목표로 삼는 사람이 신경을 써야 하는 것이다. 따라서 테러의 한 방편으로 질투심을 자극하는 것은 늘 도박이다. 클로이의 질투심을 자극할 때 내가 할 수 있는 일의 한계는 어디일까? 클로이가 반응을 보이지 않으면 어떻게 할까? [텔레비전에 나와서 테러리스트의 위협에 전혀 개의치 않는다고 선언하는 정치가처럼] 해볼 테

면 해보라는 식으로 질투심을 감추는 것인지, 정말로 관심이 없는 것인지 잘 알 수가 없었다. 그러나 한 가지는 분명했다. 클로이는 나에게 질투하는 반응을 보여 내가 기쁨을 느끼는 것을 허락하지 않았으며, 마침내 뤼 자코브의 한 작은 호텔 방에 들어갔을 때는 오랜만에 유쾌해 보이기까지 했다는 것이다. 어쩌면 내가 결국은 자신을 잊게 될 것이라는 생각에 고무되었던 것인지도 모른다.

9. 테러리스트들은 자신들의 행동이 상대를 협상으로 나오게 할 만큼 무시무시할 것이라는 가정에 도박을 건다. 어떤 부유한 이탈리아 사업가가 늦은 오후에 사무실에서 한 테러리스트 집단으로부터 전화를 받았다. 그들은 사업가의 막내 딸을 납치했다면서 몸값으로 엄청난 돈을 요구했고, 만일 그 돈을 내놓지 않으면 딸을 죽이겠다고 협박했다. 그러나 이 사업가는 아무렇지도 않게, 만일 그들이 딸을 죽여주면 자신에게 큰 은혜를 베푸는 것이라고 대꾸했다. 사업가는 자신에게 자식이 열 있는데, 하나같이 실망스럽고 성가시기만 할 뿐이라고, 자신은 침실에서 마누라와 잠시 즐겼을 뿐인데 그 불행한 결과를 감당하느라 많은 돈을 쓰고 있다고 설명했다. 사업가는 냉정한 태도로 돈을 줄 수 없으며, 딸을 죽이건 말건 그것은 그쪽에서 알아서 하라고 말했다. 테러리스트들은 그의 말을 믿고 몇 시간이 안 되어 딸을 풀어주었다.

10. 다음 날 아침 잠을 깼을 때도 눈이 내리고 있었다. 그러나 날이 너무 따뜻해서 쌓이지는 않았다. 인도는 진창으로 바뀌어, 낮게 깔린 잿빛 하늘 아래 갈색을 드러냈다. 우리는 아침을 먹고 오르세 미술관에 갔다가 오후에는 영화관에 가기로 계획을 세웠다. 내가 막 호텔 방문을 닫았을 때 클로이가 무뚝뚝하게 물었다.

"열쇠는 가지고 있지?"

"아니. 조금 전에 네가 가지고 있다고 했잖아."

"내가? 아냐, 안 그랬어. 나한테는 열쇠가 없어. 그럼 네가 열쇠를 안에 두고 문을 잠가버린 거잖아."

"열쇠를 안에 두고 문을 잠근 게 아냐. 네가 열쇠를 가지고 있다고 생각하고 문을 닫은 거야. 내가 열쇠를 두었던 곳에 열쇠가 없었으니까."

"정말 멍청한 짓이네. 나도 열쇠가 없어. 그러니까 우리는 밖에 갇혀버렸네. 정말 고마워."

"무슨 소리야! 제발 그만 좀 해. 열쇠는 자기가 잃어버려놓고서."

"나는 열쇠하고는 아무런 관계가 없어."

순간 클로이는 엘리베이터 쪽으로 몸을 돌렸고, [소설적인 타이밍으로] 그녀의 외투 호주머니에서 호텔의 밤색 양탄자 위로 열쇠가 떨어졌다.

"어머, 미안해. 내가 쭉 가지고 있었구나. 그럼 잘됐네 뭐."

그러나 나는 쉽게 용서해줄 수는 없다고 마음먹고 쏘아붙였다. "됐어." 그리고 입을 꾹 다물고 계단으로 향했다. 클로이가 내 뒤에 대고 소리쳤다.

"기다려. 멍청한 짓 하지 마. 어딜 가는 거야? 미안하다고 했잖아."

11. 테러리스트적인 삐침이 구조적으로 성공을 거두려면 아무리 사소하다고 하더라도 삐치게 만든 쪽에 어떤 잘못된 행동이 있어야 한다. 다만 가해진 모욕과 유발된 삐침 사이에 균형이 맞지 않는다는 것이 특징이라고 할 수 있다. 원래 화를 내게 만든 일에 비해서 벌이 지나치게 세다는 것이다. 게다가 정상적인 통로를 통해서는 화가 잘 풀리지도 않는다. 나는 오랫동안 클로이에게 삐칠 기회를 노려왔다. 그러나 분명한 잘못도 없는데 삐치는 것은 부작용을 낳는다. 상대가 삐친 것을 모를 수 있고, 그렇다면 죄책감을 느끼지 않을 수도 있기 때문이다.

12. 내가 잠깐 클로이에게 소리를 지르고 그녀 역시 나에게 마주 소리를 질렀다면, 방 열쇠를 둘러싼 말싸움은 저절로 풀려버렸을 것이다. 모든 삐침의 밑바닥에는 그 즉시 이야기를 했으면 아무렇지도 않게 사라질 수 있는 잘못이 놓여 있다. 그러나 상처를 받은 쪽에서는 나중을 위해서, 좀더 고통스럽게 폭발시키기 위해서 그 일을 속에 쟁여둔다. 그래서 문제가 생긴 즉시 이야기했다면 풀렸을 일에 무게가 쌓이게 된

다. 불쾌한 일이 있으면 그 즉시 화를 표현하는 것이 가장 너그러운 일이다. 그렇게 하면 상대는 죄책감을 키울 필요도 없고, 전투를 중단해달라고 삐친 사람을 설득하는 노력을 기울일 필요도 없기 때문이다. 나는 클로이에게 그런 은혜를 베풀고 싶지 않았다. 그래서 혼자 호텔을 나가 생-제르맹 쪽으로 걸어갔다. 그곳에서 서점들을 훑어보며 두 시간을 보냈다. 그러고 나서 메시지를 남기러 호텔로 돌아가는 대신 식당에서 혼자 밥을 먹은 뒤, 영화 두 편을 연달아 보고 저녁 7시에 호텔로 돌아갔다.

13. 테러의 핵심은 그것이 일차적으로 주의를 끌고자 계획된 행동이라는 것이다. 군사적 기술[로드 공항의 터미널 라운지에서 총을 쏘는 것]과는 관련이 없는, 어떤 목표[예를 들면 팔레스타인 국가의 건설]를 내건 심리전의 한 형태이다. 수단과 목적 사이에는 모순이 있다. 삐침 역시 삐치게 된 사건과는 별 관련이 없는 점을 부각시키기 위해서 이용된다. 내가 열쇠를 잃어버렸다고 비난하는 것 때문에 너에게 화가 났다는 것은 나는 네가 이제 나를 사랑하지 않는 것에 화가 났다는 더 폭넓은 [그러나 말로 할 수 없는] 메시지를 상징한다.

14. 클로이는 야비한 사람이 아니었다. 내가 뭐라고 하든, 그녀는 너그럽게도 다른 사람보다는 자신을 먼저 탓하는 사람이었다. 그녀는 생-제르맹까지 나를 쫓아오다가 군중 속

에서 놓쳐버렸다. 그녀는 호텔로 돌아가 잠시 기다리다가 오르세 미술관으로 갔다. 마침내 내가 호텔 방으로 돌아갔을 때 그녀는 침대에서 쉬고 있었다. 그러나 나는 그녀에게 아무 말도 하지 않고 욕실로 들어가 오랫동안 샤워를 했다.

15. **삐친 사람은 복잡한 존재로서, 아주 깊은 양면적인 메시지를 전달한다. 도움과 관심을 달라고 울지만, 막상 그것을 주면 거부해버린다. 말없이 이해받기를 원한다.** 클로이는 자기를 용서해줄 수 있겠느냐고, 말다툼을 미해결로 놓아둔 채 지내기는 싫다고, 즐겁게 1주년을 기념하며 저녁을 보내고 싶다고 말했다. 나는 아무 말도 하지 않았다. 나는 그녀에 대한 나의 분노[열쇠와는 아무런 관계가 없는 분노]를 전부 다 표현할 수 없었기 때문에 비합리적이 되어가고 있었다. 내가 말하고자 하는 바를 말하는 것이 왜 그렇게 힘들었을까? 그것은 내 진짜 불만을 말했을 때 생길 위험 때문이었다. 클로이가 이제 나를 사랑하지 않는다는 것. 내 상처는 표현하기가 무척 힘든 것이었다. 열쇠하고는 관계없는 것이었다. 따라서 이 단계에서 그 문제를 꺼내면 바보처럼 보일 것 같았다. 결국 나의 분노는 지하로 밀어넣어야 했다. 내가 하고 싶은 말을 직접 할 수 없었기 때문에, 나는 의미를 상징화하는 방법을 택하게 되었다. 그 상징이 해독되는 것을 반은 기대하고 반은 두려워하면서.

16. 나는 샤워 뒤에 마침내 열쇠 사건을 마무리하고 일 드라 시테의 한 식당으로 저녁을 먹으러 갔다. 우리 둘 다 매끈한 행동만 했다. 긴장을 피하려고 신경을 곤두세웠다. 책, 영화, 수도(首都) 등과 같은 중립적 영토에 대해서만 이야기를 했다. [웨이터의 관점에서는] 행복한 한 쌍으로 보였을 것이다. 낭만적 테러리즘이 의미 있는 승리를 기록한 것처럼 보였을 것이다.

17. 그러나 일반 테러리스트들은 낭만적 테러리스트들에 비해서 분명한 이점을 가지고 있다. 그들의 요구[그것이 아무리 터무니없다고 해도]에는 모든 요구 가운데 가장 터무니없는 요구, 즉 나를 **사랑해달라**는 요구가 포함되지 않는다는 것이다. 나는 우리가 그날 저녁 파리에서 즐기는 행복은 착각이라는 것을 알았다. 클로이가 보여주는 사랑은 자발적인 것이 아니었기 때문이다. 그것은 애정을 느끼지 못하게 되었다는 사실에 죄책감을 느끼면서도 [그녀의 상대만이 아니라 그녀 자신을 설득하기 위해서] 의리는 보여주어야겠다고 생각하는 여자의 사랑이었다. 따라서 나의 저녁은 행복하지 않았다. 삐침은 성공을 거두었으나, 그 성공은 공허했다.

18. 일반 테러리스트들은 건물이나 초등학생들을 폭탄으로 날려보내 이따금씩 정부의 양보를 강요할 수 있지만, 낭만적 테러리스트들은 접근방법이 근본적으로 일관되지 않기 때

문에 실망할 수밖에 없는 운명이다. 낭만적 테러리스트는 말한다. 너는 나를 사랑해야 한다. 너한테 삐치거나 질투심을 일으켜서 나를 사랑하도록 만들겠다. 그러나 여기에서 역설이 생긴다. 만일 상대가 사랑으로 보답한다면 그 즉시 그 사랑이 더럽혀진 것으로 생각할 것이기 때문이다. 낭만적 테러리스트는 이렇게 불평할 것이다. 내 강요 때문에 네가 나를 사랑하는 것이라면, 나는 이 사랑을 받아들일 수 없다. 이 사랑은 자발적으로 준 것이 아니기 때문이다. 이렇게 낭만적 테러리즘은 자신의 요구를 해소하는 과정에서 그 요구를 부정해버린다. 테러리스트는 결국 불편한 현실, 사랑의 죽음은 막을 수 없다는 현실과 마주하게 된다.

19. 호텔로 걸어 돌아가면서 클로이는 내 외투 호주머니에 자기 손을 집어넣고 내 뺨에 입을 맞추었다. 나는 마주 입을 맞추지 않았다. 키스가 끔찍한 하루를 마무리하는 가장 바람직한 방법이 아니라서가 아니라, 이제 클로이의 키스를 진짜라고 느낄 수 없었기 때문이다. 나는 내켜하지 않는 수용자에게 사랑을 강요할 의지를 잃었다.

— 19 —

선악을 넘어서

1.　일요일 이른 저녁 클로이와 나는 파리에서 런던으로 돌아가는 브리티시 항공기의 이코노미 클래스에 앉아 있었다. 비행기는 막 노르망디 해안을 건넜다. 겨울 구름의 장막이 잠시 걷히면서 어둡고 푸른 바다가 한눈에 들어왔다. 나는 긴장되고 집중을 할 수가 없어서 자리에서 불편하게 몸을 움직였다. 이 비행에는 뭔가 위협적인 것이 있었다. 뒤쪽 어딘가에서 엔진들이 떨리는 느낌, 차분한 잿빛 실내, 항공사 직원들의 사탕 같은 미소. 음료와 과자를 실은 수레가 통로를 따라서 내려오고 있었다. 배도 고프고 목도 말랐지만, 기내 식사에서 느끼게 되는 막연한 구역질이 가슴을 채웠다.

2.　클로이는 워크맨을 들으면서 졸고 있었다. 그녀는 귀에서 이어폰을 뽑더니 크고 물기가 촉촉한 눈으로 앞자리를 물

끄러미 바라보았다.

"괜찮아?" 내가 물었다.

클로이는 내 말을 듣지 못하기라도 한 것처럼 입을 다물고 있었다. 이윽고 그녀가 말했다.

"너는 나한테는 너무 좋은 사람이야."

"뭐라고?"

"'너는 나한테는 너무 좋은 사람이야', 그렇게 말했어."

"뭐? 왜?"

"사실이 그러니까."

"왜 그런 소리를 하는 거야, 클로이?"

"모르겠어."

"굳이 말하자면 거꾸로지. 너야말로 문제가 있을 때마다 먼저 노력을 했고, 무슨 일이 있어도 자기를 책망하는 쪽이고……."

"쉬잇, 그만, 그만 해." 클로이는 고개를 돌려버렸다.

"왜?"

"난 윌을 만나고 있었으니까."

"뭘 했다고?"

"윌을 만나고 있었다고, 됐어?"

"뭐? 만난다는 게 무슨 뜻이야? 윌을 만난다는 게?"

"참 나, 윌과 잠자리를 같이했다는 거야."

"음료나 스낵 드시겠어요?" 그때 스튜어디스가 수레를 끌고 와서 클로이에게 물었다.

"아뇨, 사양하겠어요."

"그럼 아무것도 안 드시겠어요?"

"네, 괜찮아요."

"선생님은요?"

"괜찮아요. 아무것도 안 먹겠습니다."

3. 클로이는 울고 있었다.

"믿을 수가 없어. 정말 믿을 수가 없어. 농담이라고 말해줘. 끔찍한, 지저분한 농담이라고. 네가 윌과 잠자리를 같이했다니. 언제? 어떻게? 어떻게 그럴 수가 있어?"

"정말 미안해, 정말로. 미안해, 하지만 난⋯⋯나는⋯⋯미안해⋯⋯."

클로이는 울음이 복받쳐 말을 잇지 못했다. 눈물이 줄줄 흐르고, 콧물도 쏟아졌다. 몸 전체가 경련을 일으키고 있었다. 숨을 못 쉬고 입을 벌린 채 헐떡거리기만 했다. 너무 고통스러워 보여서, 잠시 그녀가 한 말의 의미도 잊은 채 그녀의 눈물을 멈추게 하는 데에만 관심을 쏟을 수밖에 없었다.

"클로이, 제발 울지 마, 괜찮아. 함께 이야기하면 돼. 티지, 제발, 자 이 손수건 받아. 괜찮아질 거야, 괜찮을 거야, 약속해⋯⋯."

"정말 미안해, 너무 미안해, 너는 이런 꼴을 당해서는 안 되는데, 너는 정말 이런 꼴을 당하면 안 되는 사람인데."

클로이는 비참한 상황으로 빠져들면서 잠시 배신의 짐을

덜었다. 그녀의 눈물 때문에 내 짐도 잠시 유예를 받았다. 나는 이 상황의 아이러니를 놓치지 않았다. 여자가 남자를 배반함으로 해서 생긴 고통을 놓고 배반당한 남자가 배반한 여자를 위로하고 있다니.

4. 클로이의 눈물이 시작된 직후 기장이 착륙 준비를 하지 않았다면 그 눈물 때문에 승객들 모두가, 비행기 전체가 물에 잠겨버렸을지도 모른다. 꼭 대홍수가 일어난 느낌이었다. 벌어지고 있는 일의 필연성과 잔인함 때문에 양쪽에서 슬픔의 큰 물이 밀려오는 것 같았다. 우리의 관계는 잘 안 풀리고 있는 정도가 아니었다. 반드시 끝을 내야만 하는 상황이었다. 우리를 둘러싼 물질적 환경 속에서, 객실의 기술문명적 환경 속에서, 비행기 승무원들의 임상적 관심 속에서, 낯선 사람들이 감정적 위기에 처한 것을 보며 점잖은 체 고개를 돌리면서도 내심 안도감에 빠져 있는 다른 승객들 사이에서, 나는 더 큰 외로움을 느꼈고, 더 큰 초라함을 느꼈다.

5. 비행기가 구름을 뚫고 나아가고 있었다. 나는 미래를 상상해보려고 했다. 삶의 한 시기가 잔인한 방식으로 끝을 향해서 치닫고 있었다. 그러나 나에게는 그것을 대체할 것이 없었다. 무시무시한 부재밖에 없었다. 런던에서 즐겁게 지내시고 곧 다시 우리와 함께 비행해주시기 바랍니다. 곧 다시 비행을 한다? 나는 다시 살 수 있을지 없을지도 모르는데? 나는 다

른 사람들의 그런 가정, 고정된 삶의 안정성과 곧 다시 비행기를 탈 계획이 부러웠다. 이제부터 삶이 무슨 의미일까? 우리가 비록 계속 손을 잡고 있기는 하지만, 나는 클로이와 내가 우리 몸이 서로에게 점점 낯설어지는 것을 지켜보게 될 것임을 알았다. 둘 사이에 벽이 세워지고, 헤어짐은 제도화되겠지. 몇 달, 몇 년이 지난 뒤에야 한번 만나게 되겠지. 가볍고 즐거운 표정으로, 가면을 쓰고, 정장 차림으로. 레스토랑에서 샐러드를 주문하겠지. 우리가 오직 지금만 드러낼 수 있는 것, 순전한 인간적 드라마, 벌거벗은 모습, 의존 상태, 어떻게 해볼 수 없는 상실은 입 밖에 내지도 못할 거야. 마치 가슴을 찢는 듯한 연극을 보고 나왔지만 안에서 느낀 감정들에 대해서는 전혀 이야기를 하지 못하고, 술이나 한잔 하러 술집으로 가는 관객들, 그 이상이 있다는 것을 알면서도 거기에 대해서는 말을 못 하는 관객들 같겠지. 괴롭기는 했지만 나는 이 순간이 앞으로 다가올 순간들보다는, 혼자 과거를 되풀이하고, 나 자신과 그녀를 비난하고, 미래를 구축하려고 애를 쓰고, 자신의 등장인물들을 어찌해야 할지 몰라서 [깨끗한 결말을 위해서 다 죽여버리는 것 외에……] 혼란에 빠진 극작가처럼 대안이 될 만한 이야기를 만들어내려고 애를 쓸 순간들보다는 낫다고 생각했다. 얼마 안 있어 바퀴가 히드로 공항의 활주로에 닿았다. 엔진에는 역추진력이 걸려 있었다. 비행기는 지상 이동으로 터미널로 향하더니, 혼잡한 입국관리실에 짐을 토해냈다. 클로이와 내가 짐을 챙겨서 세관을 통과했을 때 관계는 공식적으로 끝이 나 있었다. 우리는 좋은 친구가 되기로, 울지 않기로, 피해자나 처형자가 된 것처럼 느끼지 않기로 했다.

6. 멍하게 이틀을 보냈다. 충격을 받았지만 아무것도 느끼지 못하는 상태. 현대적인 어법으로 하자면, 그것은 충격이 아주 강했다는 뜻이었다. 그러다가 어느 날 아침 나는 클로이가 인편으로 전해준 편지를 받았다. 크림색을 띤 하얀 종이 두 장에 눈에 익은 검은 글씨가 깨알처럼 박혀 있었다.

내 혼란을 너에게 드러낸 것이 미안해. 우리의 파리 여행을 망쳐버린 것이 미안해. 멜로드라마를 피하지 못한 것이 미안해. 두 번 다시 그 비행기에서처럼 울지 않을 것이고, 두 번 다시 그렇게 내 감정들 때문에 마음이 찢어지지는 않을 거야. 너는 나한테 무척 잘해주었어. 그것 때문에 나는 내내 울었어. 다른 남자 같았으면 나더러 지옥에나 가라고 욕을 했겠지만 너는 그러지 않았어. 그래서 너무나 어려웠어.

터미널에서 너는 어떻게 울면서도 그렇게 확신할 수 있느냐고 물었지. 이해해줘. 나는 이것이 계속될 수 없다는 것을 알았기 때문에 울었어. 하지만 여전히 나를 너에게 묶는 것이 너무 많아. 너는 사랑을 받을 자격이 있지만 나는 그것을 너에게 줄 수 없게 되어버렸어. 내가 너에게 사랑을 주지 못하는 상태를 계속 이어갈 수는 없다는 것을 깨달았어. 그것은 부당한 일이고, 우리 둘 다 파괴해버리게 될 거야.

정말 너한테 쓰고 싶은 편지는 쓸 수 없을 거야. 이 편지는 지난 며칠 동안 내가 머릿속에서 너에게 썼던 내용이 아니야. 너에게 그림을 그려주고 싶지만, 나는 펜 놀리는 솜씨가 별로 잖아. 내가 원하는 것을 말할 수 없을 것 같아. 네가 빈 부분을 채워주기를 바랄 뿐이야.

네가 보고 싶을 거야. 우리가 함께 나눈 것들은 누구도 빼앗을 수 없어. 우리가 함께 보낸 몇 달을 사랑했어. 모든 것이 초현실적으로 뒤섞여 보여. 아침 식사, 점심 식사, 오후의 전화, 일렉트릭에서 보낸 심야, 켄싱턴 가든스 산책. 어떤 것도 그것을 망치게 하고 싶지는 않아. 사랑을 할 때 중요한 것은 시간의 길이가 아니야. 느끼는 것과 하는 일이 모두 강렬해진다는 것이 중요한 거지. 나에게 그 시간은 삶이 다른 데 가 있지 않았던 몇 번 안 되는 시간 가운데 하나야. 너는 나한테 언제나 아름다울 거야. 아침에 잠을 깨서 네가 옆에 있는 것이 얼마나 기분 좋았는지 잊지 못할 거야. 나는 너에게 계속 상처를 주고 싶지 않을 뿐이야. 천천히 상해가는 모습만은 보고 싶지 않았어.

여기서 어디로 가야 할지 모르겠어. 크리스마스는 혼자 보내거나 아니면 부모님과 함께 보내겠지. 월은 곧 캘리포니아로 간다니 그렇게 되겠지. 그 사람을 비난하는 것은 부당한 일이니까 그러지 마. 월은 너를 무척 좋아하고 너를 엄청나게 존경하고 있어. 그 사람은 벌어진 일의 원인이 아니라 증상일 뿐이야. 지저분한 편지 용서해줘. 이 두서없는 편지를 보면 내가 너와 함께했던 방식이 어떤 것이었는지 기억나겠지. 나를 용서해 줘. 너는 나한테 너무 잘해주었어. 우리가 계속 친구로 남았으면 좋겠어. 내 모든 사랑으로……

7. 편지는 아무런 위안이 되지 않았다. 기억만 새롭게 할 뿐. 편지에서 그녀의 말의 억양과 악센트를 느낄 수 있었고, 그와 더불어 그녀의 얼굴 모습, 그녀의 살갗 냄새가 되살아났다. 그리고 아직 아물지 않은 상처도. 나는 그 편지의 최종성 때문에, 확인되고 분석되고 과거 시제로 바뀌어버린 상황 때문에 울었다. 그녀의 구문에서 묻어나는 의심과 양면성을 느낄 수 있었지만, 그럼에도 메시지는 분명했다. 끝났다. 그녀는 끝난 것을 안타까워했지만, 사랑은 썰물이 되었다. 나는 배신감에 휩싸였다. 내가 그렇게 많은 것을 투자한 관계가 나의 느낌과는 관계없이 파산선고를 받았기 때문에 느끼는 배신감이었다. 클로이는 기회를 주지 않았다. 나는 나 자신에게 그렇게 주장했다. 새벽 4시 30분에 내 마음의 법정에서 그런 공허한 평결을 내리는 것이 얼마나 가망 없는 짓인지를 잘 알면서도. 아무런 계약이 없었음에도, 마음의 계약밖에 없었음에도, 나는 클로이의 신의 없는 짓에, 그녀의 이단에, 그녀가 다른 남자와 밤을 보낸 것에 상처를 입었다. 이런 일이 일어난다는 것이 도덕적으로 가능한가?

8. 사랑의 거부가 종종 도덕적 언어, 옳고 그름의 언어, 선

과 악의 언어의 틀 안으로 들어온다는 것은 놀라운 일이다. 마치 거부하거나 거부하지 않는 것, 사랑하거나 사랑하지 않는 것이 당연히 윤리의 한 지류에 속하기라도 하는 것처럼. 거부를 하는 사람에게는 악하다는 딱지가 붙고, 거부를 당한 사람은 선의 화신이 되는 일이 많다는 것은 놀라운 일이다. 클로이와 나의 행동 양쪽에도 이런 도덕적 태도가 얼마간 드러났다. 클로이는 자신의 거부를 정리하면서 나를 사랑할 수 없는 것을 악과 동일시했고, 내가 그녀를 사랑하는 것을 선의 증거로 여겼다. 따라서 내가 여전히 그녀를 바란다는 단 한 가지 이유로 나는 그녀에게 "너무 좋은" 사람이라는 결론이 내려졌다. 클로이가 그냥 예의로 말하는 것이 아니라 상당 부분 진심을 토로하고 있다고 가정할 때, 그녀는 자신이 나를 사랑하지 않는다는 이유 때문에 자신은 나에게 좋은 사람이 아니라는 윤리적 결론을 내렸다. 그것 때문에 그녀는 나보다 가치가 적은 사람이 되었다. 나는 여전히 그녀를 사랑한다고 느끼기 때문에 마음이 선한 남자였다.

9.   사랑의 거부가 아무리 불행한 일이라고 하더라도, 사랑을 이타성과 동일시하고 거부를 잔인성과 동일시할 수 있을까? 정말로 사랑을 선과 동일시하고 무관심을 악과 동일시할 수 있을까? 내가 클로이를 사랑하는 것은 도덕적이고, 그녀가 나를 거부하는 것은 비도덕적일까? 그녀가 나를 거부하면서 죄책감을 느낀 것은 사랑을 내가 이타적으로 그녀에

게 준 것으로 보기 때문에 생긴 일이었다. 나의 선물에 이기적인 동기가 있었다면, 클로이도 똑같이 이기적인 동기에서 관계를 끝내는 것을 정당화할 수 있었을 것이다. 그런 관점에서 본다면 사랑의 종말은 이타주의와 이기주의, 도덕성과 비도덕성 사이의 충돌이라기보다는 근본적으로 이기적인 두 충동 사이의 충돌로 나타난다.

10. 이마누엘 칸트에 따르면 도덕적 행동이 비도덕적 행동과 구별되는 것은 그것이 고통이나 쾌락과는 관계없이 의무감에서 이루어진다는 사실 때문이다. 나의 행동에 대한 보상을 고려하지 않고, 오직 의무감에만 인도되어 어떤 행동을 할 때 나는 도덕적이다. "어떤 행동이 도덕적으로 선하기 위해서는 그것이 도덕률에 일치한다는 것만으로는 충분하지 않다. 그 행동이 도덕률을 위해서 이루어져야 한다."* 기질의 결과로 이루어진 행동은 도덕적이라고 할 수 없다. 이것은 경향에 기초한 도덕성이라는 공리주의적 관점을 정면으로 거부하는 주장이다. 칸트 이론의 핵심은 도덕성이란 어떤 행동을 수행하는 **동기**에서만 찾을 수 있다는 것이다. 어떤 사람을 사랑하는 것은 어떤 예상되는 보답에 관계없이 사랑을 할 때에만, 사랑을 주기 위한 목적으로 사랑을 줄 때에만 도덕적이다.

---

* *Groundwork of the Metaphysic of Morals,* Immanuel Kant(Harper Torchbooks, 1964).

11. 내가 클로이를 부도덕하다고 말한 것은 그녀가 매일 그녀에게 위로, 격려, 지원, 애정을 주는 사람의 관심을 거부했기 때문이다. 그러나 그녀가 이런 것에 퇴짜를 놓는다고 해서 **도덕적인** 의미에서 무슨 비난을 할 수 있을까? 큰 비용을 들이고 희생을 하여 선물을 줄 때 그것을 물리친다면 틀림없이 비난이 뒤따를 것이다. 그러나 사랑을 주는 사람도 받을 때 느끼는 것과 같은 기쁨을 맛보았다면, 이것이 과연 도덕적인 언어를 사용할 문제일까? 사랑이 일차적으로 이기적인 동기에서 주어지는 것이라면[즉 상대의 유익을 위한 마음에서 생겨났다고 하더라도 결국 자신의 유익을 위한 것이라면], 적어도 칸트의 눈으로 볼 때 그것은 도덕적인 선물이 아니다. 내가 클로이를 사랑했다고 해서 내가 그녀보다 낫다고 할 수 있을까? 물론 그렇지 않다. 비록 내 사랑에 희생이 포함되었다고 해도, 나는 그렇게 하는 것이 행복했기 때문에 그녀를 사랑했을 뿐이다. 나는 순교를 한 것이 아니다. 나는 의무이기 때문이 아니라 그렇게 하는 것이 내 경향에 완벽하게 들어맞았기 때문에 그렇게 행동했을 뿐이다.

12. 우리는 공리주의자들처럼 사랑하며 시간을 보냈다. 침실에서 우리는 플라톤이나 칸트가 아니라 홉스와 벤담의 추종자였다. 우리는 초월적 가치가 아니라 선호에 기초해서 도덕적 판단을 했다. 홉스는 『법의 원리』에서 그것을 이렇게 표현했다.

모든 사람은 자기를 즐겁게 하고 자기에게 기쁨을 주는 것을 선이라고 부른다. 그리고 자기를 불쾌하게 하는 것을 악이라고 부른다. 사람이란 그 기질이 서로 다르기 때문에 선과 악의 일반적 구별에서도 서로 다를 수밖에 없다. **아가톤 하플로스**, 즉 그냥 좋다는 것은 있을 수 없다…….*

13. 나는 클로이가 **나를** "불쾌하게" 했기 때문에 클로이를 악이라고 불렀다. 그녀가 악한 존재로 타고났기 때문이 아니다. 나의 가치 시스템은 절대적 기준에 따라서 클로이의 범법을 설명한 것이라기보다는 어떤 상황을 **정당화하는** 것이었다. 나는 고전적인 도덕주의자의 잘못을 범한 셈인데, 니체는 이 점을 간결하게 요약했다.

무엇보다도 사람들은 동기와 관계없이 오로지 그 유용하거나 해로운 결과 때문에 개별적 행동들을 선하거나 악하다고 부른다. 그러나 사람들은 이렇게 부르게 된 계기를 잊어버리고, 선과 악이 결과에 관계없이 행동 자체에 내재된 특질이라고 믿게 된다…….**

---

* *Elements of Law,* Thomas Hobbes (Molesworth, 1839–1845).

** *Human, all too Human,* Friedrich Nietzsche (University of Nebraska Press, 1986).

나는 나에게 쾌락을 주느냐 고통을 주느냐에 따라서 클로
이에게 어떤 도덕적 딱지를 붙일 것이냐를 결정했다. 나는 세
계와 그녀가 이 세계 속에서 가지는 의무를 나의 이해관계에
따라서 판단하는, 자기 중심적인 도학자였다. 나의 도덕률은
나의 욕망의 승화된 형태일 뿐이었다.

14. 나는 독선적인 절망이 절정에 이르렀을 때 이렇게 물었
다. "사랑받는 것이 내 권리이고, 나를 사랑하는 것이 클로이의
의무가 아닐까?" 클로이의 사랑은 없어서는 안 되는 것이었
다. 침대에 들어갔을 때 내 곁에 그녀가 있다는 것은 자유나
삶의 권리와 마찬가지로 중요했다. 정부가 그 두 가지를 나
에게 보장해준다면, 왜 사랑의 권리는 보장해주지 않는가?
정부는 삶에 대한 권리와 언론의 자유를 그렇게 강조하지만,
나는 그 삶에 의미를 부여해주는 사람이 없다면 두 가지 모
두에 아무런 관심이 없는데. 사랑이 없다면, 내 이야기를 들
어줄 사람이 없다면, 산다는 것이 무슨 소용인가? 자유라는
것이 버림받을 자유를 의미한다면 자유란 대체 무엇인가?

15. 그러나 권리의 언어를 어떻게 사랑에까지 연장시킬 수
있으며, 사람들에게 어떻게 의무감에 따른 사랑을 강요할 수
있을까? 이 역시 낭만적 테러리즘, 낭만적 파시즘이 아닐까?
도덕성에도 경계가 있음에 틀림없다. 그것은 고등법원이 다
룰 문제이지, 잘 먹고, 좋은 집에 살고, 책을 너무 많이 읽은

감상주의자가 가슴이 찢어질 듯한 이별 때문에 한밤중에 흘리는 짠 눈물로 다룰 문제가 아니다. 나는 공리주의자처럼 이기적으로, 자발적으로 사랑을 했을 뿐이다. 만일 공리주의에서 어떤 행동이 최대 다수의 최대 행복을 만들어낼 때에만 옳은 것이라고 말한다면, 내가 클로이를 사랑하는 데서 생기는 고통과 그녀가 사랑을 받음으로 인해서 생기는 고통은 우리의 관계가 단지 도덕과는 관계없는 것일 뿐 아니라, 부도덕해지기까지 했다는 가장 분명한 표시였다.

16. 분노가 비난과 결합될 수 없었던 것은 불행한 일이다. 나는 나의 고통 때문에 범법자를 찾으려고 했으나, 클로이에게 책임을 물을 수는 없었다. 나는 인간들은 서로 소극적 자유의 관계, 즉 상대를 해치지 않는다는 의무관계에 있으며, 당연한 이야기이지만, 원치 않는다면 억지로 서로 사랑하게 할 수는 없는 관계에 있다고 배웠다. 나는 원시적인 믿음 때문에 나의 분노가 다른 사람을 비난할 자격을 준다고 느꼈지만, 결국 비난은 선택과 연결될 수밖에 없으며, 선택이 없는 곳에는 비난도 없음을 인정했다. 당나귀가 노래를 못 한다고 당나귀에게 화를 낼 수는 없는 노릇이다. 당나귀는 나면서부터 콧김을 뿜는 것 외에 다른 기회를 얻지 못했기 때문이다. 마찬가지로 어떤 사람이 사랑을 한다거나 하지 않는다는 이유로 비난을 할 수는 없다. 그것은 그 사람의 선택, 따라서 책임을 넘어선 일이기 때문이다. 물론 사랑에서 퇴짜를 맞는

것은 원래부터 노래를 못 하는 당나귀보다 견디기 힘들다. 나에게 퇴짜를 놓은 사람이 한때는 사랑을 하던 모습을 보았기 때문이다. 다시 말해서 당나귀는 원래부터 노래를 부를 줄 모르기 때문에 당나귀가 노래를 하지 않는다는 비난을 삼가는 것도 그만큼 쉽다는 뜻이다. 그러나 나에게 퇴짜를 놓은 사람은 사랑을 한 적이 있다. 바로 얼마 전에. 그것 때문에 나는 더 이상 너를 사랑할 수 없어라는 주장의 현실성은 더욱더 소화하기가 힘들다.

17. 사랑의 보답을 받을 수 없게 되자 사랑을 받고 싶다는 오만이 생겨났다. 나는 내 욕망만 가지고 홀로 남았다. 무방비 상태에, 아무런 권리도 없이, 도덕률도 초월해서, 충격적일 정도로 어설픈 요구만 손에 든 모습으로. 나를 사랑해다오! 무슨 이유 때문에? 나에게는 흔히 써먹는 지질하고 빈약한 이유밖에 없었다. 내가 너를 사랑하니까······.

심리적 운명론

1. 무엇인가 비참한 일이 일어날 때면 우리는 왜 하필이면 내가 이런 끔찍하고 견딜 수 없는 벌을 받는 것인지 이해하려고 일상적인 인과론적 설명을 넘어서는 설명을 찾게 된다. 참담한 사건일수록 객관적으로 보면 가당치도 않은 의미를 가져다붙이게 되고, 심리적 운명론으로 빠져드는 경향도 강해진다. 나는 비통함 때문에 당황하고 진이 빠진 상태에서 의문부호들 때문에 숨이 막힐 지경이었다. "왜 나인가? 왜 이런 일이? 왜 지금?" 나는 과거를 샅샅이 뒤져 이런 일의 유래, 조짐, 잘못된 행동 등, 내가 입은 상처를 설명할 수 있는 것은 무엇이든 찾아내려고 했다.

2. 나는 일상의 낙관주의를 버릴 수밖에 없었다. 텔레비전과 신문도 접었다. 직장에는 휴가를 냈다. 나는 천 년을 마무

리하는 재앙에 마음을 빼앗겼다. 지진, 홍수, 조류독감 등의 위험들. 나는 만물의 무상함을 느꼈다. 문명이 환각 위에 세워진 것 같았다. 행복 속에서 현실에 대한 격렬한 부정을 보았다. 나는 회사로 출퇴근하는 사람들의 얼굴을 빤히 들여다보며, 왜 그들은 자신의 무의미함에 괴로워하지 않는지 의아해했다. 나는 역사의 고통을, 구역질나는 노스탤지어에 싸여 있는 대학살의 기록을 이해했다. 과학자와 정치가, 뉴스 진행자와 주유소 종업원이 오만하다고 느꼈다. 회계사와 정원사들이 잘난 체한다고 생각했다. 나는 나 자신을 위대한 추방자들과 연결시켰다. 나는 캘리밴(셰익스피어의 『템페스트』에 나오는 반[半]짐승 반[半]인간/역주)과 디오니소스를 비롯해, 고름이 가득한 진실을 직시한다는 이유로 비난을 받는 존재들의 추종자가 되었다. 간단히 말해서, 나는 잠시 제정신이 아니었다.

3. 하지만 나에게 선택의 여지가 있었을까? 클로이가 떠남으로써 거의 모든 일에서 자신감이 흔들렸다. 나 자신의 운명을 통제하는 능력을 상실하고, 어린애같이 삐치기 잘하는 악마가 나를 장악한 느낌이었다. 그 악마는 나에게 웃음을 짓게 하고, 안심하라고 다독거린 뒤에, 바위에 메다꽂았다. 나는 이야기 속의 한 등장인물이 되었고, 그 이야기의 큰 구도를 바꾸는 것은 내 능력 범위 바깥의 일이었다. 나는 자유의지를 믿었던 오만을 회개했다.

4. 나는 다시 운명을 생각하게 되었다. 다시 사랑의 거의 신적인 본질을 느끼게 되었다. 사랑이 오고간 것 모두가[오는 것은 그지없이 아름답고, 가는 것은 그지없이 끔찍했다] 큐피드와 아프로디테의 게임의 노리개에 불과하다는 사실을 나에게 일깨워주었다. 견딜 수 없는 벌을 받은 나는 나의 죄가 무엇인지 찾아보았다. 그러나 내가 무슨 짓을 했는지 잘 몰랐기 때문에 무조건 잘못했다고 자백했다. 내 속을 샅샅이 뒤져 흉기를 찾아보았다. 건방졌던 태도 하나하나가 되살아나 머릿속을 떠나지 않았다. 일상적인 잔인하고 무심한 행동들. 신들은 그 어느 것도 놓치지 않았고, 이제 나에게 무시무시한 복수를 하기로 결정한 것이다.

5. 물론 고대 신화들은 죽었다. 우리는 신들이 우리 삶을 좌우한다고 믿지 않는 경향이 있다. 그러나 우리는 신들을 다른 것으로 바꾸어놓았다. 우리에게 일어나는 일들을 관장하는 매우 신비한 내적인 힘들이 있다고 굳게 믿게 된 것이다. 나는 사랑에서 행복을 얻을 수 없도록 심리적으로 저주를 받았다.

6. 내 악마들에게 이름을 부여한 것은 정신분석이었다. 정신분석은 삶이 종종 자기 의식에 도전하는 방식으로 펼쳐진다고 설명했다. 프로이트의 세계에서는 한 남자가 의식적으로는 한 여자를 사랑하려고 하면서 무의식적으로는 그녀를

다른 남자 품으로 밀어넣으려고 안간힘을 쓸 수도 있다. 클로이가 떠나자 우리 사랑 이야기의 새로운 해석이 머리를 내밀기 시작했다. 실패할 수밖에 없는 사랑 이야기, 실패할 것이기 때문에 선택된 사랑 이야기, 그 실패 속에 고전적인 가족 신경증의 패턴이 되풀이되는 사랑 이야기였다. 부모님이 이혼했을 때 어머니는 나에게 자신과 비슷한 불행한 덫에 걸리지 말라고 주의를 주었다. 어머니의 어머니도 비슷한 덫에 걸렸고, 어머니의 어머니의 어머니도 마찬가지였다는 이야기였다. 이것은 유전적인 심리적 저주가 아닐까? 나는 프로이트의 저주를 받은 사람이었다.

7. 저주의 핵심은 그 저주 아래서 괴로워하는 사람이 저주의 존재를 알 수 없다는 것이다. 그것은 마치 평생에 걸쳐 저절로 기록되는 그 개인 내부의 비밀 암호와 같다. 오이디푸스는 신탁에 의해서 아버지를 죽이고 어머니와 결혼할 것이라는 경고를 받았지만 의식적인 경고는 아무런 도움이 되지 않는다. 그 경고는 불길한 예측의 뇌관을 제거하지 못한다. 오이디푸스는 신탁의 예언에 대한 두려움 때문에 고향에서 추방당했으나, 그럼에도 이오카스테와 결혼하고 말았다. 그의 이야기는 그가 아니라 누군가가 그를 대신해서 한다. 저주는 의지를 무시한다.

8. 나는 무슨 저주 아래서 신음했을까? 다름 아닌 행복한

관계를 형성하지 못하는 저주이며, 이것은 근대 사회에 알려진 최대의 불행이기도 하다. 나는 사랑이라는 그늘진 숲에서 추방당해 죽는 날까지, 내가 사랑한 사람들을 나로부터 달아나게 만들었던 강박증을 떨쳐버리지 못한 채 땅을 배회할 수밖에 없었다. 나는 이 악의 이름이 무엇인지 찾아헤매다가, 어느 날 밤 정신분석 용어 사전의 **반복강박증** 항목에서 그 답을 찾았다.

> ……무의식에서 비롯된 통제 불가능한 작용. 이 작용의 결과 환자는 일부러 자신을 괴로운 상황에 가져다놓고 과거의 경험을 되풀이한다. 그러나 환자 자신은 이 원형을 기억하지 못한다. 오히려 환자는 그 상황이 현재 이 순간에 의해서 완전히 규정된다는 인상을 강하게 받는다.*

9. 정신분석만큼 우리에게 일어나는 일들이 무작위적이라는 생각으로부터 거리가 먼 철학은 없다[의미를 부정하는 것조차 의미가 있는 것이다]. 나는 클로이를 사랑했고, 그러다 클로이가 떠난 것이 아니다. 나는 클로이가 나를 **떠나도록** 그녀를 사랑했다. 태어나서 몇 달, 또는 몇 년 동안 나의 무의식 깊은 곳에서 하나의 패턴이 형성되었다. 아기는 어머니로부터 쫓

---

* *The Language of Psychoanalysis,* J. Laplanche, J. B. Pontails (Karnac Books, 1988).

거났거나, 어머니가 아기를 떠났다. 이제 남자는 똑같은 시나리오를 재창조했다. 배우들은 다르지만 플롯은 똑같았다. 애초에 내가 클로이를 선택한 것은 그녀의 웃음이라든가 그녀의 정신의 활기 때문이 아니었다. 내 삶의 심술궂은 캐스팅 감독인 무의식이 그녀에게서 필요한 양의 고통을 준 뒤에 무대를 떠나는 데 적합한 인물을 발견했기 때문이다.

10. 그리스 신들의 저주와는 달리, 심리적 운명론에서는 적어도 운명으로부터 탈출할 가능성을 제시해준다. 이드가 있는 곳에는 에고도 있을 가능성이 높다. 나에게 침대에서 일어날 힘만 있었어도 긴 의자까지 갈 수 있었을 것이고, 그곳에서 콜로노스의 오이디푸스처럼 나의 고통을 끝내기 시작했을 것이다. 그러나 나는 집에서 나가 도움을 구하는 데 필요한 만큼의 정신도 회복할 수가 없었다. 나는 심지어 이야기를 할 수도 없었다. 다른 사람들과 내 고통을 나눌 수가 없었다. 그 결과 나는 완전히 박살이 나고 말았다. 나는 침대에 몸을 웅크리고 누워 있었다. 블라인드는 내려놓았다. 조그만 소리나 빛에도 짜증을 냈다. 냉장고의 우유가 상했거나 서랍이 한번에 열리지 않으면 공연히 속이 상했다. 내 손아귀에서 모든 것이 빠져나가는 것을 지켜보며, 나는 조금이라도 통제력을 회복하는 유일한 길은 나 자신을 죽이는 것이라고 결론을 내렸다.

— 21 —

자살

1. 크리스마스 시즌이 다가왔다. 더불어 캐럴 가수들, 호의가 담긴 카드, 첫눈도 찾아왔다. 원래 클로이와 나는 요크셔의 작은 호텔에서 크리스마스 주말을 보낼 계획이었다. 호텔 팸플릿은 여전히 내 책상 위에 있었다. "요크셔의 아름다운 환경 속에 자리잡은 애비 코티지는 손님 여러분을 따뜻하게 환대합니다. 오크 나무 들보가 얹힌 거실의 벽난로 앞에 앉아보십시오. 황무지를 따라서 거닐어보십시오. 아니면 그냥 편안히 쉬시면서 저희들의 보살핌을 받아보십시오. 애비 코티지에서 보내는 휴가는 여러분이 호텔에서 늘 원했던 그 모든 것, 그리고 그 이상입니다."

2. 크리스마스 이틀 전, 그리고 나의 사망 몇 시간 전인 음침한 금요일 오후 5시에 윌 노트로부터 전화가 왔다.

"작별 인사를 하려고 전화했어. 주말에 샌프란시스코로 돌아갈 예정이야."

"그렇군."

"그래, 요즘 어때?"

"뭐?"

"괜찮냐고."

"괜찮냐고? 음, 그래, 그렇다고 말할 수 있지."

"너와 클로이 이야기 들었는데, 안타까운 일이야. 정말 안됐어."

"너와 클로이 이야기 들었는데, 정말 잘됐어."

"들었구나. 그래, 그냥 그렇게 되어버렸어. 너도 평소에 내가 클로이를 좋게 생각했다는 걸 알잖아. 그런데 언젠가 전화를 하더니 너희 둘이 헤어졌다고 하더라고. 그때부터 일이 진전되었지."

"흠, 그거 아주 멋진 일이야, 윌."

"그렇게 말해주니 기쁘군. 이 일이 우리 사이에 걸림돌이 되지 않았으면 좋겠어. 나는 좋은 우정을 포기하고 싶지 않거든. 나는 너희 둘이 다시 잘 되기를 바랐어. 다시 둘이 잘 지냈을 수도 있었을 텐데 말이야. 정말 안된 일이야. 어쨌든……크리스마스에는 뭘 할 거야?"

"집에 있을 것 같아."

"눈이 많이 올 거라고 하던데. 스키를 타러 갈 만한 때 아닌가?"

"지금 클로이하고 같이 있어?"

"클로이가 나와 같이 있냐고? 응, 아니, 그러니까 지금 같이 있지는 않다는 거야. 여기 있었는데 좀 전에 가게에 갔어. 크리스마스 폭죽 이야기를 했는데, 좋은 생각이라고 하더니 사오겠다고 나갔어."

"멋진 이야기로군. 클로이한테 안부 전해줘."

"우리가 이야기했다는 걸 알면 클로이도 좋아할 거야. 클로이가 나와 함께 크리스마스를 보내러 캘리포니아에 간다는 건 알지?"

"그래?"

"응, 그곳을 보면 좋아할 거야. 샌타바버라에서 우리 부모님과 이틀 정도 보낸 뒤에 사막에나 며칠 갈까 해."

"클로이는 사막을 좋아하지."

"그래. 클로이도 그러더군. 이봐, 이제 끊어야겠어. 명절 잘 보내. 나는 이제부터 이곳을 정리해야 하거든. 내년 가을쯤에 유럽에 다시 올지도 모르겠어. 그 전에도 궁금하면 전화할게……."

3. 나는 욕실로 가서 그동안 모아둔 알약을 모두 꺼내 부엌 식탁에 올려놓았다. 그 갖가지 알약에 기침약 몇 잔과 위스키. 이 정도면 이 제스처 게임을 완전히 끝내는 데 충분할 것 같았다. 이것보다, 사랑에서 버림받은 뒤에 자살하는 것보다 합리적인 반응이 어디 있겠는가? 클로이가 진정 내 삶의 모

든 것이었다면, 그녀 없이는 삶이 불가능하다는 것을 입증하기 위해서 삶을 끝내는 것이 정상적이지 않을까? 내가 존재의 의미라고 주장했던 사람이 샌타바버라의 산비탈에 집을 가진 캘리포니아 건축가를 위해서 크리스마스 폭죽을 사러 나가는 상황에서 매일 아침 잠을 깬다는 것은 부정직한 일이 아닐까?

4. 클로이와 헤어진 것 때문에 친구와 지인들이 진부한 동정의 말을 수도 없이 해주었다. 차라리 잘된 건지도 몰라. 어차피 다 헤어지기 마련이야. 정열이 평생 갈 수는 없는 거잖아. 살고 사랑하고 그러는 거지 뭐. 시간이 모든 것을 해결해줄 거야. 심지어 월조차도 특별한 일이 아니라는 듯이 이야기했다. 지진이나 눈이 내리는 것처럼. 자연이 우리를 시험하러 보낸 어떤 현상이기 때문에 그 불가피성에 도전한다는 것은 생각도 할 수 없는 것처럼. 나의 죽음은 정상적인 것에 대한 폭력적 부정이 될 터였다. 다른 사람들은 잊지만, 나는 잊지 않는다는 것을 보여줄 터였다. 나는 시간의 부식으로 인해서 모난 부분이 다듬어지는 것을 피하고 싶었다. 나는 고통이 영원히 계속되기를 바랐다. 그래야 불타버린 신경의 말초를 통해서 클로이와 관련을 맺을 수 있었기 때문이다. 나는 오직 나의 죽음을 통해서만 내 사랑의 중요성과 불멸을 주장할 수 있었다. 비극에 싫증을 내는 세상을 향하여 자기 파괴를 보여줄 때만 사랑은 치명적일 정도로 심각한 문제라는 것

을 일깨울 수 있었다.

5.   지금 시간은 7시. 아직 눈이 내리고 있다. 눈은 담요처럼
도시를 덮기 시작했다. 눈이 나의 수의가 될 것이다. 이 글을
읽는 사람들은 살아 있을 것이지만, 이 글을 쓴 사람은 이미
죽었을 것이다. 나는 유서를 쓰면서 그렇게 생각했다. 이것이
내가 너를 사랑한다고 말할 수 있는 유일한 방법이었다. 나는 성
숙한 사람이기 때문에 이 일로 너를 탓하고 싶지 않다. 너도 내가
죄책감을 어떻게 생각하는지 알 것이다. 네가 캘리포니아에서 즐
겁게 지내기를 바란다. 산이 무척 아름답겠지. 나도 네가 나를 사
랑할 수 없다는 것은 안다. 그러나 내가 너의 사랑 없이는 살 수
없다는 것도 이해해다오……. 유서는 많은 초고를 거쳤다. 내
옆에는 구겨진 종이가 잔뜩 쌓여 있었다. 나는 잿빛 외투를
뒤집어쓰고 부엌 식탁에 앉아 있었다. 부들부들 떠는 냉장고
만이 유일한 친구였다. 갑자기 나는 알약들이 든 통으로 손
을 뻗어 통째로 집어삼켰다. 나중에야 그것이 거품이 이는 비
타민 C 알약 스무 알이라는 사실을 알게 되었다.

6.   나는 내 온기를 잃은 몸이 발견된 직후 경찰이 클로이를
방문할 것이라고 상상했다. 그녀의 얼굴에 나타난 충격의 표
정을 상상할 수 있었다. 윌 노트는 더러워진 시트를 둘러쓰
고 침실에서 나와 물을 것이다. "무슨 일 있어?" 그러면 클로
이는 대답할 것이다. "응, 맙소사, 있어!" 그런 뒤에 눈물을 쏟

기 시작할 것이다. 곧이어 뼈저린 후회와 가책이 뒤따를 것이다. 클로이는 나를 이해하지 못한 것 때문에, 너무 잔인했던 것 때문에, 너무 근시안적이었던 것 때문에 자신을 책망할 것이다. 이제까지 그녀를 위해서 자신의 목숨을 바칠 만큼 헌신적인 남자가 있었던가?

7. 인간은 감정을 제대로 표현하지 못하며, 그 바람에 자살을 할 수 있는 유일한 동물이 되었다. 성난 개는 자살을 하지 않는다. 자신을 화나게 한 사람이나 물건을 물어뜯는다. 그러나 성난 인간은 침울하게 방 안에 틀어박혔다가 말 없는 종이 한 장만을 남기고 총으로 자신을 쏜다. 인간은 상징적이고 비유적인 피조물이다. 나는 내 분노를 전달할 수 없었기 때문에 나 자신의 죽음으로 그 분노를 상징하려고 했다. 나는 클로이에게 상처를 주느니 차라리 나 자신에게 상처를 주는 쪽을 택했다. 나 자신을 죽여 그녀가 나한테 한 일이 무엇인지 내 몸으로 보여주려고 했다.

8. 입에서 거품이 일었다. 목구멍에서 오렌지 거품들이 태어나 공기와 접촉을 하면서 폭발했다. 탁자와 셔츠 칼라는 밝은 오렌지색 막으로 뒤덮였다. 나는 말없이 산(酸)의 화학작용을 지켜보다가 자살의 비일관성을 깨달았다. 나는 삶과 죽음 사이에서 선택을 하고 싶어한 것이 아니다. 나는 단지 클로이에게, 비유적으로 말해서, 그녀 없이는 살 수 없다는

것을 보여주고 싶을 뿐이었다. 그러나 죽음이란 말 그대로 죽는 것이었기 때문에 나에게 상대가 그 비유를 읽어내는 것을 볼 기회를 주지 않는다는 점이 아이러니였다. 나는 죽음으로 인한 무능력 때문에 [적어도 세속적인 틀에서는] 산 사람이 죽은 사람을 바라보는 모습을 바라볼 기회를 박탈당하게될 판이었다. 다른 사람들이 그것을 지켜보는 광경을 지켜볼수도 없다면 그런 장면을 연출한다는 것이 무슨 소용이 있을까? 나는 내 죽음을 그려보면서 나 자신의 소멸을 바라보는 관객 역할을 맡는 것을 상상했다. 그러나 그것은 현실에서는 절대 일어날 수 없는 일이었다. 나는 죽었기 때문에 내 궁극적 소망을 실현할 수 없었다. 즉 **죽은 동시에 살아 있을 수가** 없었던 것이다. 내가 얼마나 화가 났는지를 온 세상 사람에게, 특히 클로이에게 보여줄 수 있으려면 죽어야 했다. 그러나 나의 죽음이 클로이에게 준 충격을 보고 화를 풀려면 나는 살아 있어야 했다. 그것은 사느냐 죽느냐의 문제가 아니었다. 햄릿에 대한 내 대답은 사는 동시에 죽어야 한다는 것이었다.

9. 어떤 식으로든지 자살하는 사람들은 아마 이 등식의 두 번째 부분을 잊고, 죽음을 삶의 연장[자기 행동의 결과를 지켜볼 수 있는 일종의 내세로]으로 보고 있을 것이다. 나는 싱크대로 비틀거리며 걸어갔고, 내 위는 수축되면서 거품이 이는 독을 토해냈다. 자살의 쾌락은 유기체를 죽이는 끔찍한 일에

있는 것이 아니라, 내 죽음에 대한 다른 사람들의 반응[클로
이는 내 무덤가에서 울고, 윌은 눈길을 피하겠지. 둘 다 호두나무
로 만든 내 관에 흙을 뿌리겠지]에 있었다. 따라서 나 자신을 죽
이는 것은 죽게 되면 나의 소멸이라는 멜로드라마로부터 어
떤 기쁨도 얻지 못한다는 사실을 잊어버린 행동일 터였다.

— 22 —

예수 콤플렉스

1. 고뇌에 괜찮은 면이 있다고 한다면, 그것은 이런 비참한 상황을 나 자신이 특별하다는 증거[아무리 부당한 증거라고 하더라도]로 받아들일 수도 있다는 것이다. 그렇지 않다면 달리 왜 내가 이런 엄청난 괴로움을 겪도록 선택되었겠는가? 이것이야말로 내가 고통을 겪지 않는 사람들과는 다르다는 증거, **따라서 어쩌면 그들보다 낫다는 증거가 된다.**

2. 나는 크리스마스 기간 동안 도저히 내 아파트에서 혼자 있을 수가 없었다. 그래서 베이스워터 로드의 작은 호텔에 투숙했다. 작은 가방에 책 몇 권과 옷가지를 넣어 갔다. 그러나 책을 읽지도 않았고 옷을 입지도 않았다. 매일매일 하얀 목욕 가운을 입고 침대에 누워서 텔레비전 채널을 돌리고, 룸서비스 메뉴를 읽고, 거리에서 들려오는 의미 없는 소리에

귀를 기울였다.

3. 처음에는 그 소리를 아래쪽에서 들려오는 자동차들의
신음과 구별하기 힘들었다. 자동차 문이 소리를 내며 닫히는
소리, 트럭이 1단 기어로 바뀌는 소리, 보도를 뚫는 압축공기
드릴 소리. 그러나 나는 차차 그 모든 소리 위로 완전히 다른
소리를 분간하게 되었다. 기름기로 번드르르한 침대 머리쪽
판자에 잡지 『타임』을 가져다대고 받쳐놓은 내 머리 근처 어
딘가에서 얇은 호텔 벽을 뚫고 들려오고 있었다. 아무리 부
인하려고 해도 [부인할 수도 있다는 것은 하늘이 안다] 옆방에서
들려오는 소리가 다름 아닌 인간 종이 짝짓기 의식을 하면서
내는 소리라는 것을 부인할 수 없게 되었다. 나는 생각했다.
　"빌어먹을! 저것들이 씹을 하고 있잖아!"

4. 다른 사람들이 그런 행위를 하는 소리를 듣게 될 경우,
듣는 사람이 어떤 태도를 취할 것인지는 합리적으로 예상해
볼 수 있다. 만일 듣는 사람이 젊고 상상력이 풍부하다면, 기
꺼이 벽 너머에 있는 남자와 동일시하는 과정을 밟아갈 것이
고, 더불어 시인의 마음으로 그 여자를 자신의 이상형—베아
트리체, 줄리엣, 샬롯, 테스—으로 구축해놓은 다음, 자신이
그 운 좋은 여자에게서 비명을 이끌어냈다고 자화자찬할 것
이다. 그렇지 않은 사람이라면 리비도의 이런 객관적인 기록
에 모욕감을 느끼고 고개를 돌린 다음 영국의 미래를 생각하

며 텔레비전의 볼륨을 높일지도 모른다.

5. 그러나 내 반응의 유일한 특징은 그 수동성이었다. 아니, 나는 그런 일이 벌어지고 있다는 사실을 인식하는 것 이상으로 반응을 밀고 나갈 수가 없었다. 클로이가 떠난 이후로 나는 인식 외에는 거의 아무런 일도 할 수가 없었다. 나는 놀라지 않는—이 말의 모든 의미에서—사람이 되었다. 심리학자들의 말에 따르면 놀람은 예상치 못한 것에 대한 반응이다. 그러나 나는 모든 것을 예상하게 되었고, 따라서 어떤 것에도 놀라지 않게 되었다.

6. 내 머릿속에는 무슨 생각이 스치고 있었을까? 다름 아닌 클로이의 자동차 라디오에서 들은 적이 있는 어떤 노래였다. 길게 뻗은 자동차 도로 끝으로 해가 지고 있을 때 들은 노래였다.

나는 사랑에 빠졌어, 달콤한 사랑,
내가 네 이름을 크게 부르는 것을 들어봐, 나는 부끄럽지 않아,
나는 사랑에 빠졌어, 달콤한 사랑,
제발 떠나지 마, 늘 이렇게 살아.

나는 나 자신의 슬픔에 취하게 되었다. 나는 고통의 성층권에 이르러 있었다. 고통이 가치로 드높여지고, 거기에서 예

수 콤플렉스로 미끄러져 넘어가는 순간이었다. 내 존재의 불행을 생각하자 남녀가 성교하며 내는 소리와 행복했던 시절의 노래가 커다란 눈물방울로 응축되어 흘러내리기 시작했다. 그러나 이 눈물은 이제 뜨거운 분노의 눈물이 아니었다. 내가 고통을 겪은 것은 나 자신 때문이 아니라 다른 사람들 때문이라는 확신, 눈이 먼 것은 내가 아니라 다른 사람들이라는 확신에 물든 눈물의 맛은 달콤쌉쌀했다. 나는 고양되었다. 고통이 정점을 넘어버리자 기쁨의 골짜기가 나타났다. 순교자의 기쁨, 예수 콤플렉스의 기쁨이었다. 나는 클로이와 윌이 캘리포니아를 여행하는 모습을 상상하고, 옆방에서 "좀 더", "더 세게"를 요청하는 소리에 귀를 기울이면서, 슬픔의 술에 취해갔다.

7. "어떤 사람이 만인으로부터 이해를 받는다면 그 사람을 위대하다고 할 수 있을까?"

나는 신의 아들의 운명을 생각하며 자문해보았다. 클로이가 나를 이해하지 못했다고 해서 계속 나만 탓할 수 있는 것일까? 그녀가 나를 찬 것은 나에게 결함이 많다는 증거라기보다는 그녀가 근시안적이라는 표시였다. 내가 꼭 해충이고 그녀가 천사일 필요는 없었다. 그녀가 캘리포니아의 삼류 르 코르뷔지에(Le Corbusier, 1887-1965, 스위스 출신의 프랑스 건축가/역주)에게 가기 위해서 나를 버렸다는 것은 그녀가 너무 천박해서 나를 이해하지 못했다는 증거일 뿐이었다. 나는 그녀의 성격을 재해석하기 시작했다. 내가 가장 기분 나쁘게 여기는 측면들에 집중했다. 그녀는 결국 이기적이었다. 그녀의 매력이라는 것은 실제로는 매력이 없는 본질을 감추는 피상적인 가리개에 불과했다. 사람들이 그녀의 유혹에 넘어가 그녀를 사랑할 만한 존재라고 생각하게 된다고 해도, 그것은 사랑할 만한 어떤 진정한 기초가 있기 때문이라기보다는 그녀의 재미있는 대화 솜씨와 착해 보이는 미소 때문일 뿐이었다. 다른 사람들은 나처럼 그녀를 잘 알지 못했다. 그녀는 [비록 그때는 내가 미처 깨닫지 못했지만] 원래 자기 중심적이었고, 신랄한 편이었고, 때로는 인정머리가 없었고, 남을 생각할 줄 모르는 경우가 많았고, 가끔 퉁명스러웠고, 피곤할 때는 짜증을 냈고, 자기 뜻대로 하고 싶을 때는 독단적이었고, 나를 차기로 결정했을 때는 무분별하고 요령이 없었다.

8.   고통을 겪으면서 무한히 지혜로워진 나는 물론 그녀가 판단력이 부족하다는 것을 알지만 그래도 그녀를 용서하고, 동정하고, 그녀에게 선심을 쓸 수 있었다. 그렇게 하는 것이 나에게 무한한 안도감을 주었다. 나는 라일락색과 녹색으로 꾸며진 호텔 방에 누워서 나 자신의 미덕과 위대함을 느끼며 흐뭇해했다. 나는 클로이가 이해할 수 없는 그 모든 것 때문에 클로이를 동정했다. 다 안다는 듯이 우울한 표정으로 싱긋 웃으며 사람들이 가는 길을 지켜보고 있는 무한히 지혜로운 존재로서.

9. 왜 나의 콤플렉스, 모든 결함과 수모를 그 정반대의 것으로 바꾸어버리는 왜곡된 심리적 술수에 예수의 이름이 붙은 것일까? 나의 고통을 젊은 베르테르나 마담 보바리나 스완의 고통과 동일시할 수도 있었다. 그러나 이 상처받은 사람들은 예수와 경쟁할 수가 없었다. 예수는 그가 사랑하려고 했던 사람들의 악과 대비되는 순결한 미덕과 의문의 여지 없는 선을 지닌 존재였기 때문이다. 예수가 그렇게 매력적인 인물이 된 것은 단지 르네상스 화가들이 그려놓은 울 듯한 눈과 창백한 안색 때문만이 아니다. 중요한 것은 예수가 착하고 완전히 의로운 존재이면서 **동시**에 배반당한 인물이라는 점이다. 신약성서가 비애감을 주는 것은 그것이 내 사랑의 이야기와 마찬가지로 모든 덕을 갖추었지만 그럼에도 오해받은 존재의 슬픈 이야기이기 때문이다. 그 인물은 모든 사람에게 이웃을 사랑하라고 가르쳤지만, 사람들은 그 관대한 메시지를 그의 면전에 내던져버렸다.

10. 기독교의 정점에 순교자가 없었다면 기독교가 그렇게 성공을 거둘 수 있었을까? 예수가 갈릴리에서 옷장이나 식탁을 만들며 조용한 삶을 보내다가, 말년에 가서 심장마비로 죽기 전에 『나의 인생론』이라는 얄팍한 책을 펴냈더라면 그가 현재와 같은 지위에 올라설 수 있었을까? 십자가 위에서의 고통스러운 죽음, 로마 당국의 부패와 잔혹, 친구들의 배반—이 모든 것이 예수가 신을 자기편으로 둔 사람이라는

증거[역사적이라기보다는 심리적 증거]를 구성하는 데에 불가결한 요소들이었다.

11. 자신의 미덕에 대한 느낌은 고통이라는 비옥한 토양에서 자연스럽게 자라난다. 고통을 겪으면 겪을수록 덕은 커진다. 예수 콤플렉스는 우월감과 얽혀 있다. 저항할 수 없는 압제와 맹목에 맞서 패배자가 더 큰 덕에 호소하며 느끼는 우월감이다. 나는 사랑하던 여자에게 차이고 난 뒤, [오후 3시에 침대에 자빠져서] 내 고통을 하나의 자질로 고양시켰다. 덕분에 내 슬픔을 흔해빠진 세속적인 낭만적 결별의 결과물로 경험하지 않을 수 있었다. 클로이가 떠나는 바람에 나는 죽을 뻔했다. 그러나 어쨌든 나는 도덕적으로 높은 자리라는 영광스러운 지위에 올라갈 수 있었다. 나는 순교자였다.

12. 예수 콤플렉스는 마르크스주의의 정반대편에 자리잡고 있다. 자기 증오에서 생겨난 마르크스주의 때문에 나는 나를 받아들이려는 어떤 클럽의 회원이 되지 못했다. 예수 콤플렉스 역시 나를 클럽 문간에 들어가지 못하게 하지만, 그것은 엄청난 자기 사랑의 결과이며, 내가 클럽에 들어갈 수 없는 것은 내가 너무 특별하기 때문이라고 설명한다. 대부분의 클럽들은 천박하기 때문에 당연히 위대한 존재, 지혜로운 존재, 감수성이 예민한 존재, 클럽 문 밖에 남겨지거나 여자 친구에게서 버림받은 존재를 제대로 평가하지 못한다. 나의 우

월감의 일차적 근거는 내 고립과 고통이었다. 나는 고통을 겪는다, 고로 나는 특별하다. 나는 이해받지 못하지만, 바로 그 이유 때문에 더 크게 이해받을 만한 자격을 갖춘 것이 틀림없다.

13. 자기 혐오를 피해가려고 약점을 미덕으로 바꾸는 연금술에는 공감을 할 수밖에 없다. 나의 고통이 예수 콤플렉스로 진화한 것에는 틀림없이 어느 정도 건강한 면이 있었을 것이다. 자기 혐오와 자기 사랑 사이의 미묘한 내적 균형에서 이제 자기 사랑이 우세한 위치에 있었다. 클로이가 나를 버린 것에 대한 나의 최초의 반응은 자기 혐오적인 것이었다. 우리 관계를 풀어나가는 데 실패한 것을 생각하면서 나는 계속 클로이를 사랑했고 나 자신을 미워했다. 그러나 예수 콤플렉스가 생기면서 그 등식이 뒤집혀, 이제 클로이가 나를 찬 것은 클로이를 경멸할 만한, 잘해야 동정할 [기독교 미덕의 모범] 만한 증거로 해석되었다. 예수 콤플렉스란 자기 방어 메커니즘에 불과했다. 나는 클로이가 나를 떠나기를 바라지 않았고, 그 어떤 여자보다 클로이를 사랑했는데, 이제 그녀는 캘리포니아로 날아갔다. 내가 그 견딜 수 없는 상실을 받아들이는 방법은 처음부터 그녀가 그렇게 가치 있는 존재는 아니었다고 뒤집어버리는 것이었다. 그것은 물론 거짓말이었다. 그러나 버림받아 절망적인 상태일 때, 옆방에서 들려오는 행복에 겨운 오르가슴 소리에 귀를 기울이며 호텔 방에서 혼자 크리스마스를 보낼 때, 정직은 도저히 감당할 수 없는 것이다.

23

생략

1. 영혼은 낙타의 속도로 움직인다는 아랍 속담이 있다. 우리 대부분은 시간표와 다이어리의 엄격한 요구에 이끌려 가지만, 마음의 자리인 영혼은 기억의 무게에 힘겨워하며 노스탤지어에 젖어서 느릿느릿 뒤따라온다. 만일 모든 연애가 낙타에게 짐을 더 얹는 것이라면, 사랑의 짐의 의미에 따라서 영혼의 속도는 더 느려진다고 생각할 수도 있다. 나의 낙타가 마침내 클로이의 기억이라는 엄청난 무게를 떨쳐버렸을 때, 낙타는 죽기 직전의 상태였다.

2. 클로이가 떠나는 것과 더불어 현재를 따라가고자 하는 모든 욕망도 사라졌다. 나는 노스탤지어에 젖어서 살았다. 그 말은 내 삶을 그녀와 함께했던 삶과 관련지어서만 생각했다는 뜻이다. 나는 눈을 감고 살았다. 내 눈은 뒤로, 안으로

기억을 향해 있었다. 나는 그 낙타를 따라 기억의 모래언덕들 사이를 구불구불 나아가며, 가끔 매혹적인 오아시스에 들러 행복했던 시절의 이미지들을 들추며 여생을 살고 싶었다. 현재는 나에게 줄 것이 아무것도 없었다. 과거만이 내가 살아갈 수 있는 시제가 되었다. 현재라는 것은 과거 옆에 가져다놓으면 지금은 없는 사람의 기억을 되살려내며 나를 조롱할 뿐이었다. 미래라는 것은 더욱더 비참한 부재 상태를 의미할 뿐이었다.

3.   과거의 기억에 푹 잠겨 있을 때에는 가끔 클로이가 없는 현재를 보지 않을 수 있었다. 헤어짐이 없었던 것 같은, 우리가 여전히 함께하는 것 같은 환각에 빠지기도 했다. 언제라도 전화를 걸어서 오디온으로 영화를 보러 가자거나 공원에 산책을 하러 가자고 말할 수 있을 것 같았다. 나는 클로이가 캘리포니아 남부의 작은 도시에서 윌과 함께 살기로 결정했다는 사실을 무시하는 쪽을 택했다. 마음은 사실에 대한 기록으로부터 물러나 환희, 사랑, 웃음이 가득했던 목가적 시절에 대한 환상으로 빠져들었다. 그러다가 갑자기 어떤 일이 벌어져서 나는 클로이가 없는 현재로 거세게 내동댕이쳐지곤 했다. 전화벨이 울려서 전화를 받으러 가는 길에 욕실에 클로이가 빗을 두었던 자리가 이제는 비어 있다는 사실이 눈에 들어오곤 했다[마치 처음 발견하는 것처럼, 처음 깨달았을 때의 그 고통이 모조리 되살아났다]. 빗이 없다는 사실이 심장을

찌르는 단검처럼 그녀가 떠났다는 사실을 일깨워주었고, 나는 도저히 견딜 수가 없었다.

4. 우리가 함께했던 외적 세계의 많은 부분, 따라서 클로이가 여전히 얽혀 있는 부분이 그대로 남아 있었기 때문에 클로이를 잊는 일은 더욱 어려웠다. 부엌에 서 있다 보면 갑자기 주전자에 물을 채우던 클로이의 기억이 떠오르고, 슈퍼마켓 선반에서 토마토케첩을 보면 이상한 연상이 일어나면서 몇 달 전 비슷한 쇼핑을 했던 기억이 떠올랐다. 어느 날 저녁 늦게 해머스미스 고가도로를 넘어가다가 똑같이 비가 오던 날 밤 같은 길을 운전했던 기억이 떠오르면서, 그때와의 차이는 단지 클로이가 차 안에 없다는 것뿐임을 깨닫게 되었다. 소파 베개의 배치는 클로이가 피곤할 때 머리를 누이던 모습을 떠오르게 했으며, 책꽂이의 사전을 보면 모르는 단어가 나올 때 반드시 찾아보던 클로이의 버릇이 기억났다. 일주일 가운데 우리가 관례적으로 함께 행동하던 때가 돌아오면 과거와 현재의 평행선을 고통스럽게 떠올릴 수밖에 없었다. 토요일 아침의 미술관 순례, 금요일 밤의 클럽, 월요일 저녁의 텔레비전 프로그램…….

5. 물리적 세계는 내가 잊는 것을 허락하지 않았다. 인생은 예술보다 잔인하다. 예술에서는 보통 물리적 환경이 등장인물의 정신적 상태를 반영한다. 가르시아 로르카(García Lorca,

1898-1936, 스페인의 시인, 극작가/역주)의 연극에서 누군가가 하늘이 흐리고 어둡고 잿빛이라고 말하면, 그것은 순수한 기상학적 관찰이 아니라 심리적 상태의 상징이다. 인생은 우리에게 그런 손쉬운 표지들을 제공하지 않는다. 폭풍이 다가온다. 그러나 이것은 죽음과 붕괴의 전조와는 거리가 멀다. 비가 창문을 때려대는 동안에도 어떤 사람은 사랑과 진실, 아름다움과 행복을 발견할 수 있다. 마찬가지로 따뜻하고 아름다운 여름날에도 구불구불한 길에서 자동차가 순간적으로 통제력을 잃어서 나무를 들이박고 승객들은 치명적인 부상을 당할 수도 있다.

6. 외적 세계는 나의 내적인 기분을 따라와주지 않았다. 나의 사랑 이야기의 배경이 되어주던 건물들, 사랑 이야기에서 끌어낸 감정들로 활기를 불어넣었던 건물들은 나의 내적인 상태가 바뀌었다고 해서 그것을 반영하기 위하여 겉모습을 바꾸어주지 않았다. 버킹엄 궁전으로 가는 길에 늘어서 있는 똑같은 가로수들, 주택가 도로를 따라서 놓여 있는 똑같은 치장벽토를 바른 주택들, 하이드 파크의 똑같은 서펜타인 연못, 똑같은 청잣빛 푸르름으로 물든 똑같은 하늘, 똑같은 거리를 지나가는 똑같은 자동차들, 거의 똑같은 사람들에게 거의 똑같은 물건을 파는 똑같은 상점들.

7. 변화의 거부는 세계가 내 영혼을 반영하지 않는다는 것,

내가 거기 살든 살지 않든, 행복하든 불행하든, 살아 있든 죽었든 관계없이 움직여가는 독립된 실체임을 일깨워주었다. 세상이 내 기분에 따라서 표정을 바꾸어주기를 기대할 수는 없었다. 거리를 이루는 거대한 돌덩이들이 내 사랑의 이야기에 조금이라도 신경을 써주기를 기대할 수는 없었다. 세상은 내 행복에 기꺼이 편의를 제공했지만, 이제 클로이가 떠났다고 해서 무너져내리지는 않았다.

8. 그러다가, 불가피하게, 나는 잊기 시작했다. 그녀와 헤어지고 나서 몇 달 뒤, 나는 런던의 그녀가 살던 동네에 갔다가, 그녀에 대한 생각이 전처럼 괴롭지는 않다는 것을 깨달았다. 심지어 내가 그녀를 먼저 생각하는 것이 아니라[바로 그녀가 살던 동네였음에도], 근처 레스토랑에 잡아놓은 약속을 먼저 생각하고 있음을 깨달았다. 클로이의 기억이 중화되면서 역사의 일부가 되어간다는 것을 깨달았다. 그러나 이런 망각에는 죄책감이 뒤따랐다. 이제 나를 괴롭히는 것은 그녀의 부재가 아니라, 내가 그녀의 부재에 무관심해진다는 것이었다. 망각은 내가 한때 그렇게 귀중하게 여겼던 것의 죽음, 상실, 그것에 대한 배신을 일깨워주는 것이었다.

9. 나는 점진적으로 자아를 다시 정복하기 시작했다. 새로운 습관들이 만들어졌고, 클로이 없는 정체성이 형성되었다. 나의 정체성은 오랫동안 "우리"를 둘러싸고 만들어졌기 때

문에, "나"로 돌아가려면 나 자신을 다시 만들다시피 해야 했다. 클로이와 내가 함께 쌓아올렸던 수많은 연상들이 희미해지는 데에는 오랜 시간이 걸렸다. 오랫동안 내 소파와 함께 지내고 나서야 클로이가 드레싱 가운을 입고 거기 누워 있던 이미지가 다른 이미지, 그 위에서 책을 읽고 있는 친구의 이미지라든가 내 외투가 가로놓여 있는 이미지로 바뀌었다. 이슬링턴을 수도 없이 걷고 나서야 이슬링턴이 클로이가 살던 곳일 뿐 아니라, 쇼핑을 하거나 저녁 식사를 하기에도 좋은 곳이라는 생각을 하게 되었다. 거의 모든 물리적 장소를 다시 찾아가, 클로이와 내가 나누었던 대화의 모든 주제를 다시 고쳐쓰고, 모든 노래와 모든 활동을 되풀이해야 했다. 그렇게 해야만 현재를 위해서 그것들을 재정복할 수 있었고, 그 연상들이 조성하는 위기를 해소할 수 있었다. 어쨌든 나는 차차 잊어갔다.

10. 클로이와 보낸 시간은 주름이 잡히며 폭이 좁아졌다. 수축하는 아코디언 같았다. 내 사랑 이야기는 얼음 덩어리와 같아서, 현재로 들고 오는 동안 차차 녹아버렸다. 그것은 마치 역사의 일부가 되어버린 현대의 사건, 역사가 되는 과정에서 몇 가지 중심적 세목으로 축소되어버린 사건 같았다. 그 과정은 마치 영화의 카메라가 1분에 수많은 프레임을 찍지만, 그 대부분은 버리고 수수께끼 같은 변덕을 따라 몇 가지 프레임—그 프레임 주위에 감정적 상태가 유착되어 있기 때

문에―을 선택하는 것과 같았다. 몇몇 교황이나 군주나 전투로 축소되고 상징되는 한 세기처럼, 나의 연애는 정제되어 몇 개의 아이콘적 요소[역사가들이 고르는 요소들보다는 무작위적이지만 마찬가지로 선택적인]만 남았다. 우리가 처음 키스를 할 때 클로이의 얼굴에 나타난 표정, 그녀의 팔의 솜털들, 리버풀 스트리트 역 입구에서 나를 기다리며 서 있던 모습, 하얀 풀오버 스웨터, 기차를 타고 프랑스를 여행하던 러시아인에 대해서 농담을 했을 때 그녀가 터뜨리던 웃음, 손으로 머리를 빗던 모습······.

11. 낙타는 시간을 따라 걸어가면서 짐이 점점 더 가벼워졌다. 계속 등에 실린 기억과 사진들을 흔들어 사막에 떨어뜨렸고, 바람이 그것들을 모래 속에 묻어버렸다. 낙타는 점점 더 가벼워져서 나중에는 그 독특한 모습으로 뛰어가기까지 했다. 그러다 마침내 현재라고 부르는 조그만 오아시스에서 이 지친 짐승은 나의 나머지를 따라잡게 되었다.

— 24 —

사랑의 교훈

1. 우리는 사랑으로부터 끌어낼 수 있는 교훈들이 있다고 가정해야 한다. 아니면 마냥 행복한 표정으로 실수를 무한히 되풀이하게 될 것이다. 유리가 맑아 보이기는 하지만 뚫고 날아갈 수 없다는 것을 이해할 수 없는 파리들이 계속 미친 듯이 유리창에 머리를 박는 것처럼. 지나친 의욕, 고통, 씁쓸한 실망감을 조금이라도 피할 수 있도록 어떤 기본적인 진실들, 지혜의 조각들을 배울 수는 없는 것일까? 식사, 죽음, 돈에 지혜로워질 수 있듯이 사랑에도 지혜로워지고 싶다는 야심은 정당한 것이 아닐까?

2. 우리는 사는 방법을 알고 세상에 태어난 것이 아니지만, 사는 것도 자전거 타기나 피아노 연주하기처럼 하나의 기술이라는 것을 깨닫고 나면 지혜로워지려고 노력하기 시작한

다. 그러나 지혜가 우리에게 어떤 조언을 해줄까? 지혜는 우리에게 평정과 내적 평화를 목표로 삼으라고 말한다. 불안, 두려움, 우상숭배, 해로운 정열로부터 자유로운 삶을 추구하라고 말한다. 지혜는 우리에게 우리의 첫 충동이 꼭 진실한 것은 아닐 수도 있다고, 이성을 훈련시켜서 무익한 요구와 진정한 요구를 분리하지 않으면 욕심 때문에 길을 잃을 수도 있다고 가르친다. 지혜는 우리에게 상상력을 통제하라고, 그러지 않으면 그것이 현실을 왜곡하여 산을 흙둔덕으로, 개구리를 공주로 바꾸어버릴 수도 있다고 가르친다. 지혜는 우리에게 두려움을 제어하라고, 그래서 우리에게 해를 주는 것은 두려워하되 벽에 어른거리는 그림자를 보고 에너지를 낭비하지는 말라고 가르친다. 지혜는 우리에게 죽음을 두려워하지 말라고, 우리가 두려워할 것은 두려움 자체라고 가르친다.

3. 그러나 지혜는 사랑에 대해서 무슨 이야기를 할까? 사랑은 커피나 담배처럼 완전히 끊어야 하는 것일까? 아니면 포도주 한 잔이나 초콜릿처럼 가끔은 허용되는 것일까? 사랑은 지혜가 대표하는 모든 것과 정면으로 대립하는 것일까? 현자들도 사랑 때문에 이성을 잃게 될까, 아니면 몸만 어른이지 정신은 아이인 사람들만 이성을 잃는 것일까?

4. 일부 지혜로운 사상가들은 고개를 끄덕여서 사랑을 승인해주었지만, 그들은 신중하게도 다양한 종류의 사랑을 구

분해놓았다. 마치 의사들이 마요네즈를 먹지 말라고 하면서도, 콜레스테롤이 낮은 재료로 만든 것은 먹어도 좋다고 하는 것과 같다. 지혜로운 사람들은 로미오와 줄리엣의 무모한 사랑과 소크라테스의 깊은 생각에서 나온 선(善)의 숭배를 구분한다. 베르테르의 무절제와 예수가 보여준 무혈의 형제애를 비교한다.

5. 성숙한 사랑과 미성숙한 사랑으로 나눌 수도 있다. 성숙한 사랑의 철학은 거의 모든 면에서 미성숙한 사랑보다 바람직하며, 그 특징은 각 개인의 선과 악에 대한 적극적인 인식이다. 성숙한 사랑은 절제로 가득하며, 이상화에 저항하며, 질투, 마조히즘, 강박에서 자유로우며, 성적 차원을 갖춘 우정의 한 형태이며, 유쾌하고, 평화롭고, 상호적이다[어쩌면 이래서 욕망이 무엇인지 아는 대부분의 사람들이 이 고통 없는 상태에 **사랑**이라는 이름을 붙이기를 거부하는 것인지도 모른다]. 반면 미성숙한 사랑은 [나이와는 거의 관계가 없기는 하지만] 이상화와 실망 사이의 혼란스러운 비틀거림이며, 환희나 행복의 감정이 익사나 섬뜩한 구토의 인상과 결합되어 있는 불안정한 상태이며, 마침내 답을 찾았다는 느낌이 이렇게 헤맨 적이 없다는 느낌과 공존하는 상태이다. [절대적이기 때문에] 미성숙한 사랑의 논리적 절정은 상징적이든 현실적이든 죽음이다. 성숙한 사랑의 절정은 결혼이며, 일상[일요일 신문, 다리미, 리모컨이 달린 장치들]을 통해서 죽음을 피하려는 시도이다. 미

성숙한 사랑은 타협을 용납하지 않으며, 일단 타협을 거부하면 우리는 어떤 종류의 격변으로 가는 길에 올라설 수밖에 없기 때문이다.

6. 복잡한 문제들을 파고들다보면 가끔 도달하게 되는 순진한 상식으로 나는 가끔 묻곤 했다[마치 답을 봉투의 뒷면 정도에 다 적을 수 있는 것처럼]. "왜 우리는 그냥 서로 사랑할 수 없는 것일까?" 사방에서 사랑으로 고민하는 것을 보면서, 어머니, 아버지, 형제, 자매, 친구, 낮방송 드라마 스타, 미용사의 불평을 들으면서, 나는 모든 사람이 거의 똑같은 고통 때문에 힘들어하고 괴로워한다는 바로 그 이유 때문에 공통의 해답도 발견할 수 있을 것이라는 희망을 품기도 했다. 공산주의자들이 국제 자본의 불평등 문제에 답을 제시하는 것과 같은 웅대한 규모로 세상의 로맨스 문제들에 대해서 형이상학적 해결책을 제시하는 것.

7. 나만 이런 유토피아적인 백일몽에 빠져 있는 것이 아니었다. 많은 사람들이 나와 같은 자리에 있었는데, 그들을 낭만적 실증주의자들이라고 부르겠다. 그들은 충분한 생각과 치료법만 있으면, 사랑이 덜 고통스러운, 오히려 건강하다고까지 말할 수 있는 경험이 될 수 있다고 믿었다. 이들 분석가, 설교자, 구루(원래 힌두교의 스승을 가리키는 말/역주), 치료사, 작가들은 사랑이 문제로 가득하다는 사실을 인정하면서

도, 동시에 진정한 문제에는 진정한 해결책이 틀림없이 있다고 생각했다. 낭만적 실증주의자들은 감정생활이 비참한 사람과 마주하면 우선 원인—자존심 콤플렉스, 아버지 콤플렉스, 어머니 콤플렉스, 콤플렉스 콤플렉스—을 파악하려 하고, 그런 다음에 치유책[퇴행 치료, 『신곡』읽기, 원예, 명상]을 내놓는다. 융 학파의 훌륭한 분석가가 있었다면 햄릿의 운명도 피할 수 있었을 것이다. 오셀로도 치료실의 소파 위에서 자신의 호전성을 해소할 수 있었을 것이다. 로미오도 중매회사를 통해서 좀더 적합한 짝을 만날 수 있었을 것이다. 오이디푸스도 가족 치료를 통해서 문제를 공유할 수 있었을 것이다.

8. 예술은 사랑에 수반되는 문제들에 병적인 강박감을 가지는 반면, 낭만적 실증주의자들은 고뇌와 상심의 가장 일반적인 원인을 예방할 수 있는 매우 실제적인 조치에 초점을 맞춘다. 서양의 로맨스 문학의 많은 부분에 나타나는 비관적 견해들과 비교해볼 때 낭만적 실증주의자들은 좀더 용감한 사람들로 보인다. 전통적으로 타락한 화가나 정신병에 걸린 시인의 우울한 상상력에 맡겨두었던 인간 경험의 한 영역에서 좀더 계몽되고 자신에 찬 접근방법을 옹호하기 때문이다.

9. 클로이가 떠난 직후 나는 역의 서점 가판대에서 낭만적 실증주의 문헌의 고전이라고 할 만한 책과 마주쳤다. 페

기 니얼리 박사의 『괴로운 마음』*이라는 제목의 책이었다. 서둘러 사무실로 돌아가야 하는 상황이었음에도 나는 그 책을 샀다. 그 분홍색 표지에 적힌 "사랑을 하는 것이 반드시 고통스러운 일이어야 하는가?"라는 물음에 마음이 끌렸기 때문이다. 이런 수수께끼에 감히 답을 하겠다고 나선 이 여자, 페기 니얼리 박사는 누구일까? 책의 첫 페이지에서 나는 그녀에 대하여 알게 되었다.

……오리건 '사랑과 인간관계' 연구소 졸업. 현재 샌프란시스코 지역에 거주하며 정신분석, 아동 치료, 결혼 조언을 하고 있다. 감정적 중독만이 아니라 음경 선망, 집단 역학, 광장 공포증에 대해서 수많은 책을 썼다.

10. 『괴로운 마음』은 무엇에 대한 책일까? 이 책은 어울리지 않는 짝과 사랑에 빠지는 남자와 여자, 상대를 잔인하게 대하거나 감정적 불만족 상태에 빠뜨리는 사람들, 술이나 폭력에 의존하는 사람들의 불행하지만 낙관적인 이야기이다. 이사람들은 무의식적으로 사랑과 고통을 연결시키며, 그들이 사랑하게 된 어울리지 않는 유형의 짝이 변화를 일으켜서 그들을 제대로 사랑해줄 것이라는 희망을 버리지 않는다. 그들은 천성적으로 그들의 감정적 요구에 응답할 수 없는 사람들

---

* *The Bleeding Heart,* Peggy Nearly (Capulet Books, 1987).

을 바꿀 수 있다는 미망에 빠져서 인생을 망치게 된다. 니얼리 박사는 제3장에서 문제의 근원이 결함 있는 부모라고 밝힌다. 부모는 이 불행한 낭만주의자들이 감정 과정을 왜곡되게 이해하도록 만들었다는 것이다. 그들은 아주 어린 시절의 감정적 애착 경험을 통해서 사랑이 보답받지 못하는 것이며 잔인한 것이라고 배웠기 때문에, 그들에게 잘해주는 사람들을 절대 사랑할 수 없다. 그러나 치료 과정에 들어가 유년 시절을 다시 짚어보면 자신의 마조히즘의 뿌리를 이해하게 되고, 어울리지 않는 짝을 변화시키려는 욕망이 사실은 문제 있는 부모를 제대로 된 부모로 바꾸던 어린 시절의 공상의 잔재에 불과하다는 것을 알게 된다는 것이다.

11. 그 책을 읽기 며칠 전에 『마담 보바리』를 읽었기 때문인지 몰라도, 나는 어처구니없게도 니얼리 박사가 묘사한 사람들의 곤경과 플로베르의 위대한 소설의 여주인공인 엠마 보바리의 비극적 상황을 비교하고 있었다. 엠마 보바리는 누구인가? 그녀는 프랑스의 시골 지방에서 살아가는 젊은 여자로, 그녀를 사랑하는 남편과 결혼했으나 그녀가 사랑을 고통과 연결시키게 되면서 남편을 혐오한다. 그 결과 그녀는 어울리지 않는 남자들과 간통을 하게 된다. 그 남자들은 그녀를 잔인하게 대하는 비겁한 사람들이며, 그녀의 낭만적인 갈망을 충족시켜줄 것이라는 기대를 전혀 할 수 없는 사람들이다. 엠마 보바리는 이 남자들이 변해서 자신을 제대로 사

랑해줄 것이라는 희망을 버릴 수 없기 때문에 병이 든다. 그러나 로돌프와 레옹은 그녀를 가벼운 오락거리 정도로 생각하는 것이 분명하다. 불행하게도 엠마는 치료를 받을 기회가 없었고, 자신의 마조히즘적 행동의 기원을 깨달을 수 있을 만큼 자의식이 없었다. 그녀는 남편과 자식을 소홀히 했고, 가족의 돈을 탕진했으며, 결국에는 어린 자식과 제정신이 아닌 남편만 남긴 채 비소를 먹고 자살한다.

12. 때때로 현대적인 해결책이 적용되었다면 상황이 어떻게 다르게 전개되었을까 생각해보는 것도 재미있다. 마담 보바리가 니얼리 박사와 문제를 의논할 수 있었다면 어떻게 되었을까? 낭만적 실증주의가 문학사상 가장 비극적인 사랑 이야기 가운데 하나에 개입했다면 어떻게 되었을까? 엠마가 니얼리 박사의 샌프란시스코에 있는 진료실에 들어갔다면 대화가 어떻게 진행되었을지 궁금하다.

[보바리, 긴 의자에 앉아 흐느끼고 있다.]
니얼리 : 엠마, 내 도움을 받고 싶으면 무엇이 문제인지 말해야 해요.
[보바리 부인은 고개를 들지 않고 수놓인 손수건에 코를 푼다.]
니얼리 : 우는 것은 긍정적인 경험이에요. 하지만 50분 내내 울고만 있을 수는 없잖아요.
보바리 : [울먹이면서 말한다] 그이가 편지를 쓰지 않아요. 그이

가……편지를 쓰지 않아요.

니얼리 : 누가 편지를 쓰지 않는다는 거죠, 엠마?

보바리 : 로돌프 말이에요. 편지를 쓰지 않아요, 편지를 쓰지 않
아요. 그이는 나를 사랑하지 않아요. 나는 파멸한 여자
예요. 망가진 여자, 궁상맞고, 비참하고, 아이 같은 여자
예요.

니얼리 : 엠마, 그런 식으로 말하지 말아요. 이미 말했잖아요. 자
신을 사랑해야 한다고.

보바리 : 왜 창피하게 그렇게 멍청한 사람을 사랑해야 하는 거죠?

니얼리 : 당신은 아름다운 사람이기 때문이에요. 그리고 당신에
게 감정적 고통을 안겨주는 남자들에게 중독되어 있다
는 사실을 당신이 알지 못하기 때문이에요.

보바리 : 하지만 그때는 무척 좋았어요.

니얼리 : 뭐가요?

보바리 : 거기 있는 게요. 그이 옆에 있는 게요. 그이와 사랑을 나
누고, 내 옆에서 그이의 살갗을 느끼고, 숲 속으로 말을
달리는 게. 아주 생생했어요. 정말 살아 있다는 느낌이
었어요. 그런데 이제 내 인생은 끝장이에요.

니얼리 : 살아 있다는 느낌을 받았을 수도 있죠. 하지만 그것은
그 시간이 오래 지속될 수 없다는 것을 알았기 때문이에
요. 그 남자가 당신을 진정으로 사랑하지 않는다는 것
을 알았기 때문이죠. 당신이 당신 남편을 싫어하는 것은
그 사람이 당신이 하는 모든 말에 귀를 기울이기 때문이

에요. 그런데 당신은 편지에 답장을 하는 데에 두 주나 걸리는 그런 남자를 사랑하는 것을 막을 수가 없어요. 아주 솔직히 말해서, 엠마, 당신의 사랑에 대한 관점을 보면 강박과 마조히즘이 드러나요.

보바리 : 그래요? 나는 그런 건 모르는데. 그게 다 병이라고 해도 상관없어요. 내가 원하는 것은 다시 그 사람에게 입을 맞추는 것이고, 그가 나를 품에 안아주는 것이고, 그의 살 냄새를 맡는 것뿐이에요.

니얼리 : 당신 내부를 들여다보도록 노력해야 해요. 당신의 어린 시절을 살펴보세요. 그러면 당신이 이런 고통을 받을 필요가 없는 사람이라는 것을 알 수 있을지도 몰라요. 당신이 이런 고통을 받는 것은 정상적인 기능을 하지 못하는 가족과 함께 성장했기 때문이에요. 성장하면서 당신 가족에게서 감정적 요구가 충족되지 않았기 때문에, 당신은 이런 패턴으로 고착된 거예요.

보바리 : 우리 아버지는 순박한 농부였는데요.

니얼리 : 그랬는지도 모르죠. 하지만 당신 아버지는 감정적으로 신뢰할 만한 사람이 아니었어요. 그래서 지금 당신이 진정으로 원하는 것을 줄 수도 없는 남자와 사랑에 빠져 충족되지 않은 요구에 대응하는 거죠.

보바리 : 문제는 로돌프가 아니라 샤를이에요.

니얼리 : 흠, 다음 주에 다시 이야기를 해야겠군요. 시간이 다 됐어요.

보바리 : 참, 니얼리 박사님, 미리 말씀드리려고 했는데, 사실은
　　　　이번 주에 돈을 낼 수가 없어요.

니얼리 : 그런 이야기를 하는 게 벌써 세 번째로군요.

보바리 : 죄송해요. 하지만 지금 돈이 큰 문제예요. 기분이 너무
　　　　안 좋다보니 나도 모르게 쇼핑에 돈을 다 써버렸지 뭐에
　　　　요. 바로 오늘 있었던 일이에요. 밖에 나가서 새 드레스
　　　　세 벌, 색깔을 칠한 골무, 도자기 찻잔 세트를 샀어요.

13. 보바리 부인의 치료에 행복한 결말을 상상하기는 어렵
다. 사실 그녀의 삶에서도 더 행복한 결말을 상상하는 것은
어렵다. 니얼리 박사가 [설사 돈을 받았다고 해도] 엠마를 적응
을 잘 하고, 강박이 없고, 남편을 돌보는 부인으로 바꿀 수
있었을 것이라고, 그럼으로써 플로베르의 소설이 자기를 아
는 과정을 통해서 구원을 얻는다는 낙관적인 이야기로 바
뀔 수 있었을 것이라고 믿으려면 여간 열렬한 낭만적 실증주
의자가 아니면 안 될 것이다. 물론 니얼리 박사는 보바리 부
인의 문제를 해석하기는 했다. 그러나 문제를 파악하는 것
과 문제를 해결하는 것, 지혜와 지혜로운 인생은 크게 다르
다. 우리는 모두 능력 이상으로 똑똑하다. 그러나 사랑이 미
친 짓임을 안다고 해서 그 병으로부터 구원을 받을 수는 없
다. 어쩌면 지혜로운, 또는 전혀 고통 없는 사랑이라는 개념
은 무혈 전투라는 개념과 마찬가지로 모순일지도 모른다. 제
네바 협정 이야기를 꺼내지 않더라도, 그런 전투는 존재할

수가 없다. 보바리 부인과 페기 니얼리 사이의 대립은 낭만적 비극과 낭만적 실증주의 사이의 대립이다. 그것은 지혜와 지혜의 대립물 사이의 대립인데, 지혜의 대립물이란 지혜를 모르는 것[이것은 고치기가 쉽다]이 아니라 자신이 옳다고 아는 것에 따라서 행동할 수 없다는 것이다. 우리의 연애가 비현실적이라는 사실을 알았다고 해서 그것이 클로이와 나에게 도움이 된 것은 전혀 없다. 우리가 바보일 수도 있다는 것을 알았다고 해서 우리가 현자가 되지는 않았다.

14. 대책이 서지 않는 사랑의 고통 때문에 비관적이 된 나는 사랑으로부터 완전히 떠나버리기로 결심했다. 낭만적 실증주의가 도움이 될 수 없다면, 유일하게 유효한 지혜는 다시는 사랑에 빠지지 말라는 금욕주의적 충고였다. 나는 이제 상징적인 수도원으로 물러나, 간소한 서재에 처박혀서 아무도 만나지 않고 소박하게 살아갈 생각이었다. 나는 세속적인 오락을 피하고, 금욕의 맹세를 하고, 수도원이나 수녀원에서 평생을 보낸 사람들의 이야기를 읽으며 감탄했다. 사막의 동굴에서 40년, 50년씩 산 은자들의 이야기도 있었다. 그들은 나무뿌리나 딱딱한 열매만 먹고 살면서, 다른 사람과는 이야기를 하지도 만나지도 않았다.

15. 그러다가 어느 날 디너 파티에서 레이철이라는 여자를 만났다. 그녀는 나에게 자신의 사무실 생활을 이야기해주

었는데, 나는 그녀의 눈에 푹 빠져들고 말았다. 순간 나는 금욕주의적 철학을 내팽개치고 클로이에게 저질렀던 실수를 모조리 되풀이하는 일이 얼마나 쉬운지를 깨닫고 충격을 받았다. 둥글고 우아하게 묶은 레이철의 머리, 나이프와 포크를 사용하는 세련된 움직임, 풍부한 느낌을 주는 파란 눈을 계속 보게 된다면 그날 저녁을 무사히 넘길 수 없을 것 같았다.

16. 레이철의 모습은 나에게 금욕주의적 접근방법의 한계를 일깨워주었다. 사랑에 고통이 없을 수 없고, 사랑이 지혜롭지 못한 것일 수는 있지만, 그렇다고 잊을 수 있는 것은 아니었다. 사랑은 비합리적인 만큼이나 불가피했다. 불행히도 그 비합리성이 사랑을 반박하는 무기는 되지 못했다. 나무뿌리와 싹을 먹으려고 유대의 산속으로 물러나는 것은 우스꽝스러운 일이 아닐까? 내가 용기 있는 사람이 되고 싶다면, 영웅이 될 기회는 사랑에서 더 많이 찾을 수 있는 것이 아닐까? 나아가서 금욕주의적 삶이 요구하는 모든 희생에도 불구하고, 금욕주의 안에는 뭔가 비겁한 면이 있는 것은 아닐까? 금욕주의의 핵심에는 **다른 사람에게 나를 실망시킬 기회를 주기 전에 스스로 실망해버리고 싶은 욕망**이 있었다. 금욕주의는 다른 사람과의 애정에서 생기는 위험, 사막에서의 삶보다 더 큰 인내심이 있어야만 직면하게 되는 위험에 대항하는 서툰 방어였다. 금욕주의는 감정적 혼란으로부터 자유로운 수

도사적 존재를 요구한다고 하면서, 고통스러울 수는 있지만 그럼에도 근본적이라고 할 수 있는 인간적 요구들의 정당성을 부정하려고 할 뿐이었다. 금욕주의자가 아무리 용감하다고 할지라도 최고의 현실이라고 부를 수 있는 지점, 즉 사랑의 순간에는 결국 겁쟁이에 불과했다.

17. 문제를 가장 낮은 수준의 공통분모로 환원하는 해결책을 제시하여 문제의 복잡성에 눈을 감아버릴 수는 있다. 낭만적 실증주의와 금욕주의는 둘 다 사랑의 고민이 제기하는 문제들에 대한 부적절한 해답이다. 둘 다 모순들을 부둥켜안고 애를 쓰기보다는 문제를 단순화시켰기 때문이다. 금욕주의자들은 사랑을 고통과 비합리성으로 단순화시켜서 그것으로 사랑에 대항하는 결정적인 논증을 만들어냈다. 그렇게 해서 우리의 욕망을 좇다보면 틀림없이 받게 되는 상처를 피해갔다고 하지만, 감정적 요구에 대해서는 아무런 대책을 내놓지 못했다. 반면 낭만적 실증주의자들은 쉽게 손에 쥘 수 있는 심리적 지혜를 얻는 문제를 단순화시켜, 우리가 우리 자신을 조금 더 사랑할 수 있게 되면 모두 고통 없는 사랑을 누릴 수 있다는 믿음을 만들어냈다. 그렇게 하여 지혜에 대한 요구를 충족시켰다고 하지만, 그 지혜의 교훈에 따라서 행동하는 것이 본질적으로 어려운 일이라는 점을 무시해버렸다. 따라서 앞서 보았듯이, 마담 보바리의 비극은 니얼리 박사의 진부한 이론의 한 예로 환원되어버렸다.

18. 나는 좀더 복잡한 교훈을 끌어내야 한다는 사실을 깨달았다. 사랑의 모순들에 부응할 수 있는 교훈, 지혜에 대한 요구를 지혜가 무력해지는 상황과 조화시킬 수 있고, 첫눈에 반하는 것의 어리석음을 그 불가피성과 조화시킬 수 있는 교훈. 사랑을 평가할 때에는 교조적 낙관주의나 비관주의로 달아나지 말아야 하고, 두려움의 철학이나 실망의 윤리학을 구축하지 말아야 했다. 사랑은 분석적 정신에게 겸손을 가르쳤다. 아무리 확고부동한 확실성에 이르려고 몸부림을 쳐도 [그 결론에 번호를 붙여서 단정하게 배치해놓는다고 해도] 분석에는 절대로 결함이 없을 수 없다는 교훈, 따라서 아이러니로부터 절대로 멀리 벗어날 수가 없다는 교훈을 가르쳐주었다.

19. 그 교훈이 더욱더 타당해 보일 수밖에 없는 일이 생겼다. 레이철이 다음 주에 저녁 식사를 하자는 내 초대를 받아들였고, 그 후로 그녀를 생각만 해도 시인들이 마음이라고 부르는 영역이 떨리기 시작했기 때문이다. 그런 떨림은 한 가지를 의미할 수밖에 없었다―내가 다시 한번 빠지기 시작했다는 것.

역자 후기

저자인 알랭 드 보통은 1969년 스위스에서 태어났지만(그래서 프랑스식 이름을 가졌다) 케임브리지 대학교에서 교육을 받았으며, 현재는 런던 대학교에서 철학 프로그램을 지도하고 있다. 그는 아직 젊은 나이이지만 가르치는 것 외에 글 쓰기에 주력하여 이미 다섯 권에 이르는 저작을 가지고 있으며, 그것들은 14개 국어로 번역되었다.

이렇게 저자를 소개하면 독자들은 상당히 전도유망한 철학자를 만나겠거니 하는 예감을 가질 것이다. 그러나 역자는 저자가 한 사람의 철학 전공자로서 얼마나 전도유망한지는 잘 모르며, 심지어 그가 철학의 어느 분야를 전공했는지도 잘 모른다. 한 가지 분명히 알고 있는 것은 그가 철학 교육을 받은 사람의 눈으로, 또는 굳이 철학이라는 이름을 붙이지 않더라도, 생각이 깊고 많은 사람의 눈으로 일상을 해석하는 데에 비상한 재주를 가졌다는 점이다. 그런 재주를 통찰력이라고 불러도 좋다면, 이 책에서 드 보통의 통찰력은 우리가 여러 번 무릎을 치게 만들 것이다.

우리 모두가 새로 경험하게 되는 굵직굵직한 사건에서 통찰력을 보여주는 것도 놀랍고 존경스러운 일이겠지만, 연애라는 "케케묵은" 문제를 놓고 비상한 통찰력을 보여주는 것은 어떤 의미에서는 더욱 놀라운 일이라고 할 수 있을 것 같다. 우리 대부분이 연애를 경험하게 되고 그런 과정에서 연애에 대해서는 "일가견"을 가지기 마련인데, 그런 사람들을 독자로 앉혀놓고 새로운 통찰과 깨달음으로 무릎을 치게 만드는 것이 어디 쉬운 일이겠는가. 드 보통은 이 책에서 1인칭 화자와 클로이라는 여자가 엮어나가는 러브 스토리를 제시하면서 그 의미를 캐나가는데, 그 스토리가 또 대단히 도전적이다. 무엇인가 색다르고 독특한 이야기라서 도전적이라는 것이 아니라, 정반대로 지극히 평범하고 진부하기까지 한 스토리이기 때문에 도전적이라는 것이다. 극소수의 색다른 경험이 아니라 수많은 사람들이 겪어보았을 뻔해 보이는 연애담에서, 그들 모두가 미처 몰랐던 의미들을 끄집어내겠다는 것은 대담한 시도가 아닌가.

주의 깊은 독자들은 이 책에서 느끼는 새로움이 단지 통찰의 새로움만이 아니라, 글 쓰는 방식의 새로움이기도 하다는 것을 깨달을 것이다. 실제로 이 책을 읽다보면 소설처럼 흘러나가는 이야기와 얼핏 딱딱해 보이는 철학적 사유가 얽히면서 때로는 무엇인가 입 안에서 계속 씹히고 터지는 느낌이 드는 아이스크림을 먹는 것처럼, 때로는 온탕과 냉탕을 왕복하는 것처럼 어떤 청량감을 맛보게 된다.

그러나 이렇게까지 말해도 역자가 이 책을 읽으면서 느꼈던 "가벼움"은 제대로 전달하지 못한 것 같다. 많은 평자들이 동의하듯이, 또 어떤 평자들은 통찰보다 훨씬 더 많은 점수를 주듯이, 드 보통의 재치와 유머는 가히 수준급이다. 다만 웃음을 터뜨리기 위해서는 상당한 지적 노력이 따라주어야 하고, 앞서 말했듯이 바로 이 점이 이 책의 매력이기도 하다.

그러나 이 책이 주는 매혹적인 "가벼움"에는 재치와 유머라는 요소 외에, 이 책이 저자가 우리 나이로 스물다섯쯤 되었을 때 나왔다는 점―이 책이 드 보통의 첫 작품이다―도 감안해야 할 것 같다. 젊은 저자 자신의 절실한 실감이 바탕에 깔리지 않고는 도저히 나올 수 없는 풋풋함이 이 책의 탄력을 감당하고 있기 때문이다. 더불어 이 책이 약간 지나치게 현학적이라는 느낌을 가지시는 독자들은 그 점 역시 젊은 패기 때문인 것으로 너그럽게 보아주시기를, 저자를 대신해서 ―저자가 전혀 부탁한 바 없지만―부탁드린다. 나아가 이 책을 계기로 저자와 연배가 비슷한 독자들은 자신에게 진행 중인 사건들을 되새기면서, 저자가 좋아하는 표현대로 "노스탤지어"에 젖어 연애를 바라볼 연배의 독자들은 겪어온 사건들을 되새기면서―물론 이 책에서 얻은 깨달음을 바탕으로 재도전에 나서는 것은 전적으로 본인의 자유이지만―큰 즐거움을 누리시기 바란다.

이 책은 영국에서는 *Essays in Love*라는 제목으로, 미국에서는 *On Love*라는 제목으로 간행되었다. 이 책은 우리나라에서 1995년에 『로맨스』(한뜻, 김한영 옮김)라는 제목으로 간행된 적이 있었다. 그러나 역자의 노고에도 불구하고 시중에서 책을 구할 수 없는 상황이 되었다.

내가 이 책을 다시 번역하는 것은, 출간된 지 10여 년이 되었지만, 여전히 미국과 유럽에서 출간 당시의 좋은 평가와 대중적 인기를 지속하고 있을 뿐만 아니라 나 자신이 깊은 감명을 받았기 때문이다.

2002년 5월
역자 씀